사랑의 저편

사랑의 저편

이연주 소설집

문학세계사

□작가의 말

원고를 출판사로 넘겼을 때, 가장 먼저 떠오른 건 '나무'와 '거위'였다.

장자 외편 산목장山木章에 보면 이런 얘기가 나온다.

어느 날 장자가 산속을 거닐다가 나무꾼을 보았다. 나무꾼은 가지와 잎이 무성한 큰 나무를 보고도 베지 않고 지나쳤다. 이상하게 여겨 그 까닭을 묻자 나무꾼이 대답했다.

"저 나무는 쓸모가 없소."

장자는 산을 내려와 친구의 집에서 하룻밤을 묵게 되었다. 반가운 나머지 친구가 하인에게 거위를 잡으라고 명했다. 그러자 하인이, 하나는 잘 울고 다른 하나는 울지 못하는데, 어느 걸 잡을까요? 물었다. 장자의 친구가 대답했다.

"울지 못하는 걸 잡아라."

결국 나무는 쓸모가 없어 살아남았고, 거위는 반대로 쓸모가 있어 살아남았다. 세상의 이치가 그렇다. 송고 후, 습관처럼 아파트 뒤 운동장을 걸으며 곧 세상 밖으로 나올 내 소설은 어느 쪽일까를 생각했다. 이미 시위를 떠난 이상 어느 쪽이든 내가 감당할 몫이지만, 그럼에도 부질없는 상념이 가슴속에 머물러 있는 것은 그동안 함께한 세월과 정 때문이 아닐까 싶다.

  이번 소설집은 중편 한 편과 단편 네 편으로 구성되어 있다. 모두 이별을 모티프로 한 사랑의 이모저모를 그렸다. 질투, 시기, 음모, 반목 등이 사랑의 부정적 표정이라면 그리움, 애절함, 애틋함, 안타까움 등은 긍정적 표정이다. 여기에 수록된 소설들은 모두 후자에 중점을 둔 것들이다. 사회가 갈수록 이악하고 사막하고 날카로워지고 있다. 가난했지만 이웃을 생각하는 마음이 남달랐던 옛 정이 살갑게 느껴지는 건 그 까닭이다. 그런 심정으로 이번 소설을 구상하고 집필했다.

  출간되기까지 도움을 주신 모든 분께 깊이 감사드린다.

2025년 여름
이연주

□ 차 례

사랑의 저편   9
오래 머문 자의 비애   117
그 무렵 세 친구   151
선미와 미선   185
창밖의 미래   217

| 해설 | 박덕규(소설가·문학평론가)
사랑을 위하여   249

사랑의 저편

사랑하는 것은 천국을 살짝 엿보는 것이다.
―카렌 선드

1. 나무의 기별

고가 그 나무를 떠올린 것은 그녀를 만나기 열흘 전쯤이었다. 평소 같으면 여전히 이불의 친밀감을 느끼며 단잠에 빠져 있을 시간이었고, 단초는 꿈이었다. 이미 오래전에 타인의 여자가 된 정미옥과 격정적으로 사랑을 나누는 꿈이었다. 꿈에서 깨어났을 때 고는 어이없어 피식 웃었다. 이 나이에 그런 꿈을 꾸다니……. 고는 스스로 생각해도 창피스럽고 자괴감이 밀려와 침대 모서리에 엉덩이를 걸치고 멀뚱히 창밖을 내다보았다. 창밖은 흰 꽃 무더기 같은 싸락눈이 푸르게 얼어붙은 박명의 새벽을 녹이고 있었다.

고는 새삼 돌아선 잠에게 손 내밀 기분이 나지 않아 침대 밑 서랍장에서 내의를 꺼내 들고 화장실로 갔다. 화장실엔 새벽마다 아래층 할아버지가 몰래 피워올린 담배 냄새가 번져 있었고, 뜻밖에도 잠 속보다 더 선명한 꿈의 조각들이 비눗방울처럼 떠다니고 있었다. 당황한 고는 서둘러 샤워부스로 들어가 담배 냄새와 꿈의 조각들이 가뭇없이 씻겨 내려갈 때까지 뜨거운 물로 샤워했다. 그러곧 어깨에 타월만 걸친 채로 나와 주방의 정수기에서 받은 냉수 한 컵을 천천히 맛 좋게 들이켰다. 그 순간, 그 나무가 냉수에 떠밀려 가슴속으로 쑥 밀고 들어왔다.

어떤 나무인지는 기억나지 않지만, 하여튼 그 나무에서 여자의 파운데이션 냄새 같은 향기가 뿜어져 나왔다. 국민학교에 들어가기 전이니까 적어도 여덟 살은 아니었다. 어쨌든 그 무렵에 고는 첫 실연의 아픔을 겪었다. 이제는 기억하려 해도 기억나지 않는 얼굴의 여자였다. 여자는 어린 고를 어느 절로 데려갔고, 절의 스님에게 손목을 내어 주며 약속했다. 다섯 밤 자고 꼭 데리러 오겠다고. 고는 거듭 다짐하는 여자의 말을 믿었다. 고는 즐거운 마음으로 다섯 밤을 보냈다. 이윽고 다섯 밤이 지났을 때, 고는 여자를 맞으러 나갔다.

산문 앞에는 제법 도톰한 둔덕 같은 흙무더기가 있었고, 그 위에 그 나무가 서 있었다. 고는 나무 밑에 쪼그리고 앉아 여자를 기다렸다. 어서 보고 싶어 솔숲 사이의 흙길을 쌕쌕거리며 걸어 올라올 여자를. 그러나 여자는 오지 않았다. 나뭇가지에 걸린 햇살이 바람에 쓸려 잎사귀 끝이 꺼뭇꺼뭇해지도록 여자는 오지 않았다. 다시 절망의 다섯 밤이 지나갔지만, 여자는 오지 않았다. 아니, 다섯 밤의 다섯 밤의 다섯 밤이 지나도 여자는 오지 않았다. 이윽고 다섯 밤의 열 번이 지나갔을 때 고는 깨달았다. 여자가 배신했다는 걸.

그때부터 고는 낯을 씻을 때마다 여자의 얼굴을 지웠다. 그러나 여자의 얼굴은 좀처럼 지워지지 않았다. 다섯 밤의 다섯 번이 지나도 지워지지 않았다. 고는 다섯 밤의 열 번이 지나갔을 때 깨달았다. 이런 방법으로는 지워지지 않는다는 걸.

여자로부터 고의 손목을 넘겨받은 스님이 물었다. 정말 지우고 싶으냐고. 고가 울먹이며 고개를 끄떡이자 친절하게 방법을 가르쳐 주었다. 고는 스님이 시키는 대로 찬물에 뽀득뽀득 세수하고 불전에 나아가 두 손을 모았다. 그리고 스님이 일러준 착한 마음으로 소원을 빌었다. 노랑 할아버지는 배신하지 않았다. 날이 갈수록 여자의 얼굴이 낮달처럼 묽어졌다.

여자의 얼굴이 붉은 햇볕에 녹아내린 눈사람처럼 뭉개져 더 이상 여자의 꿈을 꾸지 않게 되었을 무렵, 스님은 고의 손목을 낯선 여자에게 내어 주었다. 고는 그 여자의 손에 이끌려 절을 떠났다. 아주 먼 도시였다. 아침에 출발해 저녁 무렵에야 도착한 집은 으리으리하고 휘황찬란한 불빛으로 눈이 부셨다. 집에는 낯선 남자가 있었다. 여자는 고의 손목을 낯선 남자에게 내어 주고는 급하게 저녁밥을 지었다. 셋이 식탁에 둘러앉아 저녁밥을 먹을 때 여자가 물었다.

"이름이 악락이라고 했니?"

고가 대답 대신 고개를 끄떡이자 여자가 다시 물었다.

"악락아, 이제 여기가 네 집이다. 마음에 드니?"

"아줌마는 누구세요?"

절을 떠날 때부터 묻고 싶었던 말을, 고는 그제야 용기를 내어 입 밖으로 내뱉었다. 여자가 밥 뜬 숟가락을 입으로 가져가다 말고 맞은편 남자를 바라보았다. 남자가 말없이 고개를 끄덕이자 여자가 대답했다.

"오늘부터 내가 네 엄마다. 옆에 앉아 계시는 분은 네 아빠고. 언제고 우릴 엄마, 아빠라고 불러 주면 악락이 원하는 건 다 해 주마."

"전 이제 여자 말은 안 믿어요."

고가 차분히 대답했다.

"상처가 깊구나."

여자가 밥을 먹다 말고 고를 껴안으며 울먹였다.

고는 운이 좋았다. 그런 여자와 남자를 만나기란 낙타가 바늘구멍 통과하기보다 더 어려운 법인데, 그 행운이 고에게 떨어졌다. 여자와 남자는 고가 해 달라는 것, 고가 하자는 것은 다 해 주었다. 그러나 고는 늘 불안하고 초조했다. 언제 또 손목을 낯선 사람에게 내어줄지 몰랐기 때문이었다. 그래서 낯선 사람이 집을 방문하면 긴장감으로 입술이 떨렸고, 오줌이 마려웠다. 어린 나이에도 살다 보니 꾀가 생겼다. 어느 날 고가 용기를 내어 소파에 나란히 앉아 연속극을 보고 있는 여자와 남자 앞에 다소곳이 섰다. 그리고 말했다.

"만일 제가 엄마, 아빠라고 부르면 여기서 계속 살 수 있나요?"

뜻밖의 말에 여자가 덴겁한 눈으로 남자를 바라보다가 대답했다.

"그럼. 그렇고말고."

고는 미리 준비해 둔 스케치북을 제 방에서 가지고 나왔다. 거기에는 푸른색 크레용으로 '엄마!' '아빠!'라고 커다랗게 써 둔 것이 있었다. 고는 여자 앞에서는 '엄마!'를, 남자 앞에서는 '아빠!'를 펼쳐 보였다. 그리고 다짐했다.

"약속할게요. 곧…… 꼭 부를게요."

여자가 고를 끌어안으며 흐느꼈다. 고는 자신이 무얼 잘못했나 싶어 겁이 덜컥 났다. 고는 그날부터 그 집에서 계속 살기 위해 필사적으로 연습했다. 손과 얼굴을 씻으면서도, 거울을 보면서도, 양변기에 앉아서도, 유치원과 웅변·태권도 학원에 가고 오면서도, 잠자리에 누웠어도……. 나는 고악락이다. 우리 엄마는 김양순이고 아빠는 고영술이다. 연습한 지 한 달 만에 드디어 목청이 터졌다.

'엄마' '아빠'라고 부른 날, 여자는 고에게 기념으로 드문드문 은빛 별이 박힌 하늘색 자전거를 사 주었다. 고가 꿈속에서 자주 집 앞 놀이터에서 혼자 타고 놀았던 그 자전거였다. 고는 그 순간 깨달았다. 여자가 몰래 자신의 꿈을 훔쳐보고 있었다는 걸.

*

그날은 고가 양모를 뵈러 가는 날이었다. 양모는 삼 년 전, 양부가 전립선암으로 세상을 떠나자 살던 집을 처분하고 C시의 실버타운으로 거처를 옮겼다. 어느 날 양모가 불러 갔더니 집이 허수해서 못 살겠다며 마음속 결심을 밝혔다. 그 무렵 고는 학교 근처의 33평짜리 아파트를 장만해 따로 나가 살고 있었다. 고는 아무 말도 못 하고 '죄송합니다'만 되뇌었다. 양모의 심중을 읽을 수 있었기 때문이었다. 양모의 일편단심 소원은 아들 부부와 함께 오순도순 담소를 나누며 밥 한 끼 먹어보는 것이었다. 그 소원을 위해 양모는 고의 나이 서른 되던 해부터 발 벗고 나섰다. 양모의 닦달에 못 이겨 고가 맞선본 횟수만도 오십 번이 넘었다. 그러나 끝내 양모의 소원은 이루어지지 않았다. 아니 양모의 소원은 처음부터 이루어질 수 없는 것이었다. 그때나 지금이나 고는 여전히 결혼의 필요성을 느끼지 못하고 있었다. 특별한 이유는 없었다. 왠지 고는 혼자 생활하고 혼자만의 시간을 가지는 것이 편하고 익숙했다. 굳이 찾자면 일찍이 그리스인 조르바가 갈파한 '여자는 깨지기 쉬운 도자기'라는 인식 정도였다. 그날 양모의 고백은 이제 자신의 소원을 포기한다는 선언과도 같은 것이었다.

양모가 실버타운으로 거처를 옮긴 뒤로 고는 하루에 한 번 꼭 전화했다. 고의 목소리를 듣는 것이 양모에게는 더없는 기쁨이고 즐거움이었다. 그러기에 하루 한 번의 전화는 고에게는 절대로 빼먹어서는 안 되는 의무와도 같은 것이었다.

그리고 한 달에 한 번은 무슨 일이 있어도 찾아뵈었다. 내려가는 날이 되면 양모는 날을 환기하듯 전화해 시시콜콜한 얘기를 늘어놓았고, 도착 시간에 맞추어 실버타운 정문 앞에서 고를 기다렸다.

"대학 선생 하는 우리 아들이우. 소설도 쓴다우."

아는 사람을 만나면 기어이 불러 세워 놓고 낯부끄러운 인사를 시켰다. 그만큼 양모에게는 고가 삶의 버팀목이자 이유였고, 무엇과도 비교할 수 없는 희망이자 위안이었다.

양모는 언제나처럼 만년의 엘리자베스 여왕처럼 예쁘게 차려입고 실버타운 정문 앞에서 고를 기다리고 있었다. 점심때였으므로 고는 곧바로 양모를 모시고 시내로 갔다. 양모는 육식 체질이었다. 특히 소고기 등심을 좋아했다. 고는 내려올 때마다 들르는 갈빗집으로 갔다. 영양돌솥밥과 소고기 등심 3인분을 시켜 구워 먹을 때 양모가 진지한 표정으로 말했다.

"내년이면 내 나이가 아흔이구나. 생각만 해도 끔찍하다만 가는 세월을 어쩌겠니. 요새는 여기 친구들끼리 모이면 그런 얘기한단다." 그러고는 작심한 듯 말했다. "락아, 이왕 마음먹은 김에 부탁 하나 하마. 잘 새겨들었다가 꼭 들어다오."

"말씀하세요, 어머니."

"요즘 그런 게 유행이라는구나. 수목장이라나 뭐라나. 혹여 네 아버지가 날 데려가거든 그걸로 해다오. 이왕이면 배롱나무로 해다오. 다음 세상에는 그 나무로 살아보고 싶구나."

"갑자기 왜 그런 말씀을……."

"아니다. 내일모레면 내 나이가 아흔이다. 허투루 듣지 말아 다오."

고는 아주 먼 훗날의 일로 생각했던 그 일이 갑자기 눈앞에 다다른 듯해 콧마루가 시큰했다. 고는 구운 등심을 잘게 잘라 양모의 앞접시 위에 올려 주며 가슴에 새기고 있을 테니 앞으론 그런 생각일랑 담아두지 말라고 당부했다. 고의 말에 양모는 기분이 좋아져 구워 주기가 바쁘게 오물거리며 잘 먹었다.

점심 후 고는 양모를 모시고 백화점엘 들러 분홍색 꽃무늬 블라우스를 사 드리고 오후 네 시쯤 돌아왔다.

*

그 말을 들으려고 그랬던가……?

돌아오는 차 속에서 고는 내처 그 생각에 갇혀 있었다. 생각난 김에 그 절을 찾아가 보고도 싶었지만 이름은커녕 어디에 있는지조차 감이 잡히지 않았다. 기억 속을 톺아도 떠오르는 건 여자의 손을 잡고 올라가던 흙길, 길 좌우의 거쿨진 나무들을 흔들던 바람 소리, 문으로 들어서자 눈앞을 가로막던 석탑, 그리고 손목을 넘겨받던 스님의 실루엣뿐이었다. 양모에게 전화해 물어보면 간단하지만, 차마 그럴 수는 없었다.

어쩌면 절의 나무가 아니라 학교의 나무일지도 모른다는 생각이 섬광처럼 뇌리에 꽂힌 것은 고가 집으로 돌아와 능놀며 샤워하고 있을 때였다. 정수리 위로 쏟아지는 물줄기 속으로 까맣게 잊고 있었던 정미옥의 분홍빛 쪽지가 떠올랐던 것이다. 그 순간 고는 제 바람에 놀라 꿈속에서의 절정처럼 부르르 몸을 떨었다.

정미옥은 고의 대학 과 2년 후배였다. 고가 군 복무를 마치고 오지의 작은 중학교로 복직했을 때, 그녀는 그곳에서 2년째 재직 중이었다. 출근 첫날, 고가 부임 인사차 교장실엘 들렀다가 교무실로 향할 때였다. 선배! 누군가가 등 뒤에서 씩씩한 목소리로 부르는 소리가 들렸다. 돌아보니 자주색 미디 라인 원피스 차림의 여교사가 출석부, 분필통, 교재를 든 채 복도 끄트머리에서 함박웃음을 지으며 걸어오고 있었다. 고는 한순간에 알아보았다.

"정미옥!"

고는 반가운 나머지 복도가 쩍 갈라지도록 소리쳤다. 고의 목소리가 학교 종소리만큼 컸던지 아이들이 복도로 붉덩물처럼 쏟아져 나왔다. 그러나 정미옥은 아랑곳하지 않고 다가와 손을 내밀며 힘차게 말했다.

"반가워요, 선배."

뜻밖의 장소에서, 3년 반 만의 해후였다.

정미옥과는 과 후배이기도 하지만 문학동아리 활동을 함께한 인연으로 대학 재학 시절에는 흉허물없이 지냈다. 신군부 독재 정

권 타도 집회가 있는 날엔 함께 스크럼을 짜고 행진하며 구호를 외치기도 했고, 주말이면 싸돌아다니는 걸 좋아하는 그녀의 꼬드김에 마음이 약해져 함께 전국의 명산 고적을 탐방하기도 했다. 그러나 졸업 후 자연스럽게 헤어진 뒤로는 개인적으로 연락하거나 만난 일도 없거니와 어디서 무얼 하는지조차 몰랐다.

고는 얼떨결에 정미옥의 손을 잡고 힘차게 흔들며 멋쩍게 웃었다. 복도로 나온 아이들의 숫자가 점점 늘어났고, 나중에는 둘을 에워싼 형국으로 발전했다. 아이들은 호기심 반 장난 반으로 운동회 때 청백전 응원하듯 손뼉에 맞춰 합창했다.

사랑해! 결혼해!

그제야 주위의 시선을 의식한 고와 정미옥은 아이들 속을 비집고 교무실로 향했다. 복도를 가득 메운 아이들이 교무실 출입문까지 우르르 밀고 들어와 몽둥이를 거머쥔 남교사가 고함치며 겁박하는 사태까지 벌어졌다.

첫날의 강렬한 인상 때문에 고와 정미옥은 재직 내내 학생들의 입방아에 오르내렸다. 당시에는 학생들의 유일한 소통 공간이자 스트레스 해소 장소인 칸막이 화장실 벽면에는 둘의 이름이 단골 메뉴로 등장했고, 둘을 주인공으로 한 상상의 이야기가 그 속에서 화단의 꽃들처럼 만발했다. 그 때문에 둘은 교장실에 불려 가 교장 선생님으로부터 행동을 각별히 조심하라는 주의를 받기도 했다. 그러나 둘은 그런 일로 특별히 행동의 제약을 받거나 그러지는 않았다. 일요일이면 대학 때처럼 자주 고장 순례를 다녔고, 가지 않는 날엔 학교에 나와 종일 함께 시간을 보냈다. 그렇게 1년 반 남짓 함께 근무하다 그녀가 타지의 중학교로 전근 가면서 자연스럽게 헤어졌다.

전근 통보를 받던 날, 정미옥이 제안했다. 교문 옆 느티나무 밑에서였다. 28년 뒤 여기서 얼굴 한번 보자고. 그때 만나면 해동반점에서 배 터지게 짜장면을 먹자고. 왜 하필 28년이냐고는 묻지 않았다. 숫자의 의미를 알고 있었기 때문이었다. 처음엔 그냥 해보는 소리인 줄 알았는데, 학교를 떠나던 날 또 그런 제안을 했다. 28년 뒤, 느티나무 밑에서 얼굴 한번 보자고. 그때의 모습이 참 궁금하다고. 이번에는 또박또박 밝혀 쓴 쪽지에서였다.

그것이 마지막이었다. 그 후, 고는 한 번도 정미옥을 만나지 못했다. 정미옥이 전근 간 그해 외무고시 출신의 외교관과 결혼했고, 결혼과 동시에 교직 생활을 청산했으며 지금은 페루 리마에서 일가를 이루어 살고 있다는 말을, 학창 시절 정미옥과 단짝이던 과 후배 차상희에게서 들었다. 그 소식을 듣고 고는 의외였지만 소원대로 되었구나, 하고 생각했다. 정미옥은 대학 재학 때부터 잉카문명에 관심이 많았고, 해외여행의 영순위가 남미였다. 이구아수폭포, 마추픽추, 나스카 라인의 현장을 눈으로 직접 확인하고 싶어 했다. 그게 다였다. 그러고는 잊었다.

고가 정미옥을 다시 떠올린 것은 5년 전쯤이었다. 계기는 한 지방신문에 난 기사 때문이었다. 기사는 고가 한때 잠깐 근무한 적이 있던 고장의 어떤 목장을 소개하고 있었다. 전도가 유망한 교수가 직장과 가정을 팽개치고 목장주의 뒤를 이어 12년째 드넓은 목장 위에 돌탑을 쌓고 있다는 사연이었다. 짤막한 기사만으로도 호기심을 자극하기에 충분했다. 고는 큰마음을 내어 찾아갔다. 목장은 기대 이상이었다. 한순간도 상상해 본 적이 없는 경이로운 광경이 눈앞을 가득 채웠다. 놀란 고가 넋 놓고 우두망찰 서 있을 때, 낭랑한 목소리가 등 뒤에서 흘러나왔다.

"혹시, 소설가 고악락 선생님 아니세요?"

돌아보니 생면부지의 여자가 긴 머리카락을 바람에 날리며 서 있었다. 고가 그렇다고 하자 상기된 표정의 여자가 덧붙였다.

"조설경이라고 합니다. 요즘 작가님의 소설을 열심히 읽고 있어요. 이렇게 찾아 주셔서 정말 영광입니다. 괜찮으시다면 차를 한잔 대접해 드리고 싶어요."

고는 그녀의 태도가 하도 곰살궂어 대답 대신 뒷짐 진 채 그녀의 뒤를 따랐다. 목장 들머리 산 밑에는 능소화가 화사한 오두막이 있었다.

"마을 사람들은 저 탑을 연리탑이라 불러요. 금실 좋기로 소문난 목장 부부가 갑작스럽게 갈라선 건 연리목의 저주 때문이래요. 원래 그 자리에는 소나무 연리목이 서 있었대요. 부부가 목장을 개

간하면서 그 나무를 다른 곳으로 패다 옮겼는데, 그만 죽고 말았대요. 그 뒤에 부부가 무슨 이유로 다퉜는데, 홧김에 집을 나간 부인이 돌아오지 않자 목장주께서 젖소를 처분하고 그 자리에 연리목 대신 연리탑을 쌓기 시작했대요. 오매불망 부인을 기다리며……."

오두막의 조붓한 널평상에 걸터앉아 믹스커피를 마실 때, 그녀가 말했다. 고는 묵묵히 듣고 있다가 공짜로 커피를 얻어 마신 게 미안스러워 인사치레로 명함을 내밀었다. 그녀는 감격스러운 표정으로 명함을 받으며 혹시 연락을 드려도 되느냐고 물었고, 고는 그녀가 별 뜻 없이 묻는 것으로 판단해 흔쾌히 승낙했다.

그로부터 한 달 뒤 고는 뜻밖에도 그녀의 이메일을 받았다. 자신이 난생처음 소설이란 걸 써보았는데 한번 읽어봐 달라는 내용이었다. 원고는 파일로 첨부되어 있었다. 고가 이메일을 읽다가 동공이 화들짝 열린 건 이메일 끄트머리에 별 뜻 없이 덧붙여 놓은 다음의 추신 때문이었다.

PS: 참, 선생님! 선생님이 다녀가시고 며칠 뒤에, 한 여자분이 다녀갔어요. 그분도 선생님을 잘 아세요. 오래전에 여기서 잠시 함께 근무한 적이 있으시대요. 후배라던가? 잘은 모르지만, 어딘가 병이 있어 보였어요. 혹시 만나보고 싶으시면 제게 연락 주세요. 그분 연락처를 받아두었어요.

고는 금세 정미옥이란 걸 알았다. 고는 달포쯤 뒤 조설경의 소설을 읽은 소감을 이메일로 보내며 정미옥의 연락처를 부탁했고, 그녀는 곧장 정미옥의 휴대전화 번호를 답신과 함께 보내 주었다. 고는 망설임 끝에 몇 차례 통화를 시도했지만, 그때마다 정미옥 대신 '연결이 되지 않아 음성 사서함으로 연결한다'는 건조한 음성만 흘러나왔다.

*

그녀를 만난 건 한낮의 햇살이 유리창에 부딪혀 반짝이던 정오 무렵이었다. 봄방학 중이라 학교는 고즈넉했고, 밝은 빛깔로 리모델링한 교사는 설면했다. 28년 전 교문 옆 느티나무는 플라타너스로 바뀌어 있었고, 그때는 없던 흰색 벤치가 놓여 있었다.

영락없는 28년 전의 정미옥이었다. 안쪽으로 꼬는 듯한 걸음걸이, 보브컷 한 헤어스타일, 자주색 투피스 차림에 연두색 트렌치코트를 걸치고 숄더백을 우측 어깨에 멘 것까지. 고는 하마터면 정미옥! 하고 소리칠 뻔했다.

"혹시 고악락 선생님 되세요?"

고에게로 다가온 그녀가 나직한 목소리로 물었다. 고가 그렇다고 하자 살짝 눈웃음을 띄우고는 말을 이었다.

"저는 정미옥 님의 딸이에요. 이렇게 만나 뵙게 되어 영광입니다."

고는 이런 상황을 단 한순간도 상상해 본 일이 없었으므로 무척 당황스러웠다. 고가 어찌할 바를 몰라 마냥 푸르기만 한 둥근 하늘을 망연히 바라보고 있자 그녀가 어색한 침묵을 깼다.

"아저씨를 만나면 꼭 짜장면을 사 드리라고 하셨어요."

그러곤 앞장서 플라타너스 밑을 떠났다.

해동반점은 그 자리에 그 이름으로 남아 있었다. 그러나 리모델링한 홀은 옛날의 흔적이 남아 있지 않았고, 주인도 예전 그 사람이 아니었다. 둘은 흰 가운을 입은 남자가 안내하는 창 쪽에 자리를 잡고 앉았다. 정미옥과 어디쯤 앉아 짜장면을 먹으며 노닥거렸는지는 기억나지 않았다.

"엄마랑 몇 년 함께 근무하셨어요?"

짜장면을 주문해 놓고 따뜻한 보리차 물을 마시며 그녀가 물었다. 말하고 가만히 바라보는 눈매와 옹다문 입술도 정미옥을 빼쏘았다. 하물며 물잔을 움켜쥐고 있는 가늘고 긴 손가락까지.

"일 년 반이 조금 넘을 겁니다."

고가 친절하게 대답했다.

"여긴 자주 오셨나요?"

"토요일 저녁이나 일요일에 가끔 왔습니다. 당시 숙식 방식이 식사는 한 곳에 모여 하고 잠은 각자 따로 방을 얻어 해결하는 그런 형태였어요. 그래서 밥집에서 토요일 저녁부터 일요일 저녁까지는 식사 제공을 하지 않았죠."

고가 괜한 오해를 받을까 봐 길게 설명했다.

"왜요?"

"당시 선생님들은 타지인이 많았어요. 토요일 오후에 본가로 돌아가면 월요일 아침에야 다들 돌아왔으니까요."

그녀가 가볍게 고개를 끄덕였다. 숄더백 속에 넣어둔 휴대전화가 수시로 기척을 냈다. 그럴 때마다 그녀는 휴대전화를 꺼내 메시지를 확인하거나 금빛 하트 모양의 이어링이 달린 귓가로 가져가며, 이따 할게, 하고는 곧장 숄더백에 집어넣었다. 고를 무척 배려하는 모습이었다.

이윽고 주문한 짜장면이 나왔다. 그녀는 다소곳이 앉아 왜 젊은 남녀가 하필 이걸 먹었을까, 궁금해하는 표정으로 조심스럽게 짜장면을 비볐고, 먹는데도 여간 신경 쓰는 게 아니었다. 몇 젓가락을 가만히 먹고는 휴지로 입술을 눌렀고, 중간에 깜박했다는 듯이 휴대전화를 꺼내 여러 장의 사진을 찍었다.

"우리 엄마는 남을 잘 못 믿는 성미거든요. 그냥 짜장면을 사드렸다고 하면 인증샷을 요구할지도 모르거든요."

다 찍은 그녀가 변명하듯 한마디 한 것 말고는 나무젓가락을 내려놓을 때까지 한마디도 하지 않았다. 다 먹고 난 뒤에도 재빠르게 콤팩트를 꺼내 얼굴과 입술과 잇바디를 점검하는 조심성을 보였다. 그녀는 절반을 먹었고, 고는 시원하게 다 비웠다. 가슴이 줄곧 먹먹하고 속이 더부룩해 당기지 않았으나 그녀의 성의를 생각해 먹성 좋은 사람처럼 짜장면 곱빼기를 욱여넣었다. 그녀는 고의 것은 기어이 곱빼기를 시켰었다.

"짜장면을 정말 좋아하시나 봐요."

반점을 나설 때 그녀가 말했다. 고는 대답 대신 차는 자신이 사겠다고 했지만, 그녀는 곧 가봐야 한다며 정중히 사양했다. 대신 명함 있으면 하나 달라고 했다.

"우리 엄마가 좀 그런 스타일이거든요. 아저씰 만나고 왔다고 하면 틀림없이 물증을 요구할 거예요."

"만일 어머님이 오셨으면 제안할 참이었어요. 함께 가보자고요."

고가 명함을 내밀며 말했다. 고는 내심 왜 어머니가 나오지 못했는지 물어보고 싶었지만, 입이 떨어지지 않았다. 5년 전 조설경의 추신이 자꾸 마음에 걸렸다.

"어딜요?"

"여기서 멀지 않은 곳에 아주 경이로운 목장이 있어요. 5년 전인가? 어머님께서도 거길 잠깐 다녀가셨다 그러더군요."

"5년 전이라면……. 전 금시초문이에요. 아, 그럴 수도 있겠군요. 우리 엄마가 원체 돌아다니는 걸 좋아했으니까요."

"여전하셨군요."

"그 버릇 어디 가겠어요. 아무튼 묵은 숙제를 한 기분이에요. 아저씨를 만나기 전에는 부담감 땜에 잠도 잘 못 잤는데, 지금 생각해 보니 괜한 걱정을 했구나 싶어요. 내내 건강하시고 행복하세요. 그래도 공평해야겠죠."

그러곤 거먕빛 휴대전화 케이스에서 명함을 꺼내 내밀었다. 정사랑. 이 지역 신문의 사회부 기자였다.

"아, 네. 고맙습니다."

고는 이렇게 헤어지기가 아쉽고 왠지 미련이 남아 계속 말꼬리를 잡고 늘어졌지만, 그녀는 끝내 대신 나온 이유를 말하지 않은 채 돌아섰다. 고는 그녀의 뒷모습을 물끄러미 바라보며 담배를 꺼내 물었다. 고가 일회용 라이터를 주머니에서 꺼내 불을 켜는데, 그녀가 잰걸음으로 되돌아와 다짜고짜 물었다.

"참, 물어본다는 걸 깜박했어요. 혹시 우리 엄마랑 사귀셨나요?"

"아뇨."

고가 담배에 불을 붙이며 단호하게 부정했다.

정미옥이 전근 가고 두 달쯤 지난 뒤였다. 고는 처음이자 마지막으로 정미옥을 찾아갔다. 보고 싶어 견딜 수 없었다. 고는 정미옥이 떠난 뒤에야 깨달았다. 그녀를 향한 감정이 단순한 헤어짐 때문만이 아니란 걸. 처음에는 그 사실을 몰랐다. 그저 멍해져 있었고 입맛이 없었다. 온종일 누워 있어도 이상하게 배가 고프지 않았다. 전날 저녁부터 종일 식사하러 오지 않자 밥집 아주머니가 타락죽을 쑤어 사글셋방으로 가지고 왔다. 고는 쑥스럽고 미안해 몸살이 났다고 둘러댔다. 말이 씨가 된다더니 그날 밤부터 고열에 시달렸다.

뜻밖에도 그 무렵, 정미옥이 소식을 보내 주었다. 봉함엽서였다. 정미옥은 사뿐한 필압으로 쓴 듯한 몽실몽실한 글씨로 속삭이듯 적고 있었다. 씩씩하게 잘 지내고 있다고. 처음 도착했을 때는 닐 올던 암스트롱이 된 기분이었다고. 다행히 나나 무스쿠리, 존 바에즈, 아바, 수잔 잭스가 있어 외롭지 않았다고. 이제는 돌아앉은 산과 나무들이 낯설지 않아 혼자서도 견딜 만하다고. 그리고 지금은 '사랑하면서 가장 중요한 것은 이별하는 방법을 아는 것이다'라는 샤를 보들레르의 일깨움을 가슴과 허공에 새기는 중이라고.

고는 사랑채 사글셋방에 누워 그 엽서를 읽고 또 읽었다. 읽을수록 까닭 모를 슬픔이 가슴을 적셨다. 무심코 지나쳤던 정미옥의 말, 행동, 표정들이 마치 봄날의 새싹처럼 메마른 가슴을 비집고 이엄이엄 돋아났다. 고는 마침내 캐시밀론 이불을 뒤집어쓰고 눈물을 쏟으며 흐느껴 울었다. 고는 깨달았다. 그 눈물이 사랑이란 걸…….

정미옥의 근무지는 버스로 한 시간이면 갈 수 있는 거리였다. 고는 용기를 내어 주말 저녁 막차를 탔다. 고가 도착했을 때는 늦은 밤이었다. 정미옥은 학교 뒤편 나지막한 한옥의 별채에서 자취하고 있었다. 고는 대범하게 자취하는 집까지는 찾아갔으나 대문을 열고 들어갈 용기까지는 나지 않았다. 벽돌담 너머 검댕 어둠 사이로 따스한 불빛이 어린 정미옥의 방이 보였다. 그 불빛 속에서 나나 무스쿠리가 다감하고 낭랑한 음색으로 노래하고 있었다. 고는 고샅의 어둠에 몸을 숨긴 채 하염없이 기다렸다. 그러면서 한 번만 방문을 열고 얼굴을 내밀어 달라고 애면글면 소원했다. 그러나 방문은 끝내 열리지 않았다. 이윽고 방문의 불빛이 쓰러지고 나나 무스쿠리의 낭랑한 목소리도 가라앉았을 때, 고는 방문을 향해 나직이 속삭였다.
'정미옥! 내게는 그런 감정이 없는 줄 알았어. 너와 헤어진 뒤에야 깨달았어. 내게도 견딜 수 없는 사랑이 있다는 걸. 사랑한다, 정미옥. 아주, 많이……'
고는 얼마쯤 더 머물다가 그곳을 떠났다.

*

그녀를 만나고 온 뒤로 고는 은근히 기대했지만, 정미옥으로부터 끝내 아무런 연락이 없었다. 기대가 실망으로 굳어갈 무렵, 정미옥 대신 그녀에게서 연락이 왔다. 그녀가 단도직입적으로 물었다. 저번에 말씀하신 목장의 이름과 위치가 어떻게 되느냐고. 왜 그러느냐고 했더니 그 목장엘 한번 가보고 싶다는 대답이었다. 그러잖아도 조설경의 소설이 예사롭지 않아 한번 찾아가 보고 싶던 차여서 고가 불편하지 않으면 동행하고 싶다는 뜻을 밝히자 그녀도 대

환영이었다. 그래서 다시 만났다. 덜 퍽진 햇살과 아카시아 꽃향기가 곰비임비 추억을 불러내는 주말 오후에, 처음 만난 그 자리에서.

아반떼를 몰고 온 그녀는 흰색 스니커즈에 검정 데상트 골프 모자를 쓰고 단정한 청바지 차림이었다. 위에는 자주색 폴로 셔츠에 상아색 장미 모티브 카디건을 입고 있었다. 정미옥도 야외로 나갈 때는 종종 그런 차림이었다.

고는 그녀를 보조석에 태워 출발했다. 길은 예전 그대로 좁고 시멘트 포장도로였다. 길섶의 무성한 잡풀과 산이 밀어낸 돌덩이들이 수시로 속도를 헤살놓았다. 그럴 때마다 그녀는 단정히 모은 손을 빼내 어시스트 그립을 잡았다. 산자락 밑으로 붉은 속살을 드러낸 에움길을 돌아 도로 사정이 좀 나아졌을 때, 고는 조설경으로부터 들은 연리목과 탑 이야기를 해 주었다. 그러자 그녀는 우리 엄마가 왜 기를 쓰고 거길 다녀왔는지 이제야 조금 이해된다며 못 말린다니까, 하고는 웃었다. 어느 순간 고가 물었다.

"페루에서 언제 귀국하셨습니까?"

"페루라뇨?"

"귀국 전까지 페루 리마에 살고 계신 걸로 알고 있는데요."

"아저씨가 뭘 잘못 알고 계신 것 같아요. 그런 적이 없거든요."

고는 더 대꾸하지 못하고 앞만 보고 운전만 계속했다.

목장은 5년 전에서 시간이 멈춘 듯했다. 목장 들머리의 오두막과 장대한 탑의 숲. 심지어 조설경과 나란히 걸터앉아 커피를 마셨던 마당의 조붓한 널평상도 그때 그대로였다. 그러나 조설경은 없었다. 혹시 현장에 가 있나 싶어 그녀와 함께 올라가 보았으나 거기에도 없었다. 그날도 사내는 5년 전처럼 회색 작업복 차림에 청벙거지를 눌러쓰고 돌탑을 쌓느라 여념이 없었다. 그녀가 기자 근성으로 다가가 조설경에 대해 지멸 있게 물어보았으나 사내는 끝내 아무런 대답이 없었다.

"조설경 씨라 그랬나요? 그분을 만나면 꼭 물어볼 말이 있었어요."

돌아오는 차 속에서 그녀가 실망한 표정으로 말했다. 고는 대꾸 대신 돌아보았다.

"우리 엄마는 가끔 엉뚱스러운 면이 있어요. 어쩌면 그분께 내가 풀어야 할 수수께끼 같은 걸 내 주었을지도 모르거든요."

고는 그녀의 말이 선뜻 이해되지 않아 뭐라고 대꾸해 줄 말이 없었다. 실은 그것보다 아까부터 물어볼 말이 있었다. 자신의 명함을 엄마에게 잘 전달했느냐고. 그러나 차마 그 말이 입에서 떨어지지 않았다. 몇 번 기회를 엿보다 고가 용기를 내어 물어본 것은 학교 운동장에 도착했을 때였다. 그때 그녀가 말했다.

"그럼요. 정확히 전달했죠. 증거도 있어요. 보실래요?"

그러곤 그녀는 휴대전화의 갤러리 앱을 열어 고 앞으로 내밀었다. 증거보다 먼저 나나 무스쿠리의 또랑또랑한 음성이 안개처럼 흘러나왔다. 처음이자 마지막으로 찾아갔던 정미옥의 자취방에서도 흘러나왔던 그 노래, '단 하나의 사랑Only Love'이었다.

고는 그만 눈을 감고 헤드레스트에 뒷머리를 기댔다.

정미옥이 전근 가기 전 마지막 주말이었다. 고와 정미옥은 첫 버스를 타고 월정사로 갔다. 정미옥이 제의했고 고가 동의했다. 근무지에서 월정사까지는 안동, 원주, 평창으로 이어지는 장거리 코스여서 당일 돌아오기가 어렵다는 걸 직감했지만, 고는 차마 거절하기가 뭣했다. 다만 걱정스러운 표정으로, 갔다 올 수 있겠어? 하고 물었을 뿐이었다. 그때 정미옥이 말했다.

"꼭 가고 싶어. 지금 아니면 영원히 못 갈 것 같아."

정미옥은 단호하게 말할 때는 반말하는 버릇이 있었다. 그래서 고는 더 이상 토를 달 수 없었다. 새벽부터 서둘렀지만, 월정대가람 일주문에 도착했을 때는 다저녁때였다. 정미옥이 소망하던 금강루 2층 윤장대와 적광전 앞 팔각구층석탑과 방산굴까지 둘러보고 천왕문을 나서 고즈넉한 전나무숲길을 걸어 나올 때는 계곡의 물소리도 처량한 어스름이 깔려 있었다. 월정사에서 버스를 타고 진부공용버스정류장까지 와 정류장 근처에서 늦은 저녁으로 순두부찌개를 먹고 어떻게 원주까지는 왔으나 더 이상 돌아갈 기력도 차편도 없었다.

"아무래도 힘들 것 같더라고."

"그래도 내 마음은 변함없다고요."

그 문제로 둘은 좀 다투었고, 그리고 목적 없이 거리를 배회하다 '동백'이라는 이름의 여관으로 들어간 것은 더 이상 걸을 수 없을 만큼 체력이 바닥난 자정 무렵이었다. 외양은 허름했지만, 더블 침대가 놓인 방은 따뜻하고 정갈했다. 거의 주말마다 배낭을 메고 돌아다녔어도 일박하기는 그때가 처음이었다. 둘은 겨끔내기로 씻고 욕실 쪽 벽에 등을 기대고 나란히 앉았다. 그리고 이불을 꺼내 가슴까지 덮은 상태로 오래도록 얘기를 나누었다. 무슨 얘기를 했는지는 기억나지 않지만, 주로 지난날 함께한 추억과 앞으로의 삶에 대해 서로의 생각을 주고받았던 것 같았다. 둘만의 얘기는 거의 새벽까지 이어졌고, ……그러다 어느 순간 잠 속으로 빠져들었는데 몽롱한 의식 속에서 눈을 떴을 때는 침대 위였고, 벗은 채로 부둥켜안고 있었고, 체크아웃 시간이 임박한 한낮이었다.

거의 동시에 눈을 뜬 고와 정미옥은 멋쩍고 민망해 마주 보고 픽 웃었다.

*

고의 명함은 투명 비닐 명찰에 끼워져 정미옥의 가슴께에 달려 있었다. 정미옥은 그새 한 그루 나무가 되어 있었다. 단 한순간도 상상해 본 적이 없는 동백나무가 되어 있었다. 그녀가 엄마의 모습을 보여 주며 말했다. 아저씨가 알고 있는 정보들은 다 엉터리였다고. 자신이 아는 한에서는 정미옥이라는 여자는 한 번도 대한민국을 떠나 본 적이 없다고. 한 그루 나무가 될 때까지 외삼촌의 과수원 일을 도우며 수녀처럼 살았다고. 지금도 거기에 살고 있다고. 동백이 되고 싶다고……. 그녀는 떨리는 손등으로 끝내 참았던 눈물을 훔쳤다.

"얼마나 되셨나요?"

그녀의 마음이 진정되었을 때 고가 물었다.

"5년 되었어요. 꼽아보니 이곳엘 다녀가고 얼마 뒤인 것 같아요."

"그렇군요."

고는 그녀에게 어떻게 위로해야 할지 몰라 고개만 끄덕였다. 고개를 끄덕이며 새벽꿈 뒤에 불쑥 나무가 떠올랐던 건 이 때문이었나, 하고 생각했다.

"혹시 알고 계셨어요? 엄마가 28년 뒤의 만남을 제안한 이유를요."

그녀의 물음에 고는 솔직히 대답해 주었다. 28년은 당시 두 사람 나이의 평균값이었다고. 실제로 고는 그렇게 알고 있었다. 정미옥은 대학 때부터 '평균'이란 말을 무척 좋아했다. 선배의 몸무게와 제 몸무게의 평균값은 얼마일까요? 선배의 키와 제 키의 평균값이 대한민국 어른 전체의 평균값보다 클까요, 작을까요? 캠퍼스 내의 총 건물의 평균 높이는 얼마쯤 될까요? 삼십 년 뒤쯤이면 우리나라 사람의 평균 수명은 얼마쯤 될까요? 정미옥의 머릿속에는 온통 '평균'이란 단어로 채워져 있는 것 같았었다. 고의 대답에, 그녀는 애매하게 웃으며 조용히 갤러리 앱을 지웠다. 그러곤 정답을 공개하듯 말했다.

"그건 표면상의 이유죠. 엄마는 젊었을 때부터 늘 죽음을 껴안고 살았었죠. 틈만 나면 여행을 다닌 것도 그 공포로부터 벗어나기 위한 몸부림이었던 거죠. 28년은 최소한 그때까지 살고 싶다는 강력한 의지 표현이었을 거예요. 비록 다 이루지는 못했지만. 그런 목표가 있었기에 그만큼이라도 버텼다고 생각해요. 그래서 아저씨를 만나보고 싶었고, 마음속으로 감사하게 생각하고 있어요. 특별한 관계도 아니면서 누군가의 버팀목이 되어준다는 게 말처럼 쉬운 일은 아니니까요. 엄마께 꼭 전할게요. 아저씨랑 목장엘 다녀왔다고요. 태워줘서 고마워요."

그녀가 문을 열고 나가려다 말고 고에게 다시 한번 감사의 고개를 숙였다.

고는 그녀가 학교 운동장 모서리에 세워둔 빨간색 아반떼에 올라 교문을 완전히 빠져나갈 때까지 조각상처럼 앉아 있었다. 시속 60km의 느린 속도로 돌아오는데 채신없이 눈물이 쏟아졌다. 여자에게서 첫 실연의 아픔을 겪은 뒤로 이따위 사소한 일에 눈물을 흘리지 않으리라 다짐했던 고였다. 두 시간의 운전 끝에 아파트로 돌아왔을 때, 고는 몸속의 에너지가 손가락과 발가락 사이로 죄 빠져나간 기분이었다. 고는 씻지도 않은 채 침대 위에 널브러졌다. 무기

력중이란 이런 거구나 싶었다. 쉰일곱의 삶이 가짜였구나, 싶었다.

고는 그런 상태로 일주일을 버텼다. 정미옥이 수천 번도 더 들었을 나나 무스쿠리, 존 바에즈, 아바, 수잔 잭스를 들으며. 듣는 내내 고의 머릿속에는 온통 동백으로 꽉 차 있었다. 혹한에도 늠름하고 굳센, 누구보다 그대를 사랑합니다, 라는 꽃말을 지닌 차나뭇과 쌍떡잎식물. 큰 나무는 높이 20미터까지 자라고 회백색의 줄기와 두껍고 진한 녹색의 잎을 지닌 조매화라고도 불리는 상록수. 잎 모양은 긴 타원형에 물결 모양의 작은 톱니가 있고 앞면은 사철 윤기가 흐르고 뒷면은 윤기 없는 황록색을 띠며, 꽃은 다른 색도 있지만 붉은색이 주를 이루고 대체로 다섯 장의 꽃잎으로 구성된 통꽃의 가운데에는 노란색의 꽃밥이 달려 있는…… 그녀가 말해 주기 전에는 아무런 관심이 없었던 그 나무, 동백. 그리고 여관, 동백.

그 일주일 동안 고가 한 일이라곤 간신히 침대에서 몸을 일으켜 고혈압과 고지혈증 약을 먹기 위해 한 컵의 물을 마시고 화장실엘 들르는 것뿐이었다. 아무것도 먹지 않아도 오줌이 마려웠고, 변의가 찾아왔다. 사람이 최소한의 수분만 공급하고 일주일 동안 음악을 들으며 생각만 하고 있어도 죽지 않는다는 걸 그때 처음 알았다.

그런 고를 다시 일으켜 세운 것은 양모였다. 늦은 밤에 전화한 양모가 말했다.

"락아, 내일이 오는 날이구나. 아무것도 가져오지 말고 몸만 오너라. 이 어미는 다른 소원은 없다. 너 몸이 성하고 너만 잘되면 된다. ……그리고 참 지난번에 말했던 거 곰곰이 생각해 보니까 이 나이에 배롱나무는 좀 그렇다 싶더라. 그냥 수더분한 라일락이나 목련으로 하면 어떨까 싶다. 내일 만나서 의논하자꾸나."

그날 밤, 고는 꿈속에서 한 그루 동백나무를 보았다. 동백나무는 어릴 때 여자를 기다리던 산문 앞 흙무더기 위에 단아한 모습으로 서 있었다. 가슴에는 명함 대신 한 송이의 붉은 꽃을 매달고 있었다.

2. 동백꽃이 피었습니다

이듬해 8월이 되어서야 정미옥에게 가볼 핑곗거리가 생겼다. 그동안 고는 굳은 머리로 그걸 찾으려고 애면글면 노력했지만, 생각만큼 쉽지 않았다. 그런데 전혀 예상하지 못한 곳에서 그게 나왔다. 그것은 한 장의 사진이었다. 양모의 사진첩 속에 반세기가 넘도록 미라처럼 묻혀 있었다.

양모는 아흔 해의 삶을 마감하고 양부 곁으로 갔다. 양모는 그 나이까지 비교적 건강했다. 고는 그때까지 하루에 한 번 안부 전화와 한 달에 한 번 찾아뵙는 약속을 금과옥조처럼 지켰다. 돌아가기 전날에도 고는 평소처럼 안부 전화를 드렸다. 기도 중에 전화를 받은 양모는 오히려 고의 건강을 염려했다. 그러기에 고는 양모의 죽음을 예상하지 못했다. 그런데 그날 밤에 운명한 것이다.

새벽녘에 요의를 느껴 눈을 떴다가 고는 낯선 이의 전화를 받았다. 그런 전화는 잘 받지 않는데 그날은 이상하게 손이 빨라 갔다. 상대는 고의 신원을 확인한 뒤 나직하게 말했다.

"김양순 할머님께서 간밤에 별세하셨습니다."

고는 처음 신종 보이스 피싱인 줄 알았다. 그래서 고는 성가신 목소리로 대체 누구시냐고 따져 물었다. 상대는 당황하는 기색 없이 실버타운 관리실장이라고 대답했다. 그래도 미심쩍어 바로 양모와 단짝인 안노인의 전화번호를 검색해 확인했다. 사실이었다. 안노인은 새벽 기도 가자고 찾아갔더니 이미 하나님의 부르심을 받았더라며 훌쩍거렸다. 자는 것처럼 편안한 모습이었다고 했다. 결국 양모의 소원대로 된 셈이었다. 양모는 평소 자는 잠에 양부가 찾아와 보쌈하듯 데려가 주기를 소망했었다.

고는 양부 곁에 수목장을 해드렸다. 양모의 소원이었다. 고가 뵈러 갈 때마다 양모는 자주 그 말을 입에 담았다. 보름 전, 찾아뵀을 때도 그랬다.

"락아, 자는 잠에 네 아버지가 날 데려가거든 산수유나무로 해다오. 다음 세상에는 그 나무로 살아보고 싶구나."

고가 그 말씀을 하신 지 벌써 열 번 가까이 된다고 하자, 양모는 내가 언제 그러더냐며 수줍게 웃었다. 양모는 잊을 만하면 그 얘기를 꺼냈다. 처음 그 얘기를 꺼낸 건 작년 2월이었다. 나무는 말할 때마다 바뀌었다. 배롱나무, 라일락, 목련, 매화나무, 소나무, 동백나무, 벚나무, 자귀나무, 그리고 산수유까지.

고는 20년생 배롱나무로 수목장을 해드렸다. 배롱나무는 양모가 그 얘기를 꺼낼 때 처음 입에 올린 나무였다. 처음 말한 게 그래도 가장 진심에 가까우리라 싶어서였다.
 고는 삼우 뒤 양모의 유품을 정리했다. 양모는 깔끔한 성격이어서 이미 버릴 건 다 버려 특별히 정리할 게 없었다. 철별 옷가지 몇 벌, 성경과 찬송가, 성경 필사 노트, 구형 휴대전화, 예금통장, 보험증서, 현금이 든 봉투, 가락지와 팔찌, 그리고 사진첩. 그게 다였다. 유품을 정리하고 있자니 미안한 마음이 가슴을 욱죄었다. 양모의 평생소원은 며느리와 오순도순 밥 한 끼 먹어보는 것이었다. 그러나 고는 끝내 그 소원을 들어주지 못했다. 새삼 죄송스러움과 그리움이 덮쳐와 사진첩을 꼼꼼히 넘겨 보다가……였다. 고는 마지막 갈피 귀퉁이에 꽂힌 낯익은 사진 하나를 발견했다. 젊은 여자의 반명함판 증명사진이었다. 물방울무늬 블라우스 차림에 단발머리를 한 여자는 입가에 엷은 미소를 그리고 있었다.
 한눈에도 정미옥이었다. 이 사진이 왜 여기에 있을까. 고는 의아해 사진첩에서 빼내 들여다보았다. 다시 봐도 정미옥 같았다. 그러나 다음 순간 고는 움찔했다. 사진 뒷면 모서리에 자그맣게 쓰인 글자가 눈에 들어왔기 때문이었다. 락의 생모(1969.3). 푸른 잉크가 번진 글자는 양모의 글씨였다.
 1969년이면 여자가 고를 절에 맡긴 해였다. 아직 국민학교에 들어가기 전이었지만, 그때의 일이 고의 기억 속에 어제처럼 또렷이 각인되어 있었다. 여자는 고의 손목을 스님에게 넘겨주며 다섯 밤 자고 데리러 오겠다고 약속했다. 고가 앙탈을 부리자 여자는 새끼손가락을 내밀며 다섯 밤 자고 꼭 데려오겠다고 맹세했다. 고는 여자의 새끼손가락을 믿었다. 여자의 새끼손가락은 여태 배신한 적이 없었기 때문이었다. 고는 마지못해 여자의 새끼손가락에 새끼손가락을 걸며 잊지 마, 다섯 밤이야, 했고, 여자는 웃으며 응, 다섯 밤! 하고는 엄지로 맹세의 도장을 찍었다.

그러나 여자는 약속을 지키지 않았다. 다섯 밤의 다섯 번이 지나도 나타나지 않았다. 다시 다섯 밤의 다섯 번이 지나갔을 때, 고는 깨달았다. 여자가 자기의 새끼손가락을 잘라버렸다는 걸. 그 순간, 고도 새끼손가락을 잘라버리고 싶었다. 고가 밥도 안 먹고 새끼손톱을 물어뜯으며 훌쩍이자 스님이 그 까닭을 물었다. 고는 솔직히 대답했다. 스님이 두말없이 고의 새끼손가락을 자르고는(척하고는) 반창고를 붙여 주었다. 고는 자른 새끼손가락이 아물 때까지 그 반창고를 떼지 않았다.

그해 여름, 고는 양모의 손에 이끌려 그 절을 떠났다. 새끼손가락의 반창고를 뗀 지 얼마 되지 않았을 때였다. 고는 절을 떠나고 싶지 않았지만, 고에겐 잡힌 손목을 빼낼 힘이 없었다. 기껏 고가 할 수 있는 것이라곤 양모가 사준 신발을 안 신겠다고 버틴 정도였다. 절에는 고 말고 대여섯 명의 아이들이 더 있었다. 그들에게 구원의 눈빛을 보냈으나 힘이 없긴 그들도 마찬가지였다. 손등으로 눈물을 훔치거나 말없이 손을 흔드는 것 말곤 할 수 있는 것이 없었다. 고는 속이 상해 스님의 마지막 인사조차도 받지 않고 절을 떠났다.

그런 아이들은 본능적으로 안다. 좋은 사람인지 아닌지를. 며칠 지내보니 양모는 배신한 여자와는 비교가 안 되게 자상하고 사랑이 충만한 사람이라는 게 느껴졌다. 양부는 더 좋은 사람 같았다. 고를 보면 좋아 어쩔 줄 몰라 했다. 그렇게 따뜻한 환대는 처음이었다. 눈비음으로 며칠만 그러려니 했는데, 아니었다. 양모와 양부는 한결같았고, 고라면 껌뻑 죽었다. 고가 원하는 것은 뭐든 다 해주었다. 그럴수록 고는 불안했다. 어느 날 불쑥 양모가 배신한 여자처럼 새끼손가락을 내밀며 다섯 밤을 약속할지 몰랐기 때문이었다. 그래서 고는 양모와 양부가 거실에 앉아 있으면 일부러 들으랍시고 웅변학원에서 배운 대로 우렁찬 목소리로 외치곤 했다. 집 앞 5층짜리 건물에는 웅변학원과 태권도장이 있었고, 유치원에서 돌아오면 그곳에서 웅변과 태권도를 배웠다.

"안녕하십니까. 제 이름은 고악락입니다. 엄마 이름은 김양순이시고 아빠 이름은 고영술이십니다. 저는 우리 집에서 엄마, 아빠와 함께 오래오래 행복하게 살고 싶습니다."

어쩌다 그 소리를 들으면 양모는 방문을 열고 들어와 아이고, 착한 내 새끼! 하며 그렁그렁한 눈으로 고를 으스러지게 껴안아 주곤 했다. 그래도 고는 안심되지 않았다. 배신한 여자도 곧잘 그런 식으로 고를 안심시켰기 때문이었다.

언제인가부터 고는 학원에서 돌아오면 대문 틈새로 집 안의 동정을 살피는 버릇이 생겼다. 집 안에 누군가가 있는 낌새라도 느껴지면 들어가지 않았다. 집 앞 놀이터에 숨어 망을 보다가 낯선 사람이 대문을 나선 뒤에야 대문의 버저를 눌렀다. 그런 날 밤이면 고는 어김없이 양모와 다섯 밤의 새끼손가락을 거는 악몽에 시달리곤 했다. 악몽의 버전은 엇비슷했다. 양모로부터 손목을 건네받은 이는 한결같이 천사의 탈을 쓴 식인종이고, 그에게 손목 잡혀 끌려간 곳은 어디쯤인지 가늠조차 되지 않는 으스스하고 섬뜩한 동굴이었다. 동굴에는 그들의 먹잇감이 될 아이들이 공포에 질린 표정으로 철장 속에 빼곡히 갇혀 있었다. 끼니때마다 누군가의 이름이 불렸고, 호명된 아이들은 어딘가로 끌려가서는 다시는 돌아오지 않았다. 악몽은 고가 호명되어 끌려갈 때, 안 가려고 버둥거리며 비명을 지르는 대목에서 끝났다. 악몽에서 깨어나면 등줄기는 땀으로 흥건했고, 안도보다 공포감으로 잠을 설쳤다.

고가 그 악몽에서 벗어난 건 국민학교에 입학하고 난 뒤였다. 예쁜 여자 담임 선생님이 아이들을 모아 놓고 한 사람씩 일으켜 세우며 이름을 불렀는데, 고를 '이악락'이 아닌 '고악락'으로 호명했던 것이다. 뒤에는 어른 여럿이 둘러서 있었다. 그렇게 많은 사람 앞에서 '고악락'으로 불리기는 그때가 처음이었다. 고는 비로소 '고악락'을 인정받았다는 기쁨과 함께 이젠 적어도 누군가에게 손목 잡혀 집을 떠나는 일은 없겠구나, 하는 알 수 없는 안도감이 밀려왔다.

양모는 죽는 날까지 고 앞에서 여자를 언급한 일이 없었다. 고도 애써 알려고 하지 않았고, 궁금하지도 않았다. 따라서 고는 여자에 대해 아는 게 없었다. 나이, 이름, 사는 곳, 심지어 그 여자와 양모가 어떤 관계인지조차 전혀 알지 못했다. 생부는 기억조차 없었다. 세월은 사막의 열풍 같았다. 고가 중학교에 들어갈 무렵에는 여자의 얼굴이 모래언덕처럼 깎이고 깎여 우련한 윤곽조차 남아 있지 않았다.

고는 유품을 정리하다 말고 멍청히 앉아 있었다. 서로 다른 시공간에서 태어나고 자란 두 여자가 도플갱어처럼 닮았다는 데, 야릇한 기분과 긴장감을 느꼈다.

*

정미옥의 딸과 함께 목장을 다녀온 지 두 달쯤 지났을 무렵이었다. 어떤 문학 단체의 특강 초청을 받고 고는 춘천엘 방문한 적이 있었다. 모처럼의 방문인데 일박하고 가라는 지인의 권유가 있었지만, 고는 내일 일정이 빠듯하다는 핑계로 운전석에 앉았다. 그때는 아무 생각이 없었는데, 출발해 시내를 빠져나오자 불현듯 원주에 가보고 싶어졌다. 이런 기회가 쉽지 않은데 온 김에 박경리문학공원을 잠깐 들렀다 가자, 그런 생각이 들었던 것이다.

한 시간 남짓 달려 도착한 박경리문학공원은, 그러나 관람 시간이 끝나 있었다. 난감해 담배를 피워물었을 때, 불현듯 동백여관이 생각났다. 즉석에서 검색해 보았으나 그런 여관은 없었다. 비슷한 이름의 여관도 없었다. 그러나 고는 기억이 안내하는 대로 시외버스터미널로 갔다. 차를 유료주차장에 주차해 놓고 반경 1km 내의 일대를 한 시간가량 수색했지만, 기억은 끝내 동백여관이 있던 위치마저 특정하지 못했다.

고는 그만 실망감과 함께 허기를 느껴 찾기를 포기했다. 진부에서 함께 먹었던 순두부찌개가 생각나 맛집 앱을 검색해 가까운 순두부찌개 전문점을 찾아갔다. 전통의 맛집은 저녁 시간대라 다양한 부류의 사람들이 북적거렸다. 고는 종업원이 안내하는 구석 자리에 외따로 앉아 순한 맛의 순두부찌개를 주문했다.

음식은 생각보다 빨리 나왔다. 도가니탕처럼 후끈한 열기가 느껴지는 순두부찌개는 정갈하고 짭조름했다. 그때도 날달걀 하나씩을 보시기에 담아 주던 건 기억났지만, 맛이 이랬는지는 기억나지 않았다. 고는 먹는 내내 자괴감이 밀려왔다. 가슴속 멍울처럼 남아 있는 기억 때문이었다. 그때는 왜 그렇게 옹졸하고 감정들이 생선 가시처럼 날이 서 있었는지 모를 일이었다. 고는 먹는 내내 무리한 일정에 대한 불만을 표출했고, 그 덤터기를 고스란히 쓰게 된 정미옥은 끝내 그 부담감을 감당하지 못해 순두부찌개를 먹는 내내 눈물을 글썽거렸었다.

식사 후 그래도 미련이 남아 그 일대를 다시 한 바퀴 돌아보았지만, 허탈과 자괴감만 쌓일 뿐이었다. 고는 별수 없이 그때와 위치와 분위기가 비슷하다고 기억이 일러 주는 여관을 찾아 들어갔다.

마침 방이 있었다. 현금으로 숙박료를 지불하고 카드키와 비닐 팩에 든 용품을 수령하며 에멜무지로 동백여관을 물었으나 육십 대 후반으로 보이는 할머니는 무심한 얼굴로 고개만 가로저었다. 방은 아담하고 깨끗했고, 그때처럼 화장실 맞은편 쪽에 더블 침대가 놓여 있었다.

고는 뜨거운 물에 샤워하고 그때처럼 욕실 쪽 벽에 등을 기대고 앉았다. 그러자 그때의 일이 울울한 기억의 숲을 헤치고 물그림자처럼 일렁거리며 떠올랐다. 기진맥진한 정미옥이 먼저 씻었고, 뒤따라 고가 욕실로 들어갔다. 씻고 나니 기분과 기운이 호전되어 이불장의 이불을 꺼내 가슴께까지 덮고 그렇게 나란히 앉아 있었다. 그 사이 고가 한 번, 정미옥이 두 번 화장실을 다녀왔고, 정미옥이 허리가 안 좋다고 해 한 차례 자리를 바꿔 앉았고, 무슨 얘기 끝에 그게 나왔는지 기억에 없지만 정미옥이 당뇨와 관련된 평균값을 한 번 언급했다. 새벽이 되자 방 안의 공기가 급속도로 식었고, 한기를 느낀 고와 정미옥은 이심전심이 통해 이불을 끌어안은 채로 침대로 갔다. 그리고 마주 보고 누워 어색함을 눈웃음으로 지우다가 남녀가 그렇게 한 이불 속에 누워 있으면 으레 그래야 하는 것처럼 한동안 껴안고 애무하고 키스하다 관계를 가졌다. 정미옥이 원해 수면 등은 끈 상태였다. 그때가 처음이었던 정미옥은 이따금 불편함을 호소했고, 역시 그때가 처음이었던 고는 정미옥의 반응에 어떻게 대처해야 좋을지 몰라 죽자고 정미옥의 가슴에 얼굴을 묻고 쩔쩔맸다. 정미옥은 가녀린 허릿매에 비해 가슴이 풍성했다. 입술에 와 닿던 한없이 부드러운 젖무덤과 꼿꼿하게 일어선 젖꼭지의 감촉은 오래도록 고의 기억 속에 전설처럼 남아 있었다.

고는 맥주 한 병을 비우고 일찌감치 침대에 누워 버릇처럼 무선 이어폰을 끼고 세계 명작 단편 오디오북을 듣다가 잤다. 그러나 여러 차례 잠이 깨였고, 그때마다 소망했으나 더 이상 정미옥과의 그런 꿈은 없었다.

다음 날 고는 박경리문학공원을 찾아 꼼꼼히 관람하고 옛 근무지로 갔다. 옛 근무지는 귀갓길의 중간 조금 못 미치는 지점에 있었다. 약간의 섬서함과 민망함으로 여관을 나온 정미옥과 정류장 앞 기사식당에서 아침 겸 점심을 먹고 직행버스를 탔던 그 길을 따라 쉬엄쉬엄 운전했다. 여관을 나온 뒤로 내내 말이 없던, 버스를 탄 뒤에는 머릿속 골갱이 하나가 빠져 버린 것처럼 멍한 상태로 줄곧 차창 밖의 풍경만 바라보고 앉았던 정미옥이 그때 그 긴 시간 동안 무슨 생각을 하고 있었을까를 생각하며……. 도로 사정이 그때와는 비교도 안 되게 좋아지고 몰라보게 변형되었지만, 주변의 풍경이 안내하는 길의 지도는 겨우 명맥을 유지하고 있는 풍속들처럼 우련히 남아 있었다.

딱히 볼일이 있었던 건 아니었다. 여기까지 온 김에 늘 마음 한 자락에 그리움의 공간으로 남아 있는 그곳을, 경유지 핑계 삼아 조용히 둘러보고 싶었을 뿐. 저번 정미옥의 딸을 만났을 때는 미처 그럴 시간과 마음의 여유가 없었다.

 옛 근무지에 도착했을 때는 늦은 점심때였다. 고는 해동반점에서 짜장면으로 허기를 채우고 차는 반점 앞에 세워둔 채로 곧장 학교로 갔다. 평일인데도 학교는 휴일처럼 조용했다. 단층이던 본관 건물을 2층으로 증축하고 리모델링한 학교는 옛 모습을 거의 찾아볼 수 없었다. 밥집에서 가져온 점심밥을 둘러앉아 먹으며 노닥거렸던 본관 뒤편의 숙직실은 숫제 없었고, 화장실은 새뜻한 수세식으로 바뀌어 있었다. 교무실과 교장실의 위치는 예전 그대로였지만, 분위기는 그때와 사뭇 달랐다. 반투명 유리창 너머로 훔쳐본 교무실 안에는 젊은 남녀 교사가 나란히 앉아 책상 위의 모니터를 들여다보고 있었다. 흡사 그 옛날, 자신과 정미옥을 보는 듯했다.

 고의 행동이 수상쩍었던지 교장인 듯한 사람이 다가와 어떻게 오셨느냐고 물었다. 고가 어줍은 얼굴로 솔직히 대답하자 반갑게 인사하며 차 한 잔을 권했다. 그러나 고는 정중히 사양하고 현관을 나섰다. 현관을 나설 때 벽면에 붙어 있는 학교 현황을 보니 전교생이 고작 25명이었다. 그때는 한 반이 50명이었는데, 격세지감이 느껴졌다.

 고는 이 학교에서 26개월 남짓 근무했고, 정미옥과는 정확히 1년 8개월 12일을 함께 근무했다. 정미옥은 이곳이 초임지였다. 온통 산으로 둘러싸여 있어 시외버스에서 내리는 순간 숨이 막힐 지경이었던 고에게는 정미옥과의 해후가 마치 행운권에 당첨된 것 같은 기분이었다. 고는 정미옥이 있어 외롭지 않았고, 학교생활이 즐거웠다. 주말이면 대학 시절에 하던 버릇대로 배낭을 메고 어딘가로 함께 떠나서는 땅거미가 질 무렵, 마치 개선장군처럼 어린 시절 불렀던 동요를 생각나는 대로 소환해 나직나직 합창하며 돌아오곤 했다. 파란 마음 하얀 마음, 오빠 생각, 따오기, 설날, 고드름, 고기잡이, 기찻길 옆, 산바람 강바람, 섬집 아기, 과수원길……. 그런 동요들을 부르면 왜 그렇게 슬픔의 감정들이 곰비임비 가슴을 밀어 올리는지 알 수 없었다.

정미옥은 이곳에서 만 3년 근무하고 타지의 중학교로 전근 갔다. 2월 마지막 날, 근무지로 떠난다기에 학교에 가보니 정미옥은 아무도 없는 교무실에 혼자 앉아 고를 기다리고 있었다. 책상은 이미 깨끗이 정리해 둔 상태였다. 고는 정미옥에게 마지막으로 짜장면 곱빼기를 시켜 주었다. 정미옥은 유달리 짜장면을 좋아했다. 짜장면을 먹는 동안 정미옥은 아무 말도 하지 않았다.

"선배, 그만 가볼게요."

다 먹은 그릇을 신문지로 싸서 출입문 밖에 내놓은 정미옥은 마치 잠깐 어딜 출장 가는 것처럼 말했다.

"그래. 거기서도 근무 잘하고. 가끔 연락하자."

고가 어색하게 웃으며 손을 내밀었다. 정미옥이 녹색 트렌치코트 주머니에서 손을 빼내어 짧게 악수하곤 돌아섰다. 담담히 레일식 출입문을 열고 교무실을 나설 때 그녀의 좁은 어깨가 가늘게 떨고 있는 게 느껴졌다. 고는 창문으로 우측 어깨에 숄더백을 멘 정미옥이 운동장을 가로질러 교문 밖으로 가뭇없이 사라질 때까지 묵묵히 지켜보았다. 그리고 사글셋방으로 돌아가려고 책상 위를 정리하고 가운데 서랍을 열어보니 정미옥의 분홍빛 쪽지가 교무 수첩 갈피에 꽂혀 있었다.

선배, 그동안 고마웠고 덕분에 행복했어요. 우리, 28년 뒤까지 살아 있을까요? 만일 그때까지 살아 있다면 교문 옆 느티나무 밑에서 얼굴 한번 봐요. 날짜와 시간은 오늘 이 시간이 무난하겠죠? 그때면 선배는 57세, 전 55세네요. 알베르 카뮈의 희곡 『오해』에 이런 말이 있죠. 모든 나뭇잎이 꽃이 되는 가을은 두 번째 봄이라고요. 우리도 그때쯤이면 두 번째 봄을 맞고 있겠죠. 그때의 얼굴이 참 궁금해요. 우리, 그때 만나면 두 번째 봄을 맞은 기념으로 배 터지게 짜장면을 먹어요. 짜장면 곱빼기는 제가 살게요. 건강 조심하시고 근무 잘해요. 2. 28. 12:00 미옥.

당시엔 그것이 마지막이 되리라곤 상상조차 하지 못했다. 그러기에 고는 쪽지에 대해 특별한 의미를 두지 않았다. 쪽지는 작별을 예쁘게 감싸기 위한 포장지고, 28년은 작별을 미화하기 위한 극적 장치쯤으로 생각했다. 그것이 착각이었다. 절실함을 가벼움으로 치부한 오판이었다. 설령 그렇지 않았더라도 결과는 크게 달라지지 않았을 것이다. 용기가 삶의 빛깔과 방향을 결정한다는 깨달음을 그 무렵에는 절대로 깨닫지 못했을 테니…….

고는 그해 8월, 대학원 진학을 위해 그곳을 떠났다. 정미옥을 잊기 위해서는 그 방법밖에 없었다. 떠남과 동시에 고는 정미옥을 가슴속에서 밀어냈다.

고가 정미옥의 결혼 소식을 듣게 된 것은 그해 겨울이었다. 함께 석사과정을 밟던 차상희에게서였다. 수업 후 귀가하는 버스 속에서 차상희는 상당히 흥분된 얼굴로 이죽거렸다.

"선배, 이게 이해돼요? 정미옥, 아시죠? 문학동아리 활동도 함께 했잖아요. 걔는 여고 때부터 제 짝지였거든요. 걔가 글쎄, 지난여름에 쥐도 새도 모르게 결혼했다지 뭐예요. 외무고시 출신의 외교관이라던가 뭐라나, 하여튼 그런 사람과. 걔가 원래 학교 다닐 때부터 맹하고 엉뚱스럽긴 했지만, 저랑은 그런 사이가 아니거든요. 그 소식 듣고 너무 황당해 한참 웃었다니까요. 누가 지 신랑을 잡아먹는지……."

차상희는 고와 정미옥이 한때 함께 근무한 사실을 모르고 있었다. 고가 말하지 않았고, 말하고 싶지도 않았다. 고는 차상희의 말을 듣고 조금 의외라고 생각했다. 고가 알기로 정미옥은 고 못지않게 독신주의자였다. 그러나 아무튼 잘 됐다고 생각했다.

양모는 고가 서른 중반을 넘기자 짝을 붙여 주려고 결사적이었다. 그러나 고는 정미옥 외에는 어떤 여자에게도 마음이 흔들린 적이 없었다. 굳이 밝히자면 잠깐 그런 적이 있긴 했다. 고의 나이 마흔 때쯤이었다. 조교수가 된 직후였고, 이제는 직장 동료가 된 후배 차상희였다. 어느 날 그녀가 장문의 손편지를 보내왔다. 말하자면 프러포즈였다. 그녀가 자신을 오랫동안 마음에 두고 있던 줄은 몰랐다. 그래서 심적 부담감이 컸다. 고는 일주일쯤 고민하다가 마음만 받겠다는 답신을 보냈다. 특별한 이유는 없었다. 굳이 있다면 다시는 다섯 밤의 트라우마를 경험하고 싶지 않다는 심리적 메커니즘 정도일 것이다. 차상희는 이듬해 맞선본 성형외과 전문의와 결혼했고, 고는 기꺼이 결혼식에 참석해 축하해 주었다.

그게 다였다. 그러기에 고에겐 정미옥이 처음이자 마지막 여자였다.

*

과수원은 은해사 근처의 작은 마을 옆 산기슭에 자리하고 있었다. 고는 그 과수원을 한 번 가본 적이 있었다. 정미옥과 함께 근무하던 이듬해였다. 고가 2학년 1반, 정미옥이 2학년 2반 담임을 맡고 있을 때였다. 가정실습 기간 중이었는데, 교무실에는 당직 교사와 둘만 남아 있었다. 선생님 대부분은 본가가 있는 대구, 안동으로 떠나고 없었다. 옆자리에 앉아 유선 이어폰으로 카세트 녹음기의 노래를 들으며 랭보의 『지옥에서 보낸 한철』을 읽던 정미옥이 고개를 돌려 불쑥 물었다.

"선배, 내일 뭐 해요?"

"왜, 또 발바닥이 간질거려?"

그러자 정미옥이 포스트잇에 무얼 적어 슬며시 디밀었다. 당시에는 은밀한 얘기는 그런 식의 쪽지 주고받기가 일상이었다.

―내일 저 따라가면 (일당+점심) 보장해 드려요.

―두말하기만 해봐라.

고는 즉시 끄적거려 짓궂게 토스했다. 그러잖아도 황금 휴가를 어디서 죽일까, 고민 중이었다. 어딘 줄도 모르고 무작정 정미옥을 따라간 곳이 그 과수원이었다. 산자락을 깔고 앉은 과수원은 그리 크지 않았다. 과수원 들머리에는 삼 칸짜리 기와집 한 채와 사랑채, 그리고 일자형 우사가 있었다. 한눈에도 살림이 넉넉해 보이지는 않았다. 그들이 도착했을 때는 사십 중반쯤 되어 보이는 부부가 과수원에 살충제를 뿌리기 위해 준비하느라 분주했다.

고는 그날 약 치는 일을 도와주었다. 그 집에는 안노인과 부부, 두 아이가 살고 있었다. 저녁 무렵 돌아오는 길에서야 그 과수원집이 정미옥의 본가라는 걸 알았다. 안노인은 정미옥의 모친이고, 부부는 정미옥의 큰오빠 내외였다. 진작 알았으면 제대로 인사라도 했을 텐데, 정미옥은 끝내 그 사실을 숨겼다. 왜 그랬냐고 했더니, 정미옥은 괜히 부담 주고 싶지 않았다고 변명을 늘어놓았다. 그 때문에 둘은 티격태격했다.

기억 하나만을 믿고 무작정 찾아가기에는 30년 세월이 너무 길었다. 정보가 부족한 시골길은 내비게이션도 별 도움이 되지 못했다. 휴게소에서 카페라테를 마시며 차상희 교수에게 전화했더니 위치와 가는 길을 자세하게 가르쳐 주었다. 차 교수는 이유를 물었고, 고는 누가 알아봐 달라는 사람이 있다고 둘러댔다. 차 교수는 얼마 전에도 여고 동기생의 길 안내를 겸해 그 과수원엘 다녀왔다.

지난 하계휴가 때였다. 마침 기회가 생겨 논문 자료 수집차 몽골 울란바토르를 다녀왔다가 연구실엘 들렀더니 차상희 교수가 언제 들어오는 걸 봤던지 자기 방에서 차 한잔하자고 인터폰했다. 고가 컴퓨터를 열어 인트라넷 공지 사항을 확인하고 바로 차 교수의 방으로 갔다. 차 교수는 우전차를 우려 놓고 기다리고 있었다. 남편 후배가 귀한 걸 선물했더라고 자랑하듯 말하며 찻잔을 고 앞으로 내밀었다. 그녀도 찻잔 앞에 마주 앉았다. 차의 향기를 음미하듯 몇 번 찻잔을 들었다 놓았다 하다 뜬금없이 정미옥의 소식을 들었느냐고 물었다. 고가 깜깜나라의 눈으로 바라보자 차 교수가 말했다.

"며칠 전에 미옥이한테 갔다 왔어요. 세상에나, 벌써 5년도 더 되었다네요, 걔가 죽어 동백나무가 된 지……. 외교관 남편 만나 아들딸 낳고 페루 리마인가 거기서 잘 사는 줄 알았는데, 총 맞은 기분이었어요. 더욱 충격적인 건 미옥이 걔가 결혼한 적이 없다는 거예요. 큰오빠 말로는 교직을 그만둔 뒤로 줄곧 그 과수원집에서 살았다네요. 선배는 걔 시크릿 라이프, 이해돼요? 서프라이즈도 그런 서프라이즈가 없어요. 정말 충격 먹었어요."

차 교수는 그 나이에도 입에 익어 단둘이 있을 땐 선배라고 불렀다. 고는 차 교수의 말에 그녀 못지않게 충격을 받았다. 정미옥이 나무가 되었다는 얘기는 딸에게서 들어 알고 있었지만, 정미옥이 결혼한 적이 없다는 얘기는 처음 듣는 소리였다. 정미옥의 딸도 그 말은 하지 않았다.

고는 그 일로 한동안 꿈속을 헤매는 듯한 착각의 늪에 빠져 있었다. 나중에는 장자처럼 고가 세상을 꿈꾸고 있는지 세상의 누군가가 고를 꿈꾸고 있는지 그것조차 헷갈리는 기이한 현상을 경험했다.

*

30년의 세월은 모든 걸 지우고 바꿔 놓았다. 차 교수의 자상한 설명이 있었음에도 고는 길가에 차를 세워 놓고 지나가는 사람에게 묻고 물었어야 가까스로 그 과수원을 찾을 수 있었다. 과수원 들머리의 기와집은 양옥으로 바뀌었고, 과수원은 포도밭이 되어 있었다.

그새 정미옥의 큰오빠는 주름투성이 얼굴에 머리가 하얀 노인이 되어 있었다. 그는 고를 알아보지 못했다. 고가 기억껏 설명을 덧붙였을 때, 정말 기억났는지 아니면 난 척했는지 그제야 고의 손목을 덥석 쥐었다. 아이들은 모두 결혼해 직장 따라 외지에 나가 살고 모친은 오래전에 돌아갔다고 했다.

"닮긴 닮았구면."

사진을 본 어르신이 말했다. 사진을 건네받은 안노인도 비슷한 말을 했다. 표정으로 보아 두 분 모두 고의로 무얼 숨기는 것 같지는 않았다. 고는 더 이상 캐묻지 않고 사진을 집어넣었다. 애초의 목적이 사진에 있지 않았으므로 섭섭하거나 실망스러울 것도 없었다.

고는 어르신을 따라 포도밭을 돌아 정미옥에게로 갔다. 어르신의 손에는 보온병과 종이컵이 담긴 검은 비닐봉지가 들려 있었다. 고는 빈손으로 따라가자니 낯이 간지러웠다. 출발할 때 아파트 앞 플라워 숍에 들러 구입한 스물여덟 송이 장미를 트렁크에 넣어왔으나 차마 꺼내 올 수가 없었다.

있었다. 산기슭 밭 모서리에 마치 크리스마스트리처럼 반짝이는 불빛을 달고 한 그루 동백나무가 잔디를 깔고 서 있었다. 정미옥은 나무가 되었어도 여전히 단아한 모습이었다. 나뭇가지에는 명함과 짜장면 사진이 목걸이 명찰에 끼워져 걸려 있었다. 명함에는 개인 정보들이 가려져 있었으나 고는 금세 자신의 것임을 알 수 있었다. 동백나무 밑 자그마한 상돌 위에는 몇 권의 시집과 노트, 사진첩, 안경, 휴대전화가 놓여 있었고, 상돌 앞 향로석 위에는 낯익은 구형 카세트 녹음기가 놓여 있었다. 거기에서 정미옥이 즐겨듣던 존 바에즈의 '솔밭 사이로 흐르는 강The River In The Pines'이 여리게 흘러나왔다.

"동상, 예전에 같이 근무한 고 선상님이 자네 보러 왔네. 인사하게."

고가 추념을 끝내자 어르신이 종이컵의 커피를 나무 밑동에 조금씩 나누어 부으며 말했다. 그러곤 종이컵에 커피를 부어 들고 벤치에 앉았다. 동백나무 옆에는 자주색 벤치가 놓여 있었다. 벤치 뒤에는 정미옥의 전신 브로마이드가 세워져 있었다. 만년의 모습 같았다. 마지막으로 본 30년 전보다 살이 쪄 보였고 농모를 쓴 모습은 완연한 과수원 아낙이었다. 고는 정미옥을 잠시 바라보다 어르신이 따라준 커피를 들고 곁에 앉았다.

전망이 좋았다. 완만한 에스자형으로 굽어 흐르는 실개천과 들판이 아스라이 펼쳐져 있어 한 폭의 풍경화 같았다. 정미옥이 좋아할 만한 전경이었다. 정미옥은 고즈넉하고 고풍스러운 그런 스타일의 분위기를 좋아했다.

"와 줘서 고맙소."

어르신이 진심의 눈빛으로 말했다.

"정 선생님과는 짧게 근무했지만, 같은 학년에 옆자리에 근무하고 계셔서 각별하게 지냈습니다."

사랑의 저편

고가 조심스럽게 대답했다.

"알고 계셨능가 모르겠소만, 동상은 어릴 때부터 소아 당뇨라는 고질을 가지고 있었소. 마흔 넘어서 각중에 찾아온 안 좋은 합병중으로 고생했더랬소. 그런 셈 치고는 웬만큼 산 편이지요. 사람 명이라 카는 건 다 하늘에 매였는데, 우째 마음대로 할 수 있겠소. 쉰다섯까지는 그래 살고 싶어 하더만……."

어르신은 과묵했다. 그 말을 끝으로 아득히 눈길을 던지며 이따금 커피만 마실뿐이었다. 그 눈길 속에 삶의 고단함과 누이에 대한 그리움이 오롯이 담겨 있었다.

어디선가 멧비둘기의 구성진 울음소리가 바람을 타고 넘어왔다. 정미옥과 함께 근무하던 학교 숙직실 뒤편으로도 가끔 들려오던 귀익은 소리였다. 단조로우면서도 끈적끈적한 저 소리를 듣고 있으면 까닭 없이 슬픈 전설 같은 게 떠올라 괜스레 가슴이 서늘해지곤 했다. 어느 순간, 깜짝 모습을 드러낸 정미옥이 밝게 웃으며, 선배 언제 왔어? 저 소리 들으니까 마구마구 옛날 생각나지? 숙직실에 둘러앉아 허기진 배를 채울 때 시샘하듯 울어대곤 했었잖아, 할 것 같아 가슴이 사무쳤다.

놀랍게도 정미옥의 휴대전화는 살아 있었다. 고가 채신없이 눈자위로 삐져나오는 눈물을 안으로 밀어 넣으려고 안간힘을 쓰고 있을 때, 상돌 위의 휴대전화에서 나나 무스쿠리의 '단 하나의 사랑 Only Love'이 나직하게 흘러나왔다.

"가(걔)는 지금도 하루에 한 번 저렇게 전화한다우. 전화해서는 음성 사서함으로 안부도 묻고 시시콜콜한 소식도 전한다우."

어르신이 안타깝고 민망하다는 투로 말했다. 고는 생각했다. 그때도 저기에 놓여 있었을까? 그러자 아무런 메시지를 남기지 않고 무심히 끊어버린 게 못내 후회되었다. 컬러링은 멧비둘기처럼 지며리 이어지다가 가라앉았다. 심술궂은 바람이 정미옥을 덥석 껴안았다가 포도밭 아래로 줄달음쳤다.

고는 끝내 정미옥에게 장미를 건네지 못하고 돌아왔다. 어르신의 뜻밖의 말이 간단없이 가슴을 찔렀다. 그런 고질이 있었다는 건 금시초문이었다. 정미옥의 딸도 그 말은 하지 않았다. 새삼 무심코 보아 넘겼던 정미옥의 분홍빛 쪽지가 큰 아픔과 울림으로 다가왔다.

*

고가 연구실에 들러 컴퓨터를 켤 때, 차 교수가 가만히 들어왔다. 화장실 가다가 들어오는 걸 봤다며 고의 옷차림을 훑어보고는 모친에게 다녀오는 길이냐고 물었다. 고는 설명하기가 뭣해 그냥 고개를 끄덕였다.

차 교수도 양모를 알고 있었다. 결혼 전에는 가끔 집으로 무얼 사 들고 놀러 오기도 했다. 차 교수가 결혼한다는 소리를 듣고 양모가 못내 섭섭해하던 기억이 아직도 고의 머릿속에 희미하게 남아 있었다.

고가 일어섰다.

"아까 샤워하다가 선배 전화 받고 깜짝 놀랐어요."

고가 가져온 티백 둥굴레차를 마시며 차 교수가 말했다. 정미옥의 과수원을 물어 의외였다는 뜻이었다. 차 교수는 아직도 고와 정미옥이 함께 근무한 사실을 모르고 있었다. 고가 끝까지 말하지 않았다.

"물어보는 사람이 누구냐고 물으면 실례가 될까요?"

"글쎄, 얘기해도 차 교수는 모를걸."

고가 시치미 뗐다.

"제 여고 동기 중에 궁금하면 절대 못 참는 애가 있어요. 그 친구 말에 따르면 미옥이에게 딸이 하나 있대요. 걔 얘기를 듣고 나니까 미옥이가 왜 결혼했다고 동네방네 소문을 퍼뜨렸는지 이해가 되더라고요. 떳떳하지 못하니까 꼭꼭 숨어버리기 위한 작전이었던 거죠. 짐작건대 벽지에 근무할 때 사랑하는 남자가 있었던 모양이에요. 그 사람과 배가 맞아 그만 임신이 되었고요. 그런데도 결혼 못 한 걸 보면 뻔할 뻔 자 아니겠어요. 보나 마나 유부남이었을 거예요."

"……"

이제 그만 가 줬으면 좋겠는데 차 교수는 눈치 없이 계속 수다를 떨고 앉았다.

"미옥이가 대학 때 선배를 짝사랑한 건 몰랐죠?"

"……."

고는 잠자코 차만 마셨다. 처음 듣는 소리였다.

"노트에 일기처럼 끄적거려 놓은 걸 저한테 들켜버린 거예요. 처음에는 아니라고 딱 잡아떼다가 나중에 실토하더라고요. 시에 재능도 없으면서 '견자'에 가입하게 된 것도 선배 때문이라고. 근데 인연은 아닌 것 같다고 하더라고요. 지금도 그게 미스터리예요."

혹시 정미옥이 고질이 있던 건 알고 있었느냐고 물어보려다 고는 자리에서 일어났다. 정미옥의 딸에게서 걸려 온 전화 때문이었다. 그녀는 외삼촌과 통화하다가 알게 되었다면서 뜻밖이었지만, 와 주셔서 감사하다는 인사말을 전했다. 그 때문에 고는 자연스럽게 차 교수의 수다에서 벗어날 수 있었다.

*

마지막 주말에 고는 양모를 뵈러 갔다. 고는 양모를 양부 곁에 모시던 날 약속했다. 이젠 매일 안부 전화를 드릴 순 없지만, 한 달에 한 번은 예전처럼 찾아뵙겠다고. 그 약속을 지키기 위해서였다.

한 달 만에 찾아뵌 양모는 다행히 낯선 환경에 잘 적응하고 있었다. 야무지게 착근해 해를 거듭할수록 더 예쁜 꽃을 피우면 무엇보다 양부가 좋아할 것 같았다. 양부는 양모가 세상에서 제일 착하고 예쁜 여자인 줄 아는 사람이었다.

고는 여자 사진을 양모에게 돌려주었다. 자신이 가지고 있을 아무런 이유가 없었다. 또 그것이 양모에 대한 최소한의 예의라고 생각했다. 출발하기 전, 혹시 유품 속에 여자와 절을 알아낼 만한 게 있나 뒤졌지만, 그럴 만한 꼬투리는 어디에도 없었다. 뒤늦게 살폈다는 자체만으로도 양모에게 죄를 지은 것 같아 고는 얼굴이 화끈거렸다. 고는 양모에게 용서를 빌며 사죄의 뜻으로 찾아뵐 때마다 한 시간씩 성경을 읽어드리겠다고 약속했다.

양모가 말년에 하나님 섬기는 일에 그렇게 열심인 줄은 몰랐다. 친구의 말에 따르면 주일예배와 수요예배는 물론 새벽기도에도 거의 빠지지 않았다고 했다. 틈만 나면 성경을 베끼며 소원을 빌었다고도 했다. 그 소원이 자신이 아니라 아들의 건강과 무탈이었다는 걸 전해 듣고 고는 가슴이 먹먹했다. 그런 양모가 이 세상에 또 있을까, 싶었다.

한 세트로 이루어진 양모의 성경 필사 노트는 모두 네 권이었다. 필사하기 편리하도록 면의 절반을 갈라 좌측에는 성경 구절이 촘촘히 새겨져 있었다. 필사한 양모의 글씨는 한결같이 정갈하고 단아했다. 그 나이에도 획이 꼿꼿하고 흔들림이 없었다. 꼭 생전의 양모를 보는 듯했다. 마지막 필사는 사도행전 앞에서 멈춰 있었다. 구약 창세기부터 신약 요한복음까지 그렇게 정성 들여 필사하자면 최소 수년은 걸렸을 것 같았다. 그 세월 동안 애오라지 필사에 매달렸다는 게 놀라웠다.

고는 평비석 앞에 필사 노트를 펼쳐 놓고 미처 필사하지 못한 사도행전부터 읽기 시작했다. 생전에 읽어드리지 못한 것이 못내 아쉬웠다. 헛말이라도 필사 운운한 일이 없었기에 양모가 틈틈이 성경 필사에 전력을 쏟고 있는 걸 알지 못했다.

고는 한 시간 동안 직심스레 성경을 읽었다. 이렇게 오랫동안 소리 내어 쉼 없이 무얼 읽어 보기는 처음이었다. 고는 읽은 쪽수에 보람줄을 치고 노트를 덮으며 다음 달에는 그 이후부터 읽어드리겠다고 약속했다. 내친김에 다 읽으면 다시 창세기부터 읽어드리겠다고 하냥다짐했다.

고는 양모 곁에 누워 저무는 하늘을 무심히 바라보았다. 그러고 있자니 새삼 지난날의 추억들이 장대한 다큐멘터리의 스틸사진처럼 눈앞으로 쉼 없이 흘러갔다. 종내엔 고마움, 미안함, 그리움의 감정이 뒤섞여 가슴이 뜨거워졌다. 고는 애써 솟구치는 눈물을 삼켰다.

양모는 눈물을 싫어했다. 사내는 눈물이 헤퍼서는 안 된다는 게 양모의 보짱이었다. 마치 모범이라도 보이듯 양모 자신도 눈물에 인색했다. 전립선암으로 양부가 소천했을 때도 양모는 내처 의연했다. 그런 양모가 고 앞에서 두 번 질펀하게 눈물을 쏟은 적이 있었다.

첫 번째는 고가 학교 근처의 아파트를 장만하여 분가할 때였다. 고의 손을 부여잡고 "보고 싶어 어쩔꼬. 이렇게 떠나면 언제 또 함께 살아볼꼬. 네 짝만 붙여줘도 이렇게 애달프지는 않을 텐데……." 하며, 차마 지켜보기 민망할 정도로 고의 손등 위로 흥건히 눈물을 쏟았다.

두 번째는 한평생 산 집을 처분하고 실버타운으로 이사 갈 때였다. 고가 이사 가는 날 집으로 찾아가니 양모는 이삿짐을 싸 놓고 고를 기다리며 하염없이 울고 있었다. 고가 보듬고 달래도 소용없었다. 한 번 터진 눈물보는 홍수처럼 불감당이었다. 양모의 작은 몸에 그렇게 많은 눈물이 괴어 있는 줄 그때 처음 알았다. 그때도 양모의 마지막 말은 "네 짝만 붙여줘도 이렇게 애달프지는 않을 텐데……."였다.

고는 돌아오는 길에 정미옥에게 갈 요량으로 양모 곁에 길래 머물렀다. 양모가 있는 곳에서 멀지 않은 곳에 정미옥이 있었다. 저번에 전하지 못한 장미를 전해줄 참이었다. 그때의 장미는 시들어 출발할 때 플라워 숍에 들러 새로 스물여덟 송이 장미를 샀다. 달이 없는 그믐밤이라 감쪽같이 전달하기에는 안성맞춤이었다.

고는 사위가 아청색 어둠으로 젖었어야 양모의 곁을 떠났다. 시속 30km 속력으로 운전하며 차창 밖으로 흘러가는 고적한 풍경을 바라보고 있자니 '고악락'이란 인간이 혐오스러워 견딜 수 없었다. 어느 저명 수필가는 '어리석은 사람은 인연을 만나도 몰라보고 평범한 사람은 인연인 줄 알면서도 놓치고 현명한 사람은 옷깃을 스쳐도 인연을 살려낸다'고 했는데, 자신이야말로 어리석디어리석은 무지렁이였다.

삼십 분 만에 도착한 정미옥의 포도밭은 고즈넉한 어둠에 싸여 평화를 머금고 있었다. 혹시 개가 짖으면 어쩌나 걱정했지만, 다행히 그런 낌새는 보이지 않았다. 고는 도둑고양이처럼 정미옥에게 접근했다. 그런 고를 정미옥은 불빛의 깜박거림으로 맞아 주었다.

고는 정미옥에게 처음이자 마지막으로 스물여덟 송이 장미를 선물하고 오래도록 어깨를 들썩이며 엎디어 있었다. 그리고 그때 하지 못한 말을 가만히 속삭였다. 지금껏 사랑한 여자는 양모와 너뿐이었다고. 그때 고백하고 싶어 자취방을 찾아갔지만, 끝내 용기를 내지 못했다고. 아둔한 나를 용서해 달라고…….

정미옥의 딸에게서 전화가 온 건 사흘 뒤 그 무렵의 밤이었다. 정미옥의 딸은 차분한 목소리로 말했다.

"CCTV를 봤어요."

고는 놀라 하마터면 휴대전화를 떨어뜨릴 뻔했다.

"……아저씨가 맞나요?"

고는 얼떨결에 전화를 끊었다. 가슴이 심하게 뛰었다. 다시 전화가 온다면 어떻게 대답할까. 그 순간 수만 생각이 고의 뇌리를 스치고 지나갔다. 고는 휴대전화를 쥔 채 소파에 털썩 주저앉았다.

기다려도 휴대전화는 잠잠했다.

고는 마음을 다잡기 위해 밸런타인을 스트레이트로 거푸 입안으로 털어 넣었다. 정미옥의 딸은 분명히 묻고 있었다. 아저씨가 맞냐고. 미세하게 떨려 나오는 목소리로 보아 CCTV에 찍힌 사람이 당신이냐고 묻는 게 아니었다. 생물학적 아비가 당신이냐고 묻고 있는 것이었다. 고는 그 물음의 답이 떠오를 때까지 강술을 마셨다.

그날 밤 고는 만취 속에서 꿈을 꾸었다. 꿈의 배경은 어느 절 마당이었고, 여름 방학을 맞아 정기적으로 가던 문학동아리 엠티 때였다. 점심 먹고 막간을 이용해 누군가의 제안으로 '무궁화꽃이 피었습니다'란 놀이를 했다. 술래는 정미옥이었다. 석탑을 향해 돌아선 정미옥이 낭랑하게 읊었다.

"동백꽃이 피었습니다."

놀이에 참여한 회원들이 웃으며 야유를 보냈다. 무궁화꽃이라고 해야지, 왜 동백꽃이라 하느냐고. 정미옥이 미안한 표정으로 웃으며 고개를 끄덕였다. 그러고는 돌아서서 다시 읊조렸다. 아까보다 더 또랑또랑한 목소리로.

"동백꽃이 피었습니다."

3. 당신이라는 사람

그로부터 일주일 뒤 정미옥의 딸에게서 이메일이 왔다. 고는 그때까지 마음을 졸이며 그녀의 전화를 기다렸다. 가까운 시일에 다시 전화하리라고 확신했기 때문이었다. 그녀에게서 전화가 오면 고는 그날 밤의 꿈 이야기를 해줄 생각이었다. 그러면 눈치 빠른 기자 신분인 그녀가 꿈을 잘 해석하리라 믿었다. 그런데 허를 찌르듯 전화 대신 이메일을 보낸 것이다.

이메일은 우주처럼 텅 비어 있었다. 대신 여덟 개의 JPG 파일이 첨부되어 있었다. 파일은 깨알 글씨의 어떤 노트를 캡처해 찍은 것이었다. 고는 금세 정미옥의 노트라는 걸 알았다. 가지런하고 몽실몽실한 글씨는 정미옥의 것이었다. 고는 파일을 순서대로 화면에 띄워 놓고 단숨에 읽었다. 그러자 금세 짐작할 수 있었다. 그녀가 왜 전화 대신 이메일을 선택했는가를.

고는 글씨들이 마그마의 눈빛에 녹아 흐물거릴 때까지 반복해 읽었다. 읽을 때마다 몸을 지탱하는 뼈마디들이 녹아 허물어지는 느낌이었고, 깨알 글씨들은 뇌리에 파편처럼 박혔다. 화면에서 눈을 떼고 있으면 처음 정미옥의 소식을 전해 들었을 때처럼 머릿속이 공허하고 무력감이 엄습했다. 고는 일주일 내도록 그런 상태로 집 안에만 머물러 있었다. 코로나 팬데믹으로 비대면 강의 기간 때였다.

그런 고를 집 밖으로 불러낸 이는 조설경이었다. 느닷없이 전화한 그녀는 자기가 없는 사이에 목장을 방문했다는 소식을 전해 들었다며 만나 뵙고 싶다는 뜻을 전했다. 고를 뵈러 일부러 걸음했다는 말까지 덧붙였다. 고는 안 나가고 배길 언턱거리가 없었다. 더구나 집 앞 커피점에 와 있다니. 부재중 방문 사실과 집 주소를 어떻게 알았느냐고 예의상 물었더니 방문 사실은 어떤 기자분이 귀띔해 주었고, 주소는 문인 주소록을 검색해 알아냈다고 했다. 고는 별수 없이 마스크를 찾아 썼다.

조설경은 고의 기억 속에 남아 있는 모습 그대로였다. 머리칼 몇 올이 세었을 뿐 얼굴은 더 탱탱하고 매끈했다. 다탁 위에는 장미 꽃다발과 책이 든 봉투가 놓여 있었다. 고가 마주 앉자 그녀가 말했다.

"이번에 제가 소설을 출간했어요. 선생님께서 꼼꼼히 조언해 주신 덕분이에요. 정말 감사했습니다."

그러곤 꽃다발과 봉투를 내밀었다. 고는 그제야 그녀가 굳이 만나고자 한 이유를 알았다. 책만 받고 꽃다발은 정중히 사양했지만,

그녀는 한사코 고의 가슴팍에 안겼다. 그녀가 원해 즉석에서 꽃다발과 책을 들고 몇 장의 셀카를 찍었다. 커피를 마시며 저녁을 대접하고 싶다고 했으나 고는 정중히 사양했다. 위가 안 좋아 정양 중이라고 둘러방치자 그녀는 못내 아쉬움을 드러냈다.

헤어질 때 그녀가 정식으로 고를 초대했다. 방문 며칠 전쯤 연락해 주시면 정성껏 맞이할 준비를 해 놓고 설레는 마음으로 기다리고 있겠다고 했다. 그러고는 살짝 고의 호기심을 자극했다.

"오시면 환상적인 경험을 하시게 될 거예요."

고는 한번 생각해 보겠다고 화답하곤 돌아섰다. 돌아오자마자 고는 침대에 누워 그녀의 소설을 펴 들었다. 예전에 보내준 파일로 읽긴 했지만 오래되어 기억이 아슴아슴했다. 탑의 연가. 제목은 고가 조언한 대로 수정되어 있었다. 원제목은 '탑의 진실'이었다. 고가 기억하는 원고는 직장과 가정마저 팽개친 전도유망한 교수가 목장주의 뒤를 이어 십수 년째 탑을 쌓게 된 동기와 배경, 그리고 세상에 드러나지 않은 탑의 비밀을 추적하는 내용이었다. 200자 원고지 1,500장이 넘는 꽤 긴 장편이었다.

고는 '작가의 말'부터 읽기 시작했다.

*

당신은 기억할까요?

3월이었고, 입학한 지 얼마 되지 않았을 때였죠. 그날은 바람이 심하게 불고 꽃샘추위로 1월에 가까운 날씨였지요. 저는 흰 블라우스에 붉은 튤립이 프린트된 스카프를 두르고 하필 미니스커트를 입고 있었죠. 추위에 오들오들 떨며 학교 앞 버스정류장에서 버스를 기다릴 때였죠. 운명이었을까요? 목에 두르고 있던 스카프가 돌개바람에 풀려 풍선처럼 허공을 떠돌다 책을 옆구리에 끼고 버스정류장으로 다가오는 당신의 얼굴에 빨래처럼 달라붙었지요. 당신은 돌발적 상황에 우뚝 걸음을 멈췄어요. 그러곤 이게 뭐지? 하는 표정으로 천천히 얼굴에서 걷어내고는 스카프의 주인을 찾느라 잠시 눈을 두리번거렸지요. 저는 너무 미안하고 부끄러워 제 것이라는 말도 못 하고 어색한 표정으로 웃고만 있었죠.

곧 버스가 왔고, 저는 스카프의 소유권을 주장하지도 못한 채 버스를 탔지요. 당신도 그 버스를 탔었죠. 그리고 제 옆자리에 앉았죠. 참 무뚝뚝한 사람이더군요. 눈인사 정도는 할 줄 알았는데, 옆자리의 사람을 투명 인간 취급했으니까요.

자리에 앉아선 마치 튤립 송이를 세듯이 스카프를 내려다보았죠. 전 물론 딴전을 피우고 있었고요. 몇 정류장 뒤 당신은 제 무릎 위에 스카프를 내려놓곤 쓰다 달다 말 한마디 없이 그냥 문 쪽으로 걸어 나갔지요. 저는 그때야 당신이 진작부터 스카프의 주인이 누군지 알고 있었다는 걸 깨달았죠. 그 순간 얼마나 당황스럽고 무안하던지요. 지금도 그 생각을 하면 얼굴이 잉걸불처럼 달아오르곤

해요.

당신은 기억할까요?

그게 당신과의 첫 만남이었죠.

—첫 번째 파일

고는 한 달에 한 번 찾아뵙는 양모에게 가기 위해 지하 주차장에서 출발했다. 양모가 잠든 자드락까지는 자동차로 한 시간 남짓이면 갈 수 있는 거리였다. 도시를 벗어나자 눈부신 가을 햇살이 풍성했다. 하늘은 얄밉도록 푸르고 산은 가을빛으로 무르익어 있었다. 좀처럼 스카프의 환영이 지워지지 않았다. 어릴 때 양부 따라간 천변에서 날려본 가오리연처럼 창공으로 멀리멀리 날려 보내도 스카프는 어느 결에 고의 눈앞에서 깃발처럼 펄럭였다. 도무지 기억에 없었다. 내가 그랬다니……. 스카프는 고사하고 그런 장면과 버스 탄 기억조차 나지 않았다.

기억이란 참 신기했다. 기억이 기억에도 없던 기억의 길을 열었다. 그 여자가 스카프를 두르고 있었다는 기억이 떠오른 건 양모가 해바라기하고 있는 양지바른 자드락에 도착했을 때였다. 고가 떨어지지 않으려고 생떼를 쓰자 여자가 두르고 있던 스카프를 벗어 고의 눈물과 콧물을 닦아 주며 약속했었다. 다섯 밤 자고 데리러 오겠다고. 그래도 고가 까탈을 부리자 여자는 새끼손가락을 걸며 엄지로 명세의 도장을 찍었다. 그러고는 힘주어 말했다. 하늘이 두

쪽 나도 다섯 밤 자고 꼭 데리러 오겠다고. 고는 믿지 않을 재간이 없었다. 그러나 여자는 끝내 나타나지 않았다.

다섯 밤의 배신은 깊고 질겼다. 그리고 언제인가부터 고에게 '5'를 터부시하는 불가사의한 버릇이 생겼다. 5번, 5호, 5회, 5동, 5층. 영화관이나 강의실의 다섯 번째 열이나 칸의 의자에는 앉지 않았고, 줄을 설 때는 다섯 번째를 피했다. 그뿐만 아니라 끝자리 5일에는 여간해선 약속을 잡지 않았고 5월은 빛의 속도로 지나가기를 소망했다. 의식하거나 의도해서가 아니라 몸과 마음이 저절로 그렇게 반응했고, 프로그램화되어 있었다.

대학 때 친구 녀석들이 중독성이 강한 리듬의 '해 뜨는 집'에 매료되어 5인조 그룹 '애니멀스'에 열광했지만, 고가 그다지 좋아하지 않은 것도 그런 메커니즘과 무관하지 않았다. 초창기 때였다. 고의 연구실은 405호, 3년 늦게 들어온 차상희의 연구실은 404호였다. 고민 끝에 차 교수를 찾아가 방을 바꾸자고 제안했더니 차 교수는 감격하며 격하게 환영했다. 선배님을 다시 봤다고. 자기가 4를 스컹크만큼 싫어하는 걸 어떻게 알았느냐며. 사실은 몰랐다. 차 교수는 지금도 그때를 소환하면 소녀처럼 깔깔거리며 진심으로 고마워한다. 정작 고마워해야 할 사람은 고인데도.

정미옥의 말이 사실이라면 스카프에 찍힌 튤립이 다섯 송이였거나 열다섯 송이였을 것이다. '5'를 인식하면 고는 자기도 모르게 몸이 굳는다.

고가 양모 앞에 무릎을 꿇고 필사 노트를 펼 때 차 교수에게서 전화가 왔다. 차 교수는 다짜고짜 집 안에 처박혀 있자니 답답해 미치겠다며 시간 되면 함께 정미옥에게 가지 않겠느냐고 제의했다. 차량 제공, 점심 대접, 기타 소요 경비는 자신이 몽땅 책임지겠다고 꼬드겼다. 고가 지금 타지에 나와 있다고 하자 끝내 아쉬운 감정을 숨기지 않은 차 교수가 말했다.

"목장은 언제 데려갈 거예요?"

"글쎄, 아직 연락 안 해봤는걸."

"미치겠네. 선배의 치명적 단점이 뭔지 알아요? 매사를 뭉그적거리는 구제 불능의 습성이라고요. 대시, 대시, 대시, 팍, 팍, 팍……. 제발 좀 고쳐요."

"참고하지."

"참고가 아니라 실천하라고요. 오늘 당장 전화해 봐요."

고는 허랑하게 웃고는 일방적으로 전화를 끊었다. 이 여자가 코로나바이러스 먹었나, 싶었다. 고가 알고 있는 차 교수는 이렇게 과격하고 야만스러운 성격의 소유자가 아니었다. 코로나바이러스가 사람의 성격마저 바꿀 수 있는 것인지, 연구 대상이었다.

고는 차 교수에게 공연히 목장 얘기를 해준 걸 후회했다. 어느 날 불쑥 전화한 그녀가 무료해 온몸에 두드러기가 돋고 있다며 두드러기를 가라앉힐 읽을거리를 추천해 달라고 해 마침맞게 마지막 장을 덮은 조설경의 소설을 소개해 주었더니 당장 주문해 읽은 모양이었다. 며칠 뒤 전화한 그녀가 정말 그런 목장과 탑이 있느냐고 물어 고가 솔직하게 대답해 주었다. 그때부터 기회가 되면 자기도 데려가 달라고 철부지 애처럼 졸라댔다.

하얀 햇살이 성경의 글자들 위에서 눈물처럼 반짝였다.

당신은 이건 기억할까요?

늦봄이었고, 캠퍼스의 아베크 광장이 만개한 덩굴장미로 환상적인 터널을 만들고 있었을 때였죠. 광장 옆 연못가 벤치에 앉아 짝지를 기다리며 분수의 깜찍한 재롱에 넋을 빼고 있노라니 당신이 예의 책을 옆구리에 끼고 그 벤치로 다가왔었죠. 전 당신을 단번에 알아봤죠. 제가 꾸벅 인사했지만, 당신은 옆구리에 낀 책으로 자리를 맡아 놓고 마침 느끼하게 웃으며 다가오는 장발과 악수하느라 제 인사는 안중에도 없었죠.

그때 두 가지 사실을 알게 되었죠. 당신이 우리 과 2년 선배고 '견자' 동아리 회원이라는 걸요. 그 사실을 알고 얼마나 놀랐던지요. 어떻게 알았느냐고요? 앞엣것은 바람에 넘겨진 속표지에 적힌 학과와 학번(사실은 살짝 실례)을 보고 알았고, 뒤엣것은 친구랑 시화전 장소를 의논하는 걸 엿듣고 알았죠.

제가 시적 재능도 없으면서 '견자'에 가입하게 된 건 당신 때문이라는 걸 솔직히 고백해요. 덕분에 시를 좋아하게 되었고, 몇 편 끄적거리기도 했지만요.

당신은 기억할까요?
그게 당신과의 두 번째 만남이었죠.

―두 번째 파일

양모에게 한 시간 동안 직심스레 성경을 읽어드리고 다음 달을 기약했을 때는 정오가 훌쩍 지나 있었다. 고는 귀갓길에 청통엘 들러 점심으로 짜장면을 먹었다. 그때는 저녁이었지만, 오래전 정미옥의 본가 과수원 일을 거들어 주고 나올 때 이 고장에서 짜장면을 먹은 기억이 났다. 집에서 여기까지 걸어왔는데, 어느 순간부터 티격태격했으므로 먹을 때는 마치 빨리 먹기 시합하듯 젓가락질에만 집중했었다. 고가 반점엘 들렀을 때는 손님이 몇 없었고, 실내는 고소한 짜장면 냄새로 자욱했다. 그 반점이 이 반점인지는 기억나지 않았다. 고는 짜장면 곱빼기 두 그릇을 주문했고, 고가 짜장면을 다 먹을 때까지 아무도 나타나지 않자 사장 딸인 듯한 아가씨가 난감한 표정으로 물었다.

"오시기로 한 분은 안 오나요?"

고가 고개를 끄덕이며 일어났다. 그리고 계산대로 가 카드를 내밀었다. 아가씨가 카드를 받으며 미안한 표정으로 말했다.

"안 먹어도 두 그릇 값을 내셔야 해요."

고는 고개만 끄덕였다.

반점에서 정미옥이 있는 데까진 자동차로 십여 분이면 갈 수 있는 거리였다. 그러나 용기가 나지 않았다. 용기란 딸꾹질과 같아서 내고 싶다고 내지는 게 아니었다. 울컥, 방금 먹은 짜장면이 생목처럼 올라왔다. 도로변에 세워둔 자동차 옆에서 누군가를 기다리듯 담배를 피워 물었다. 다양한 모습, 다양한 표정, 다양한 웃음의 정미옥이 고의 곁을 무심히 스쳐 지나갔다. 가슴속을 깊숙이 휘젓고 나온 담배 연기가 회한의 기억들을 끝없이 불러냈다. 언젠가 정미옥이 고 앞에서 수수께끼를 냈다. 짧은 세월을 견디게 해 주는 힘은 설렘이고 긴 세월을 견디게 해 주는 힘은 익숙함이죠. 그럼 짧지도 길지도 않는 평균값의 세월을 견디게 해 주는 힘은 무엇일까요? 고가 글쎄, 하고 웃자 정미옥이 말했다. 에이, 그렇게 많이 연습했거늘, 그것도 몰라요? 설익음이죠. 요즘 식으로 말하면 아재 개그였다. 어쩌면 지금의 세월이 설렘과 익숙함의 중간값인 설익음이 아닐까, 고는 생각했다.

천천히 두 개비의 담배를 피운 고는 운전석에 앉아 심호흡으로 마음을 다잡은 뒤 시동을 걸었다. 잿빛 에쿠스는 고속도로를 향해 거침없이 나아가는데, 고의 마음은 반대 방향의 정미옥에게로 죽살이치게 달음질치고 있었다. 기억나지 않았다. 시화전은 기억나는데, 벤치는 기억나지 않았다. 『더 브레인』의 저자 데이비드 이글먼은 '기억의 적은 시간이 아니라 다른 기억'이라고 했는데, 도대체 다른 기억의 무엇이 그 기억을 가로막고 있는지 궁금하고 답답했다. 고는 가까운 시일 내에 인지 검사도 해볼 겸 병원엘 가봐야겠다고 생각했다.

시속 60km 속도로 돌아오는 가을 하늘은 바다를 뒤집어쓴 것처럼 푸르고 살구색 햇살은 저것이 옷감이라면 넉넉히 잘라 온몸에 휘감아보고 싶도록 감미로웠다.

제 인생의 첫 번째 화양연화는 그 이후, 2년 조금 못 미치는 동안이었죠.

제 곁에 당신이 있어 행복했고, 당신과 함께할 수 있어 캠퍼스가 아름다웠죠. 우리 참 많이 돌아다녔다, 그죠? 당신이 참 신기했어요. 분명 나를 좋아하는 것 같진 않은데, 제가 떼쓰면 듬직한 오빠처럼 동행해 주었으니까요.

지금도 그때가 생각나요. 송광사 동아리 하계 수련회 때였을 거예요. 점심 식사 후 막간을 이용해 절 마당에서 '무궁화꽃이 피었습니다' 그 놀이를 했잖아요. 그때 당신의 새로운 모습을 보았죠. 늘 무뚝뚝하고 막대기 같은 사람이 그 놀이에 얼마나 적극적이든지요. 점심때 뭘 잘못 먹었나 고개가 갸웃거려질 정도였어요. 제가 술래일 때는 어땠고요. 얼마나 고소해하고 재미있어하던지, 약 올라 죽을 뻔했어요. 그때 왜 그랬느냐고 꼭 물어보려 했는데, 끝내 물어보지 못했네요.

—세 번째 파일

제 인생의 두 번째 화양연화는 재회 후 1년 8개월 12일 동안이었죠.

기약 없이 당신과 헤어진 후 한동안 실의에 빠져 있었죠. 적어도 저에게는 작별 인사 정도는 하고 떠날 줄 알았어요. 그런데 제가 꽃다발을 들고 당신을 찾아갔을 땐 당신은 이미 그 자리에 없었지요. 기념사진 한 장, 기약도 없이 이렇게 헤어지다니……. 캠퍼스를 걸어 나올 때는 너무 허망해 가슴이 짐승 발자국에 유린당한 옹달샘의 살얼음처럼 마구 갈라졌었죠. 당신이 이런 사람이었나? 이런 사람이었구나! 당신이 참 원망스럽더군요.

당신은 파도 같은 사람이었어요. 다가가면 멀어지고 멀어지면 다가오는 참으로 이해 불가인, 적어도 제게는……. 시와 음악 덕분에 당신을 거의 잊어가고 있을 무렵, 당신이 온다는 소식을 들었죠. 그 소식을 듣고 교직원용 칸막이 화장실에 앉아 한참 웃었죠. 기쁘다기보다는 운명의 장난 같은 느낌이었죠. 반세기 뒤 전쟁통에 헤어진 가족이나 연인을 만나는 기분이 그럴까요? 좀처럼 연상되지 않는 당신의 모습을 다시 본다는 설렘에 여러 날 밤잠을 설쳤죠.

제 인생의 후반전은 그렇게 시작되었죠. 기억나요? 당신과 재회하던 날 입었던 옷. 그 옷을 고를 때까지 오랜 시간 거울 앞에 서 있었지요.

당신과의 마지막 시화전 때였죠. 뒤풀이를 마치고 함께 버스를 기다릴 때 당신이 불쑥 그랬죠. "미옥 양은 퍼플이 은근히 잘 받네.

다른 사람들이 그런 말 안 해?" 전 그날 자주색 샤넬 라인 원피스를 입고 있었죠. 그 순간 가슴이 폭발하는 줄 알았어요. 당신이 그런 말을 하리라곤 꿈에도 상상하지 못했거든요. 그게 당신이 저에게 한 처음이자 마지막 칭찬이었죠.

그 이후, 전 퍼플 마니아가 되었어요. 솔직히 말하면 그전엔 별로였지만.

—네 번째 파일

물론, 기억나지 않았다. 내가 그런 말을 했다니……. 그러나 옷은 또렷이 기억 속에 남아 있었다. 복직 첫날, 고가 부임 인사차 교장실엘 들렀다가 교무실로 향할 때였다. 누군가가 불러 돌아보니 한순간도 상상하지 못한 정미옥이 함박웃음으로 걸어오고 있었다. 손에는 출석부, 분필통, 교재를 들고. 그녀는 자주색 미디 라인 원피스를 입고 있었다.

고는 귀가하자마자 서가 한 녘에 꽂아둔 해묵은 사진첩을 꺼냈다. 사진첩 속 사진들은 연도별 시간순으로 꽂혀 있었다. 송광사라면 대학 4학년 때였다. 고는 그 해의 사진을 일별했다. 있었다. 그때 찍은 사진은 모두 여덟 장이었다. 수련회 현수막 앞에서 찍은 단체 사진 한 장, 숲속에서의 자작시 발표회 사진 두 장, 버스 안에서의 사진 한 장, 쫑파티 사진 두 장. 송광사 산문 앞에서 정미옥과 단둘이 찍은 사진 한 장, 그리고 있었다. 문제의 그 사진. 정미옥이 술래였고, 그 앞에 여남은 명의 회원들이 저마다의 자세로 둘러서 있었다. 햇살에 눈이 부신 것처럼 눈살을 찌푸린 정미옥이 못마땅한 자세로 서 있었고, 뜻밖에도 고는 정미옥을 향해 손가락질하며 항의하는 듯한 포즈를 취하고 있었다. 고는 그만 자신이 밉고 실망스러워 눈을 감았다.

고는 사진첩에서 정미옥과 단둘이 찍은 사진을 빼 들고 거실로 나왔다. 거실은 옅은 그늘이 져 있었고, 거실 콘솔 위에 세워둔 양부모의 사진이 살아생전의 한때처럼 다정하게 붙어 앉아 그늘 속에서도 웃고 있었다. 고는 양부모 옆에 세워둔 박사모 쓴 자신의 독사진을 빼내고 그것으로 갈아 끼웠다. 고의 것은 그 사진 말고도 몇 장 더 있어 양부모가 섭섭해하지는 않을 것 같았다.

정미옥은 청바지에 오렌지색 바람막이 재킷을 입고 있었고, 챙이 긴 꽃무늬 농모를 쓰고 있었다. 정미옥은 고의 왼팔에 팔짱을 낀 채 고 쪽으로 살짝 고개를 꺾고 밝게 웃고 있었지만, 고는 역시 분위기 파악을 못 하는 사람처럼 무덤덤한 표정이었다. 카메라맨이 웃으라고 잡췄는지 마지못한 윗입술이 약간 들떠 있을 뿐.

고는 사진들을 위치와 각도를 조정해 재배열해 놓고 뒤로 물러나 바라봤다. 정미옥의 사진은 오래전부터 그 자리에 있었던 것처럼 자연스러웠다. 그리고 사진 한 장을 바꿨을 뿐인데, 칙칙하던 거실 분위기가 백팔십도로 달라진 느낌이었다.

날이 빠르게 저물었다.

고는 그제야 차 교수의 말이 생각나 휴대전화를 집어 들었다.

*

봄방학 중이라 학교는 인적이 끊긴 산사처럼 고즈넉했다. 고는 교문 옆 느티나무 밑에 도착하자마자 정미옥에게 전화했다. 정미옥은 마치 기다리고 있었던 것처럼 단번에 받았다. 발신자가 고라는 걸 알자 깔깔거리며 호들갑을 떨었다. 어머, 선배가 어쩐 일이세요? 제 폰 번호는 어떻게 알고요? 고는 학교를 감싼 하늘이 놀라 새파래지도록 너털웃음을 쏟으며 너스레를 떨었다. 내가 누구냐. 그 정도야 뭐 식은 죽 먹기지. ……그건 그렇고 우연히 지나는 길에 잠시 들렀는데 말이야, 신기하게도 예전의 그 해동반점이 그대로 있더라고. 고의 말에 눈치 빠른 정미옥이 말했다. 나 지금 배가 무지 고픈데, 선배가 짜장면 사줄 수 있어요? 뭔 소리야. 저번에 후배가 짜장면 곱빼기 사 주겠다고 약속하지 않았나? 난 그렇게 기억하고 있는데……. 그건 28년 만에 만났을 때죠. 지금은 30년이에요. 유효기간이 2년이나 지났다고요. 그만 허를 찔린 고가 퉁바리를 놓았다. 뭔 여자가 짜장면을 그렇게 좋아하냐. 먹는 모습도 보기 안 좋더구먼. 그러고는 퉁명스럽게 덧붙였다. 알았다고. 총알같이 오기나 해. 느티나무 밑으로. 알았어요. 번개 타고 쓩 달려갈게요. 그 자리에 매미처럼 꼭 붙어 있어야 해요. 알겠죠? 정미옥이 명랑하게 대답했다. 알겠죠? 하고 마무리하는 말버릇은 여전했다.

통화를 끝내고 시계를 보니 어느덧 정오가 가까워지고 있었다. 제까짓 게 번개가 아니라 번개 할아비를 타고 와도 몇십 분은 걸릴걸. 고는 중얼거리며 온 김에 학교를 찬찬히 둘러보고 싶어 느티나무 밑을 떠났다. 학교는 그때나 지금이나 똑같았다. 단층 본관 건물은 물론이고 현관 좌우에 있던 교장실과 교무실도 그대로고, 밥집에서 가져온 점심밥을 둘러앉아 먹으며 노닥거렸던 본관 뒤편의 숙직실도 그대로였다. 간헐적으로 숙식질 너머로 멧비둘기 울음소리도 정겹게 들려와 마치 시간이 박제된 듯했다.

고는 신기해하며 본관 뒤편에 있던 학생용 화장실에도 가보았다. 놀라웠다. 화장실도 옛 모습 그대로였다. 심지어 칸막이 화장실 벽면의 낯간지러운 낙서도 그대로 남아 있었다. 도대체 학교 선생님들은 이런 걸 지도하지 않고 뭣들 하는 거야? 고는 칸막이 화장실을 일일이 열어보며 투덜거렸다.

삼십 분이 지나도 정미옥은 오지 않았다. 조급한 나머지 다시 전화를 넣었으나 웬일인지 연결이 되지 않았다. 고는 담배를 빼 물고 교문 쪽의 기척을 살폈다. 쓸까스르는 바람 소리만 요란할 뿐 여전히 아무런 인기척이 없었다. 고는 초조한 마음을 서성거림으로 달래며 담배만 뻐끔거렸다. 그러자니 전근 통보를 받던 날, 바로 이 자리에서 정미옥이 했던 말이 생각났다. 정미옥이 말했다. 우주 속 한 점 생명으로 남아 있는 한 늘 생각하고 있을게요. 선배도 그래 줄 거죠? 고는 담배 연기를 허공으로 뿜으며 고개를 끄덕였다. 정미옥은 줄곧 웃고 있었지만 목소리와 눈두덩은 붉게 젖어 있었다. 정미옥이 다시 말했다. 28년 뒤 그때 만나면 우리, 학교 유리창이 쩡 금이 가도록 하이파이브해요. 아니면 이 느티나무가 화들짝 놀라 나자빠지도록 포옹하든지요. 그리고 해동반점에서 배 터지게 짜장면을 먹어요. 약속할 수 있죠? 고는 말 없이 고개를 끄덕였다. 정미옥이 다시 마치 게임의 규칙을 정하듯 말했다. 만일 그전에 만나게 되면 그날부터 새로 시작되는 거예요. 아셨죠? 고는 무조건 고개를 끄덕였다. 지금 시계를 봐요. 이달 마지막 날, 이 시간, 이 자리예요. 잊지 마요. 다시 한번 약속을 환기한 정미옥은 이윽고 교문 옆 느티나무 밑을 떠났다.

정미옥의 전화는 여전히 먹통이었다. 갑자기 무슨 문제가 생겼나? 고는 점점 불안해지기 시작했다. 고는 초조감을 달래기 위해 거푸 담배를 빼 물었다. 정미옥을 만나면 깜짝 이벤트로 무엇이 좋을까 고민하다가 불현듯 O, X 게임을 생각해 냈다. 정미옥은 그전부터 O, X 게임을 좋아했다. 네가 제안한 그것 말이야, O, X 게임으로 결정하면 어때? 하이파이브면 O, 포옹이면 X. 그러면 정미옥은 금방 말귀를 알아먹고 이렇게 되물을 것이다. 서로 다르게 나오면요? 그때는 둘 다 하는 거지. 45분 하이파이브하고 10분 휴식 후 45분 포옹. 아니면 45분 포옹하고 10분 휴식 후 45분 하이파이브. 고의 말에 정미옥은 배꼽을 잡고 웃다가 이렇게 요구할 것이다. 전에도 그랬으니까. 그럼, 선배가 O해요, 제가 X할게요. 아니면 선배가 X하고 제가 O하든지요.

재회의 깜짝 이벤트가 끝나고 해동반점엘 들르면 고는 정미옥이 원하면 짜장면 곱빼기에 곱빼기라도 시켜줄 생각이다. 그리고 입술과 인중에 짜장이 묻어 서로 얼굴을 바라보며 희희낙락하다가 해동반점을 나설 때쯤 고는 비로소 정색한 얼굴로 물어볼 생각이다. 아니 어쩌면 정미옥이 먼저 물어볼지도 모르겠다. 전에도 그랬으니까. 그때 우리가 왜 사랑한다는 말을 못 했지(요)? 그러면 서슴없이 이렇게 대답하리라. 글쎄(요), 굳이 말해야 할 이유가 없었겠지(요), 뭐. 아니면 먼 훗날 이렇게 다시 만나고 싶은 열망이 사랑보다 더 강렬했든가(요). 우리는 그렇게 대답해 놓고 스스로 생각해도 멋쩍어 눈물이 찔끔 나도록 또 웃음을 터뜨릴 것이다.

해동반점을 나서면 그때 정미옥이 제안했듯이 이번에는 고가 정미옥에게 제안할 생각이다. 그러면 정미옥은 어떤 반응을 보일까. 정미옥은 눈을 동그랗게 치뜨고 이렇게 소리칠지 모르겠다. 58년 뒤에요? 그럼, 저는 115세고 선배는 117세겠네. 그럼. 이제야 겨우 철들 나이지. 고가 그렇게 너스레를 떨면 정미옥은 재빨리 휴대전화 메모 노트 앱을 열어 '다음 만남, 2079. 02. 28.'이라고 입력할 것이다. 정미옥은 그때도 대한민국에서 둘째가라면 서러운 메모광이었으니까. 그리고 즉시 물어올 것이다. 그때 만나면 우리 뭐하죠? 또 하이파이브나 포옹하는 건 시시하고. 글쎄, 뭐가 좋을까. 참

신한 아이디어 없겠어? 그러면 정미옥은 금세 마하의 속도로 머리를 회전시켜 충격적인 제안을 할 것이다. 우리 죽어요. 영원히 헤어지지 못하도록 두 몸뚱어리를 밧줄로 꽁꽁 묶어 천 길 낭떠러지에서 신나게 점핑하는 거죠. 아니면 변강쇠와 옹녀도 부러워할 만큼 약비나게 운우지정을 나누다가 그대로 죽어버리든지요. 안 그러면 116년 뒤에 또 만나야 되잖아요. 그러면 저는 231세고, 선배는 233세잖아요. 그때까지 지겨워서 어떻게 살아요. 지겹긴. 그 정도 나이는 되어야 좀 살았다 싶지. 가르강튀아는 400하고 4 곱하기 20 더하기 40하고 4세에 아들 팡타그뤼엘을 낳았다고. 거기에 비하면 231세, 233세는 아직 새파란 청춘이지. 그건 소설 속이니까 그렇죠. 우린 소설 속에서 살지 말란 법 있어? 쇼펜하우어도 그랬어. 삶이 얼마나 짧은지를 알기 위해서는 오래 살아봐야 한다고. 그 사람이 그런 말을 했다니 참 아이러니네요. 그래도 231세는 너무 끔찍해요. 근데 참, 점핑을 하든 운우지정을 나누든, 아니면 선배 말대로 소설 속에서 살아보든 일단 만나야 되잖아요. 장소는 어디가 좋을까요? 또 학교는 그렇고, 선배가 정해 줘요. 저는 어디든 좋으니까요.

그때 고는 비장의 카드를 꺼내듯 목장을 제의할 생각이다. 알고 봤더니 우리가 그때 정복하지 못한 곳이 한 군데 더 있었어. 아주 경이로운 목장인데 말이야, 그곳에 가면 지금도 여전히 진행 중인 탑의 장관을 볼 수 있지. 혹시 들어본 적 없어? 그렇게 말하면 정미옥은 보나 마나 시치미 떼고 이렇게 능청을 떨 것이다. 전에도 그랬으니까. 선배, 혹시 저 놀려 먹으려고 뻥 치는 건 아니겠죠? 그럴 리가요. 우리는 있다, 없다 티격태격하다가 이윽고 지금 당장 확인해 보자며 예의 목장으로 성큼성큼 걸음을 옮기게 될 것이다.

우리가 목장으로 들어가는 날, 운 좋게도 천지가 뒤죽박죽되어 이 세상으로 나오는 문이 닫히고 소설 속으로 들어가는 문이 열린다면, 아 그보다 더 황홀하고 행복한 일은 없을 것이다…….

고가 달콤한 아침잠에 빠져 있을 때, 협탁 위에 놓아둔 휴대전화가 지며리 부산을 떨었다. 차 교수였다. 고가 덜 깬 음성으로 전화를 받자 차 교수가 정미옥처럼 말했다.

"한 시간 후에 102동 앞으로 갈게요. 시간에 맞춰 나오세요. 아셨죠?"

*

차 교수는 자기가 차를 가져가겠다고 고집했다. 남자 체면에 고가 가지고 가겠다고 하자 선배님도 남자세요? 뼈 있는 농담을 던졌다. 남자와 여자가 싸우면 십중팔구 남자가 진다. 정미옥과도 그랬다. 고는 어쩔 수 없이 차 교수의 벤츠 보조석 쪽 문을 열었다. 모차르트보다 샤넬이 먼저 고를 맞았다. 살색 마스크로 얼굴의 절반을 가렸지만, 단풍색 등산복 차림을 한 차 교수의 표정이 오늘 하루 가을 여인이 되기로 작심한 사람처럼 어떤 기대감으로 상기되어 있었다. 하긴 야외로 바람 쐬러 나가기에는 더없이 좋은 날씨였다.
"아침 못 먹었죠? 저도 바빠 나오느라 못 먹었어요. 첫 휴게소에서 간단히 해결해요."
고가 안전띠를 맨 걸 확인한 차 교수가 출발하며 말했다. 이렇게 일찍 서두르지 않아도 되는데……, 차 교수답잖은 방정이 고는 못마땅했다. 고는 차 교수에 대한 불만을 흰 마스크로 가리고 헤드레스트에 뒷머리를 기댔다. 꿈이 현실처럼 선명했다. 정미옥과 재회하지 못하고 꿈을 깨버린 게 못내 아쉬웠다.

교무실에서 당신과 작별하고 돌아서는 제 발걸음은 마치 천 길 낭떠러지 위 구름 속을 걷는 기분이었어요. 이게 당신과의 마지막이라는 걸 알고 있었기 때문이죠. 이럴 거면 왜 다시 만나게 했는지 운명이 한없이 원망스럽기도 했지요. 그럼 쪽지는 뭐냐고요? 그건 제 자신에 대한 위안, 격려, 다짐에 불과했죠.
당신도 기억하고 있을 거예요. 우리의 이별 여행이 된 월정사 투어. 그때 당신은 분명히 느꼈을 거예요. 평소와 다른 저의 모습을요. 맞아요. 당신이 짐작한 그대로예요. 다분히 의도적이었죠. 당신으로부터 밤을 새워서라도 그 한마디를 듣고 싶었어요. 이번이 아니면 더 이상 기회가 없다는 걸 알고 있었기 때문이지요.

그러나 당신은 끝내 제가 그토록 듣고 싶었던 말을 하지 않더군요. 당신의 가슴속에 그 말이 풍선처럼 부풀어 폭발 직전인데도 말이에요. 제 눈에는 그게 투명하게 보였죠. 전 그전엔 누구보다 당신을 안다고 생각했어요. 그러나 그건 교만이고 착각이었어요. 제가 안 것은 당신의 낡은 양말 한 짝에 불과하다는 걸요.

그 생각만 하면 지금도 아찔해요. 그날 밤이 아니었으면 당신의 가슴을 코르크 마개처럼 막고 있는 게 무엇인지도 모르고 영원히 당신을 원망하며 살아갈 뻔했으니까요.

잊지 않을게요. 내 한 줌 생명이 붙어 있는 한, 이전의 당신과 내 안의 당신과 이후의 당신을. 그리고 약속할게요. 만에 하나, 그런 일이 꿈에서나 가능하겠지만, 당신과 나 사이에 인저리 타임이 현실에서 존재한다면 그때는 제가 먼저 당신에게서 듣고 싶었던 그 말을 꼭 할게요. 하긴 그런 게 다 무슨 소용이겠어요. 이미 은하수를 건너 무수한 별들이 눈꽃처럼 반짝이던 광활한 우주를 목격한걸요.

—다섯 번째 파일

"미옥이 딸을 본 적 없죠?"

와촌 휴게소에서 순두부찌개로 아침을 해결하고 주차장의 차 안에서 테이크아웃 아이스 아메리카노를 마시고 있을 때 차 교수가 물었다. 고가 차마 긍정할 수 없어 묵묵히 커피만 빨자 지레짐작한 차 교수가 말을 이었다.

"선배가 보면 놀라 까무러칠 거예요. 사랑이를, 걔 이름이 정사랑이에요. 두 번째 미옥이에게 갔을 때 봤거든요. 어디서 불쑥 나타나 안녕하세요, 눈웃음치며 다소곳이 인사하는데 미옥이가 환생한 줄 알았다니까요. 리즈 시절의 미옥이를 완전 빼다 박았더라고요."

차 교수의 말이 과장이 아님을 고도 잘 알고 있다. 그녀를 처음 보았을 때, 고도 그런 착각에 빠졌었다. 문자메시지 알림음이 흘러나와 고는 흡입하던 커피를 컵 홀더에 내려놓고 확인했다. 조설경이었다. 고는 즉시 답신을 보냈다. 정오쯤 도착할 것 같다고. 그녀도 차 교수와의 동행을 알고 있었다.

"미옥이가 딸을 예쁘게 키웠더라고요. 마음 씀씀이도 참 곱고요. 여고 때부터 친하게 지내는 계집애 넷이 지금도 한 번씩 만나 밥을 먹거든요. 한 번은 미옥이 얘기가 나와 사랑이를 초청한 적이 있었어요. 요즘 애답잖게 얼마나 예바르고 싹싹하든지 그런 면은 미옥이보다 낫더라고요. 나올 때 계산하려니 벌써 계산이 되었더라고요. 걔가 들어올 때 카운터에 카드를 맡겼던가 봐요. 저녁 사주려고 불렀다가 되레 저녁 대접을 받은 꼴이 됐지 뭐예요. 얼마나 무안하던지……."

커피를 다 마신 차 교수가 안전띠를 맸다. 평일이라 그런지 도로는 한산했다. 휙휙 지나가는 산빛들이 햇살을 빨아들여 보석처럼 반짝거렸다. 좋은 계절이고 좋은 풍경이었다. 바깥 풍경이 좋아 보이면 늙었다는 증거라지만, 그래도 좋은 건 어쩔 수 없었다. 왠지 이대로 세상 끝까지 가보고 싶은 충동이 뭉게구름처럼 피어올랐다.

"우리 옛길로 갈까요?"

한동안 운전에만 집중하던 차 교수가 물었다.

"좋을 대로."

고가 대답하자 차 교수가 오케이하듯 빠르게 속도를 높였다. 순식간에 몇 대의 차량들이 뒤로 밀렸다. 속도에 취해 갑자기 세상이 시시해 보였다. 술이 아니라도 세상에는 취할 게 많았다. 사랑, 돈, 권력, 명예, 예술⋯⋯. 고 자신은 정미옥에게 찰나적으로 취해본 것 말고는 아무것에도 짐벙지게 취해본 것이 없는 것 같았다. 명색이 소설을 쓴다는 사람이⋯⋯ 부끄러웠다. 고가 잠깐 엉뚱한 생각을 하는 사이, 전방이 뻥 뚫려 있었다. 경주는 상대가 있어야 재미있는 법. 더 이상 추월할 차량이 없자 차 교수가 속도를 늦추며 아까 하던 말을 계속했다.

"친구지만, 미옥이가 참 대단하다고 생각해요. 우리 나이 때에, 평생 안전빵 직장을 버리고 미혼모를 선택한다는 게 쉬운 일이 아니거든요. 자기가 진심으로 사랑한 사람이라 쳐도 이유야 어쨌든 버림을 받았잖아요. 그럼에도 불구하고 그런 선택을 한다는 건 아무나 할 수 있는 일이 아니죠. 더구나 사랑이에겐 끝까지 아빠 얘기를 하지 않았나 봐요. 저번 모임 때 은근슬쩍 물어보니까 걔는 아무런 정보를 갖고 있지 않더라고요. 난 죽었다 깨어나도 못할 것 같은데, 제 친구지만 정말 존경스러워요. 아름다운 용기란 그런 게 아닐까요?"

차 교수로부터 남을 칭찬하는 소리를 들어보기는 처음이었다. 더구나 친구에게 '존경'이란 단어까지 써가며 추켜세우는 건 퍽 이례적이었다. 그렇다고 빈말로 하는 것 같지는 않았다. 고는 갑자기 숙연한 기분에 가슴이 무지근했다.

사직서를 낸 날, 당신을 찾아간 일이 있었죠. 이번이 아니면 당신을 영원히 못 볼 것 같은 두려움이 날 용기의 갑옷을 입혀 주었죠. 돌아올 일은 생각지도 않고 무조건 막차를 탔죠. 그리고 혹시 누가 볼까 봐 스카프로 꽁꽁 얼굴을 가리고 당신의 방이 있는 사랑채를 향해 손말명처럼 접근했었죠. 당신의 방이 빤히 건너다보이는 담 모퉁이 전신주 밑에 도착했을 때는 농익은 밤이 흩어진 가족들을 불러들이고 하늘과 맞닿은 밤안개가 쓰나미처럼 고샅을 지우고 있었죠.

당신의 방은 불이 켜져 있었고 당신은 방에 있었죠. 저는 당신이 한 번만 방문을 열고 나와 달라고 매달리듯 기도하며 밤손님처럼 웅크리고 있었죠. 그러나 끝내 당신의 방문은 둔중한 성문이더군요. 이윽고 당신의 방이 밤보다 더 까만 어둠으로 지워졌을 때,

제 가슴은 절망으로 까맣게 타버렸죠.
그것이 당신을 향한 나의 마지막 날갯짓이었지요.

―*여섯 번째 파일*

고는 안다. 그 밤길을 걸어 돌아가려면 족히 세 시간은 걸린다는 걸. 고도 그해 그 밤길을 걸어본 적이 있었다. 어디선가 간단없이 귓불에 와 닿던 섬뜩한 날짐승, 들짐승, 정체불명의 소리들. 그리고 그때의 절망감, 허전함, 외로움. 고는 그날의 후유증으로 삭신이 잘게 부서지는 듯한 몸살을 앓았다. 어쩌면 정미옥도 그러지 않았을까. 고는 그 파일을 읽고는 가슴이 아리고 쓰려 한동안 바위처럼 굳어 있었다.

"참 묘한 기분이 드네요. 마치 우리가 소설 속 주인공이 된 것 같은 기분이에요. 진형준과 강혜진도 이 길을 이용해 목장을 찾아가잖아요."

노귀재 옛길로 접어들며 차 교수가 말했다. 진형준은 교수직을 버리고 목장으로 들어가 목장주의 대를 이어 탑을 쌓는 주인공이다. 르포 작가인 강혜진은 진형준이 러시아 여행 중 만난 인물로 탑의 진실을 밝혀내는 인물이다. 그녀는, 20년 전에 가출한 처형 설채원이 그 목장에 숨어 산다는 정보를 입수한 장인의 부탁을 받고 진형준이 목장을 찾아갈 때, 길 안내를 자처하며 동행한다. 때는 겨울이었고, 폭설이 온 세상을 뒤덮고 있었다.

"설경이 환상적인 겨울이 아니라도 참 좋네요. 저 산빛들 좀 보세요. 마치 우리가 풍경화 속으로 들어온 느낌이에요."

차 교수가 연방 감탄사를 쏟아냈다. 고도 반쯤 열어둔 창밖의 신선한 공기를 들이마시며, 저 모롱이를 돌면 흰 소 탄 동자가 피리 불며 내려오겠는걸, 하고 차 교수의 기분에 추임새를 넣었다. 그러자 금세 말귀를 알아들은 차 교수가 응수했다. 그럼 선배님은 제 차 몰고 오세요. 전 동자랑 우버 타고 갈게요. 글쎄, 그게 가능할지 의문이군. 보나 마나 쌍뿔을 흔들며 노노, 노노노……, 할걸. 고가 천연덕스럽게 대꾸하자 차 교수가 짐짓 발끈했다. 그거 성차별인 거 몰라요? 고소하면 당장 밥줄이 댕강, 달아날 법한 위험한 발언이라고요. 기회 있을 때, 취소하세요. 그런 뜻이 아니라 온몸의 검은 털이 하얗게 세도록 산 영물이 그걸 모르겠어? 척 보면 첵Check이지. 제 몸이 어때서요? 가을아, 가을아! 내 몸이 그렇게 뚱뚱하니? 아니에요, 왕비님! 백설공주보다 쬐끔요. 보세요, 가을도 아니라고 하잖아요. 이따 사심 없는 동자에게 냉정한 판단을 받아봐야겠군. 좋아요. 그럼 우리 내기해요. 저는 이 차를 걸게요. 선배님은 뭘 거시겠어요? 나는 내년 봄을 걸지. 몸이 아니라 봄을요? 차 교수가 기가 막힌다는 듯 풋 웃었다. 어차피 내가 이길 거니까, 뭘 걸든 상관없잖아. 그렇게 자신 있으면 봄 대신 신사임당을 왕창 거세요. 어차피 내가 이길 거니까 뜬구름보다 구름과자가 현실적이거든요. 좋을 대로. 보는 눈이 젬병이라 내 몸의 샤이 미학을 잘 모르시는 모양인데……, 아니기만 해봐라. 차 교수가 짐짓 약 올라 죽겠는 표정을 지었고, 고는 그 표정이 재밌어 죽겠는 표정으로 창밖의 풍경을 쓰다듬었다. 그러는 사이, 차는 어느새 노귀재의 풍경 속을 서서히 빠져나가고 있었다.

하산길 끄트머리에는 아담한 휴게소가 있었다. 가을은 어디나 비슷했다. 거기에도 독한 가을에 취한 행락객들이 왁자하니 웃고 떠들고 있었다. 차 교수가 돌아보며 눈빛으로 의향을 물었고, 고는 턱짓으로 통과를 알렸다. 잠시 멈칫하던 차가 다시 속도를 내기 시작했다.

"선배님은 조 작가 소설의 메시지가 뭐라고 생각하세요?"

노귀재의 풍경에서 완전히 벗어나자 다시 진지해진 차 교수가 물었다.

"작가의 말 속에 나와 있지 않나. 현상과 본질은 다르다. 우리가 알고 있는 건 진실이 아니고 진실은 그 속에 숨어 있다. 탑을 통해 그걸 입증해 보고 싶었다고."

"저는 이렇게 말하고 싶어요. 작가의 말은 진실이 아니고 진실은 그 속에 숨어 있다고요."

"그럼 차 교수가 생각하는 건?"

"용기를 말하고 싶었던 게 아닐까요? 용기는 잘 쓰면 아름답지만, 넘치면 독이 되고 부족하면 한이 되죠. 목장주를 용기 과잉의 상징적 인물로, 설채원을 용기 부족의 상징적 인물로, 진형준을 용기 선용의 상징적 인물로 설정한 게 아닐까 싶어요. 조 작가를 만나면 이걸 꼭 한번 물어보고 싶어요."

놀라웠다. 고는 미처 거기까지 생각해 보지 못했는데, 차 교수의 혜안이 대단했다. 백정 출신의 목장주는 학동 시절 서당 훈장의 딸을 흠모한 나머지 결혼을 앞둔 그녀를 복면한 얼굴로 감쪽같이 성폭행한다. 그 충격으로 자살을 시도하자 목장주는 그녀를 구출해 함께 가출한다. 자신의 성폭행범이 목장주인 줄을 까맣게 모르는 그녀는 지극정성으로 자신을 보필하는 목장주에게 정을 느껴 부부의 연을 맺는다. 그러나 성폭행으로 잉태한 아이가 자라면서 점점 목장주를 닮아 가자 의심하기 시작하고 부인의 이실직고 압박에 견디다 못한 목장주는 마침내 자백한다. 그로 말미암아 금실 좋던 부부는 한순간에 파경을 맞게 되고 부인이 야반도주하자 목장주는 젖소를 처분하고 돌탑을 쌓기 시작한다. 대학 시절, 목장 부부의 아들을 사랑한 설채원은 그가 소속된 지하조직으로부터 밀고자로 오인 받아 심한 고문과 함께 하복부에 뱀 문신이 새겨지는 치명상을 입는다. 그 후유증으로 가출한 설채원은 수소문 끝에 잠적한 연인을 찾아가 보복을 시도하지만, 그도 배신자의 누명을 쓴 희생자(거세)임을 알고 용서한다. 그와의 관계 복원을 위해 다시 찾아갔다가 그가 자살했음을 알게 된다. 그의 유서를 전하기 위해 목장엘 찾았다가 정착하게 된다. 진형준은 난소암으로 죽은 설채원의 노트에서 그녀가 지하조직의 피해자임을 알게 된다. 그 조직이 한

때 자신이 몸담았던 그 조직임을 안 그는 속죄의 마음으로 설채원이 이루고자 했던 탑의 완성을 위해 가족의 만류에도 불구하고 사직한다. 아마도 차 교수는 목장주의 성폭행을 용기의 과잉으로, 설채원의 우유부단함을 용기의 부족으로, 진형준의 사직을 용기의 선용으로 인식한 듯했다. 차 교수의 용기론에 대입시키면 고악락이란 인간은 용기의 부족이 아니라 용기라곤 눈곱만큼도 없는 얼간이에 지나지 않았다. 정미옥의 자취방을 노크하지 못한 건 그렇다 쳐도 그 후 여차여차한 이유로 되돌아왔노라고 봉함 엽서 정도는 보낼 수 있었는데, 끝내 그러지 못했으니 말이다.

고는 회한에 젖어 한동안 창밖만 멀거니 바라보았다.

돌아보면 저는 참 행복한 사람이지요. 당신을 만나 사랑을 알았고, 당신과 이별하면서 희망이 생겼으니까요. 미국의 심리학자 하워드 가드너가 이런 말을 했다는 걸 기억해요. 행복한 사람은 자신이 가진 것을 사랑하고 불행한 사람은 자신이 가지지 못한 것을 동경한다고요. 꼭 저를 두고 한 말 같았어요. 저는 항상 내가 가진 것만 사랑하니까요. 내가 가지지 못했거나 가질 수 없는 것들은 꿈도 꾸지 않으니까요. 그리고 임마누엘 칸트도 이런 말을 했지요. 하는 일이 있고 사랑하는 사람이 있고 희망이 있으면 행복한 것이라고요. 나는 이 세 가지를 다 갖추었으니 저야말로 행복의 퀸이지요. 다만 이 행복을 당신께 전달하지 못한다는 게 제가 가진 유일한 불

행이지요.

—일곱 번째 파일

당신이라는 사람!

—마지막 파일

마지막 파일은 정미옥의 노트가 아니었다. 글씨도 크고 글꼴도 달랐다. 그리고 단지 그 한마디뿐이었다. 그녀가 굳이 그 파일을 첨부한 까닭은 명약관화했다. 그녀는 CCTV보다 더 명확한 물증으로 묻고 있는 것이다. 노트 속의 당신이라는 사람이 당신이냐고. 그러나 고에게는 어쩐지 그 물음보다 물음을 가장한 비아냥거림으로 읽혔다. 당신이라는 사람! 참, 한심하고 비겁한 당신이라는 사람!

"벌써 가슴이 설레네요. 과연 소설 속에서처럼 감동적일까요?"

목장으로 들어가는 길로 접어들자 차 교수가 들뜬 목소리로 말했다. 미륵봉에서 바라본 탑의 장관을 두고 하는 말이었다. 탑의 모형도를 발견한 설채원은 미륵봉으로 달려간다. 미륵봉 중턱에 목장주의 무덤이 있다. 거기서 바라봐야 온전한 탑의 조망이 가능하다. 직접 눈으로 확인한 설채원은 큰 감동과 함께 깨닫는다. 목장주가 여태 주먹구구식으로 탑을 쌓고 있었던 게 아니라 6.25 때 지아비의 무사 귀환을 기원하며 수놓은 부인의 해바라기꽃을 모본으로 치밀하게 해바라기 연리탑을 쌓고 있었다는 걸. 그리고 결심한다. 미완성의 연리탑을 자신이 완성하겠노라고. 강혜진에 의해 그것이 연리탑이 아니라 참회탑이란 것이 밝혀지지만……. 더구나 강혜진의 끈질긴 노력 끝에 찾아낸 목장주의 '참회록' 속에는 그런 와중에도 죽음 직전까지 설채원을 범하고 싶은 욕망에 사로잡혀 있었음을 고백하는 충격적인 사실도 기록되어 있다.

고도 자못 궁금했다. 고도 아직 미륵봉에서 탑을 조망할 기회를 갖지 못했다.

조설경은 목장 앞 주차장에서 방문객을 기다리고 있었다. 차가 모퉁이를 돌아 올라가자 신호수처럼 손을 크게 흔들었다. 조설경 옆에는 빨간색 승용차 두 대가 쌍둥이처럼 나란히 주차되어 있었다. 고는 잠시 뒤 그 차가, 하나는 조설경의 것이고 다른 하나는 정사랑 기자의 것이라는 걸 알았다.

전혀 예상하지 못한 사태 앞에 고는 그만 그 자리에 얼어붙었다. 따가운 가을 햇살이 칼날처럼 고의 눈으로 파고들었다. 차 교수가 반가운 목소리로 그녀를 맞았고, 이윽고 그녀의 손목을 잡고 그 옛날 다섯 밤을 약속한 여자가 스님에게 다가가듯 고에게로 다가왔다.

4. 결핍이 빚은 사랑

고의 침실 벽에는 낯선 사진 하나가 걸려 있다. 흰색 와이셔츠에 자주색 나비넥타이를 매고 난생처음 버성긴 턱시도를 입은, 아주 특별한 사진. 넉 달 전에 찍었다. 그날은 날씨가 화창했지만, 쌀쌀했고 바람이 간단없이 불었다. 사진 속에도 그 날씨가 오롯이 느껴질 만큼 드레스와 면사포 자락이 수줍게 나부꼈다. 고의 모습은 긴장감으로 굳어 있었고, 바람이 사정없이 눈을 찔러 얼굴은 거의 울음을 터뜨리기 직전의 표정을 짓고 있었다.

고는 그 사진을 찍기까지 여러 날 불면의 밤을 보냈다. 불면은 고에겐 썩 낯선 경험이었다. 예정된 운명은 단지 모를 뿐, 불면으로 맞선다고 결과는 바뀌지 않는다는 걸 어린 나이에 깨달은 까닭이었다. 그러나 이번 경우는 달랐다. 결과의 문제가 아니라 선택의 문제이기 때문이었다.

불면의 밤은 고에게 지난날의 삶을 입체적으로 돌아보는 소중한 시간이었다. 고는 여태 그런 시간을 가져보지 못했다. 늘 까닭

모를 불안과 긴장의 연속이었고, 이유 여야를 막론하고 양모와 양부에게 실망감을 주지 말아야 한다는 강박관념에 짓눌려 있었다. 그러기에 고는 한가롭게 옆이나 뒤를 돌아볼 겨를이 없었다. 고는 양부모가 원하는 방향으로 바람개비처럼 돌았고, 그것의 결과로 두 분이 기뻐하고 좋아하면 그것이 곧 고의 기쁨이고 보람이었다.

그런 심리 기저에는 지금도 그 충격이 고스란히 느껴지는 계기가 있었다. 중학교 2학년 때였다. 그해 겨울, 전교 학생 정·부회장을 뽑는 선거가 있었는데, 1학년 때부터 줄곧 반장을 했던 고는 반원들과 담임의 적극적 추천으로 회장에 입후보하게 되었다. 물론 양부모도 허락한 사항이었다. 입후보자는 세 명이었지만, 실질적으로는 고와 육성회장 아들인 문순규, 두 사람의 싸움이었다. 순규는 현 전교 부회장이라는 강점이 있는 반면 이미지가 안 좋은 육성회장 아들이라는 약점이 있었고, 고는 공부를 잘하고 범생이라는 강점이 있는 반면 아이러니하게도 부모의 존재감이 미약하다는 약점이 있었다. 그러나 고는 자신 있었다. 점심시간이나 휴식 시간 때 한 표를 호소하며 반반이 돌아다녀 보면 피부로 느껴졌다. 저학년일수록 호응도가 더 좋았다.

선거를 사흘 앞둔 밤이었다. 고가 당선을 확신하고 책상 앞에 앉아 당선 소감문을 구상하고 있을 때, 심각한 표정의 핵심 참모들이 찾아왔다. 영문을 몰랐던 고는 집 앞 빵집으로 그들을 데리고 갔다. 도넛과 콜라를 주문해 놓고 돌아왔을 때, 왕참모인 조수지가 단도직입적으로 물었다.

"벌써 소문이 좌악 돌았어. 솔직히 말해줘. 지금 부모님이 진짜 부모님이 아니라는 것, 사실이야?"

그 순간, 고는 눈앞이 노래졌다. 일부러 숨기려고 한 건 아니지만, 어쨌든 실망감을 안겨준 건 사실이었다. 그 시절에는 부모의 이혼보다 입양이 더 이미지의 타격을 주던 때였다. 고는 한참 넋 놓고 앉아 있다가 대답했다.

"미안하다. 그러나 난 여태 한 번도 양엄마, 양아빠라고 생각해 본 적이 없어. 진짜야."

"그게 중요한 게 아니잖아."

수지가 작심한 듯 말했고, 함께 온 강성식과 안지희가 불만 섞인 표정으로 한마디씩 거들었다.

"다 된 밥에 코 빠뜨리게 생겼어."

"그러면 처음부터 입후보할 생각을 말았어야지. 이게 뭐야?"

"미안하다."

고가 해줄 수 있는 말은 그것뿐이었다. 실망한 그들이 도넛과 콜라는 입에 대지도 않은 채 쌀쌀맞게 일어났고, 고는 속수무책으로 앉아 있었다. 수지의 냉갈령은 실망을 넘어 충격이었다. 국민학교 6년을 함께 다녔고, 얼마 전에는 고에게 손편지를 보내 먼 훗날 내 곁에 늘 누워 있는 사람이 너였으면 좋겠다는 감정을 고백하기도 했던 수지였다. 좁은 공간의 빵집이 어둠에 갇힌 절해고도처럼 느껴졌다. 꿈만 같았다. 어릴 때 자주 꾸던 식인종 꿈보다 더 끔찍한 악몽. 그나마 다행인 것은 빵집 안에 여자 사장님 외엔 아무도 없었다는 사실이었다. 수상한 낌새를 눈치챈 사장님이 악락아, 왜 그래? 싸웠어? 하고 일깨울 때까지 고는 악몽에 덜미 잡혀 미라처럼 굳어 있었다. 고는 그제야 간신히 몸을 일으켰다. 다리가 후들거려 사장님의 도움을 받아야만 빵집을 나올 수 있었다.

소문의 진원지는 불을 보듯 뻔했다. 비열하고 비겁했다. 그러나 엄연한 사실이라 덮어 놓고 비난할 수도 없는 처지였다. 비난은 오히려 미처 대비하지 못하고 방심한 자신이 받아 마땅했다. 고는 또 악몽을 꿀까 봐 방구석에 웅크리고 앉아 꼬박 밤을 지새웠다.

다음 날 고는 담임을 찾아가 후보 사퇴 문제를 상담했다. 담임은 갑자기 심경의 변화를 일으킨 이유를 물었고, 고가 솔직히 대답했다. 그러자 기가 막힌다는 표정으로 이맛살을 찡그리며 나도 모르는 사실을 그 자식들이 어떻게 알았지? 하고는 소문에 휘둘리지 말고 사내답게 당당하게 맞서라고 어깨를 두드려 주었다. 당시의 고는 담임의 말이라면 껌뻑 죽는 모범생이었다.

고는 담임의 격려에 힘입어 끝까지 고군분투했지만, 결과는 완패였다. 그것도 꼴찌였다. 그러나 고는 결과를 깨끗하게 받아들였다. 그것이 자신이 감당해야 할 짐이자 업보라고 생각했다. 그래서 고는 빨리 잊고 싶었고, 잊으려 했고, 잊었다.

그런데 문제는 열흘 뒤에 터졌다. 문순규 측에서 선거 막바지까지 그 소문을 부풀려 말도 안 되는 헛소문을 퍼뜨리고 다녔다는 정보를 입수한 것이다. 고가 창녀의 자식이고, 양모는 생모를 고용한 포주이며, 생모가 살인죄를 저질러 더 이상 양육할 수 없게 되자 지금의 양모가 울며 겨자 먹기로 떠맡게 되었다는 것이다.

소문을 접한 고는 그것만은 묵과할 수 없었다. 곧장 구체적인 증거를 수집해 문순규를 찾아갔다. 그는 당연히 오리발을 내밀었다. 금시초문이고 자기와는 무관한 일이며, 만일 그게 사실이라면 누군가가 불타는 정의감으로 그랬을 것이라는 궤변을 늘어놓았다. 그러나 그 선에서 그의 입이 더 이상 열리지 않았다면 최악의 사태는 벌어지지는 않았을 것이다. 고는 그가 사실을 인정하고 사과하거나 그것까지는 아니더라도 부정하지 않고 어쨌든 불미스러운 일에 대해 유감 표명 정도만 했더라면 욕만 한 바가지 안기곤 돌아설 생각이었다. 그런데 그의 입에서 시궁창의 악취 같은 말이 튀어나왔다.

"사실을 사실대로 말한 게 잘못이냐?"

그 순간, 고의 종주먹이 자동 발사기처럼 그의 턱을 향해 날아갔다. 한번 작동된 주먹은 주위의 친구들이 강제로 종료시킬 때까지 멈춰지지 않았다. 그 사건으로 학교가 발칵 뒤집어졌고, 고는 그날 하교 시간에도 귀가하지 못하고 학생주임 책상 옆에 꿇어앉아 있었다.

"대체 무슨 일이냐?"

학교로부터 호출 통지를 받은 양모가 굳은 표정으로 물었다. 고는 지레 주눅 들어 양모 앞에 고개를 떨구고 서 있었다. 양모는 폭력을 싫어했다. 친구와 의견 차이로 설령 싸우더라도 주먹질만은 절대로 안 된다는 게 양모의 일념이었다. 그 사실을 누구보다 잘 알고 있는 고는 그 옛날 새끼손가락처럼 배신한 주먹을 잘라버리고 싶었다. 양모가 용서해 준다면 주먹이 아니라 팔 하나라도 미련 없이 잘라버릴 수 있을 것 같았다. 고가 선뜻 대답하지 못하고 어깨만 떨고 있자 재차 다그쳤다.

"있는 대로 소상히 말해봐라. 나는 네 어미다."

양모의 마지막 말에 용기를 얻은 고가 떠듬거리며 자초지종을 설명했다. 놀라운 인내심으로 잠자코 다 듣고 난 양모가 말했다.

"장한 일을 했구나. 사내는 불의 앞에선 주먹도 쓸 줄 알고 칼도 쓸 줄 알아야 한다. 오늘 너에게서 든든한 빛을 보았구나. 그 일로 기죽지 마라. 내일 내가 가서 너의 억울함과 정당성을 소상히 밝히마."

뜻밖의 반응에 고는 그 자리에 주저앉아 감격의 눈물을 흘렸다. 양모가 그렇게 마음이 넓은 줄 몰랐고, 더더욱 그렇게까지 든든한 뒷배가 되어 줄 줄은 꿈에도 생각하지 못했다. 양모는 걸핏하면 '나는 네 어미다'를 읊조렸는데, 그게 입에 발린 소리가 아니라 진심에서 우러나오는 소리라는 걸 그때야 절실히 깨달았다. 고는 양모에 대한 고마움, 미안함, 부끄러움으로 거칠게 어깨를 들썩였다. 그러면서 마음속으로 다짐했다. 기대에 어긋나지 않는 아들이 되겠다고. 결코 실망을 안겨드리는 못난 아들이 되지 않겠다고.

그 사건으로 고는 10일간의 유기정학 처분을 받았고, 그해 겨울 타 중학교로 전학 갔다. 일방적인 학교 처사에 대한 항의 차원이었다. 그런 면에서 양모는 칼이었다. 이런 불공평한 학교에 자식의 장래를 맡길 수 없다며 한 점 주저함 없이 전학을 결정했다.

고는 고등학교 때 문과반을 선택했고, 대학은 국문학과를 다녔다. 만일 양모가 이과반을 선택해 의과대학을 가라고 했으면 두말없이 그 길을 선택했을 것이다. 그러나 양모는 그러지 않았다. 전적으로 고의 의사를 존중하고 따랐다. 그 점에 대해 고는 지금도 감사하게 생각하고 있다.

고가 시인이 되겠다고 마음먹은 것은 고2 때였다. 고2 때 개교기념 교내 백일장에서 운문부 장원을 차지한 게 계기였다. 그때까지 자신에게 그런 재능이 있는 줄 몰랐던 고는 뜻밖의 소식에 스스로도 놀랐고, 더 놀란 건 고를 통해 그 소식을 전해 들은 양모였다. 양모는 마치 고가 전교 1등을 한 것처럼 기뻐했고, 고가 원하면 적극 뒷바라지하고 응원을 아끼지 않겠다고 약속했다. 그때야 고는 알았다. 명문 여고 출신인 양모가 대학은 가정과를 나왔지만, 여고 시절에는 문예반장에 시인 지망생이었다는 걸. 저녁 자리에서 그 사실을 알게 된 고는 양모가 이루지 못한 꿈을 자신이 이루어 은혜에 보답하리라 다짐했었다. 지금도 고는 시에 대한 미련을 버리지 못하고 있다. 군 복무 시절, 시와 소설을 동시에 응모한 신춘문예에서 기대한 시는 본선에도 들지 못한 반면, 기대하지 않은 소설이 당선됨으로써 본의 아니게 작가의 길을 걷게 되었지만…….

고가 양모의 뜻에 따르지 않은 것은 결혼이 유일했다. 맞선본 여자 중에는 고에게 과분한 여성도 여럿 있었다. 그중에서 지금도 가슴속에 큰 아픔으로 남아 있는 건 몇 번째인지 기억나지 않지만, 어느 여름날에 본 맞선이었다. 그녀는 두 살 아래의 명문대 출신의 약사였고, 이런 여자가 아직 짝이 없다는 게 믿어지지 않을 만큼 보기 드문 미인이었다. 고의 눈에도 신붓감으로 썩 괜찮은 여자처럼 느껴졌다. 맞선 후 다른 볼일이 있어 들렀다 귀가하자 양모가 기다렸다는 듯이 고의 방을 찾았다. 양모는 선볼 때마다 늘 고와 은밀히 동행했다. 양모가 말했다.

"낙아, 이번만은 어미의 뜻에 따라 다오. 그만한 배필은 더는 없다. 저쪽도 의향이 있다고 하니 이번 기회를 놓치지 말아 다오. 조건을 두루 갖춘 저런 여자를 놓치면 평생 후회한다. 부탁이다, 낙아!"

양모의 태도가 워낙 단호했으므로 고는 선뜻 말머리를 잡을 수 없었다. 급한 김에 사흘의 말미를 달라고 요청한 고는 그 문제로 고뇌했다. 고뇌는 승낙 여부가 아니라 합리적인 거절의 꼬투리를 찾는 작업이었다. 사흘의 말미를 반승낙으로 이해한 양모의 표정이 어느 때보다 밝았으므로 고의 고뇌는 더 자심할 수밖에 없었다. 고는 그 사흘 동안 학창 시절에 즐겨 읽었던 코난 도일의 '셜록 홈스'처럼 단서를 찾아 머릿속을 톺고 소설 속을 뒤지고 심지어 빗속을 방황하며 믿지도 않는 신에게 기도하기도 했다. 그러나 양모가 수긍할 만한 꼬투리를 찾기란 쉽지 않았다. 일단 승낙한 뒤 몇 번 만남을 가지다 적절한 시기에 손사래 칠 수도 있었지만, 그건 양모뿐 아니라 상대를 모욕하는 일이라 고의 자존심이 허락하지 않았다. 시간은 거침없이 흘러갔고, 마침내 사흘째 된 날 밤, 양모가 고의 방을 노크했다. 고는 미리 준비해 둔 편지를 양모 앞으로 내밀었다.

"구슬 꿰기가 쉽지 않구나."

찬찬히 편지를 읽은 양모가 한 말은 딱 그 한마디뿐이었다. 그러곤 편지를 원래대로 접어 고에게 건네곤 조용히 방을 나갔다. 고는 급한 불을 끈 안도감보다 자신이 부끄럽고 저주스러워 견딜 수 없었다. 유령처럼 집을 빠져나가 집 앞 건너편 포장마차에서 닭똥집 볶음을 안주로 소주 한 병을 비우고 그 술이 깰 때까지 자욱이 안개가 깔린 천변 산책길을 걸었다. 그래도 자괴감은 지워지지 않았다. 편지에는 고가 막다른 고뇌 끝에 창작한 비열하고 저급한 이야기가 담겨 있었다. 양모는 여자의 순결을 중시했다. 모든 조건의 영순위가 바로 그거였다. 여자의 몸이 순결하지 않으면 모든 재앙이 그리로 침투한다는 이상한 아집을 가지고 있었다. 고는 그 허점을 교묘하게 이용했다. 고의 음모는 적중했고 그것으로 출구가 보이지 않던 문제가 싱겁게 해결되었지만, 그 후유증은 다섯 밤처럼 고의 가슴에 흉터처럼 남았다. 먼 훗날 죽어 만일 지옥에 떨어진다면 십중팔구 그것 때문일 거라고, 그때 고는 생각했다. 지금도 그 생각에는 변함이 없다. 그녀가 지금 어디서 어떤 빛깔의 삶을 영위하는지 알 길이 없지만, 아무튼 그녀가 행복하기를, 불현듯 그 생각이 떠오를 때면 부끄러움을 지우듯 빌곤 했다. 지금의 고가 할 수 있는 일은 그 속죄의 기원뿐이었으므로.

*

 그녀를 외따로 만난 건 목장을 방문하고 난 열흘 뒤였다. 고가 먼저 만남을 제안했고, 몇 차례 제안 끝에 그녀가 일시와 장소를 문자로 찍어 보내는 것으로 수락했다. 고는 목장 방문 때 그녀의 깔깔한 태도와 냉랭한 눈빛을 통해 알 수 있었다. 뭔가 잘못된 정보와 오해 속에 갇혀 있다는 걸. 그 순간 어떤 식으로든 만나야겠다고 생각했다. 왜 그렇게 무심했고, 무책임했는지에 대해 최소한의 설명이 필요하다고 판단했다.
 그녀가 지정한 장소는 놀랍게도 천변이 빤히 보이는 작은 공원이었다. 그곳은 어린 시절 고가 자주 뛰놀았던 추억의 공간이었다. 그 근처에, 고가 재직 학교 근처로 이사하기 전까지 살았던 고의 집이 있었다. 그곳에서 바라보면 붉은 파벽돌로 지은 고의 2층 양옥집이 자귀나무 사이로 고스란히 내다보였다. 그녀로부터 장소를 통보받았을 때 흠칫 놀랐던 건 그 우연성 때문이었다.
    고는 만남이 있는 날 아침부터 분주하게 움직였다. 좀처럼 가지 않는 습식 사우나엘 다녀왔고 그곳 2층에 있는 이용소에서 이발도 했다. 그리고 가까운 백화점엘 들러 흰색 와이셔츠와 산뜻한 느낌의 자주색 넥타이도 구입했다. 누굴 만나기 위해 이렇게 준비하고 갖추기는 처음이었다. 맞선 때는 물론이고 평생직장의 갈림길에서의 면접을 앞둔 그때도 그렇게 꼼꼼히 준비한 적은 없었다. 마침내 집을 나설 시간이 다가와 스리피스 정장에 상아색 트렌치코트를 걸치고 거울을 보며 목덜미와 겨드랑이에 살짝 라벤더 향 향수를 뿌릴 때는 알 수 없는 긴장감과 설렘으로 가슴이 뛰었다.
    고가 도착했을 때 그녀는 지정 벤치에 앉아 있었다. 이른 오후였지만, 가을답잖은 날씨가 쌀쌀했으므로, 두꺼운 카디건에 붉은색 니트 목도리를 두르고 있었다. 고를 보자 말없이 일어났다. 그러곤 처음 만났을 때처럼 가만히 앞장섰다.
    공원 건너편 이면도로에 지하 찻집이 있었다. 찻집은 낮은 조도로 어두침침했고, 넓지 않은 공간을 귀에 익은 7080 경음악이 부드럽게 감싸고 있었다. 아직도 이런 찻집이 있다는 게 신기할 정도로 내부 장식과 풍경들이 한 세대 과거 속에 머물러 있었다. 손님은 거의 없었다.
    개량 한복 차림으로 우아함을 살린 마담의 안내를 받아 남쪽 창가에 마주 앉자 고의 가슴은 다시금 통제 불능 상태로 예민해지기 시작했다. 그와 동시에 집을 나서며 몇 번이나 되짚으며 구상한 이야기의 얼개들이 머릿속에서 파편처럼 흩어졌다. 이윽고 주문한 커피가 나오고 그 커피를 반쯤 마실 때까지 고는 그런 상태로 벙히 앉아 있었다. 그때까지 그녀는 단 한 모금의 커피도 마시지 않고 살포시 고개를 떨군 채 의연하게 앉아 있었다.

"국민학교, 그때는 그렇게 불렀지요, 입학 전이었습니다."

고가 마침내 입을 떼기 시작한 건 더 이상 침묵해서는 안 된다는 내부의 강력한 경고가 임계점에 다다랐을 때였다. 그제야 그녀는 한 모금의 커피를 마셨다. 한번 입이 열리자 흩어진 이야기들이 빠르게 제자리를 잡기 시작했다. 그렇게 시작된 이야기는 두 시간 넘게 이어졌다. 밤이 아니라 공포였고, 지옥이었던 다섯 밤의 이야기부터 거실 콘솔 위의 사진을 갈아 끼우게 된 그날의 저녁 이야기까지. 아주 특이한 한 남자의 삶이 기록된 한 권의 수기를 읽어 주듯이, 나직나직. 마침내 고가 회한에 젖어 눈을 감은 채 깍지 낀 두 손의 검지를 가만히 입술에 대고 있을 때, 그녀는 조용히 일어났다. 그러고는 계산대로 가 찻값을 치른 뒤 소리 없이 찻집을 나갔다. 고는 그 모든 걸 알고 있었지만, 묵묵히 모르쇠 잡고 있었다.

그녀에게서 문자메시지가 온 건 그다음 날이었다. 고가 이제 자신이 해야 할 일은 끝났고, 더 이상 할 수 있는 일이 없다는 걸 깨닫고 마음의 평정을 찾고 있을 때였다. 그녀의 문자메시지는 짧았지만, 많은 의미가 함축되어 있었다.

이제야 조금 이해가 되는군요. 엄마가 왜 종종 그 공원엘 들렀고, 그때마다 그 찻집엘 갔었는지. 하지만 뜻밖이고 실망이군요. 아저씨랑 마주하기 전까지 아저씨의 부인은 어떤 분이시고, 아저씨의 자녀들과 나랑은 어떤 공통분모가 있을까, 쓸데없이 궁금했었는데…… 암튼 고마워요.

불면의 밤은 공교롭게도 다섯 밤이었다. 불면과 불면 사이, 아주 잠깐 가수 상태에 빠질 때면 정미옥의 꿈을 꾸었다. 정미옥은 농모를 쓰고 몸뻬 차림으로 봉지를 씌운 포도송이를 따고 있었다. 꿈속에서는 분명 정미옥이라고 인식하고 있었는데, 깨고 나면 정미옥이 아니라 그 여자라는 느낌이 강했다. 고비늙은 얼굴이 그랬고, 검버섯이 숭숭 박인 손등이 그랬고, 골무 같은 걸 끼고 있는 새끼손가락이 그랬다. 살아 있다면 적어도 칠십 대 후반 정도는 되었을 것이므로. 꿈이지만, 그 나이까지 새끼손가락을 칭칭 동여매고 있다는 게 놀라웠다. 그런 꿈을 꾸고 나면 머릿속은 더욱 뒤숭숭하고 가치관의 혼란이 왔다. 무슨 곡절이 있었을 것이라고, 그 여자로서는 그것이 최선이었을 것이라는, 놀랍고도 어처구니없는 생각이 불면의 허점을 틈타 슬며시 밀고 들어왔다.

원흉은 사진이었다. 어쩌자고 양모는 완벽하게 숨기지 못했을까. 안타까운 시간이 소중한 밤을 갉아 먹었다. 배신이 절망을 낳고 절망이 공포를 낳고 공포가 지옥을 낳고 지옥이 분노를 낳고 분

노가 죄를 낳고 죄가 회한을 낳고 회한이 체념을 낳고 체념이 궁금증을 낳고 궁금중이 이해를 낳고 이해가 번뇌를 낳고 번뇌가 결핍을 낳고 결핍이 다시 배신을 낳는 밤, 밤들…….

그러나 마냥 불면의 밤을 이어갈 순 없었다. 고의든 아니든 고의 영혼을 순식간에 장악한 그녀가 더도 덜도 아닌 닷새의 말미를 주었기 때문이었다. 그러므로 어쨌든 선택해야만 했다. O든 X든. 그 갈림길에서 결정적 역할을 한 사람이 차 교수였다. 그녀가 어린 애처럼 목장 동행을 조르지 않았더라면, 아니 그날 동행 길에 불쑥 '용기론'을 언급하지 않았더라면 고의 깜냥으로, 설령 불면의 밤을 온전히 거쳤다 하더라도 결코 그런 선택을 하기란 쉽지 않았을 것이다. 그리고 그 선택에 일정 부분 양모의 일조가 있었음도 부인하기 어렵다. 나무가 되었다고 생전의 소망이 바뀌지는 않았을 것이므로.

고는 선택과 함께 차 교수에게 모든 걸 고백했다. 차 교수는 처음에는 놀라움을 넘어 경악하다가 도저히 믿기지 않는다는 표정이다가 숙고의 시간을 거쳐 담담히 현실로 받아들였다. 그때 보인 첫 반응은 이랬다. 미치겠네, 정말. 왜들 모두 미스터리가 그렇게 많아. 꼭 나만 바보 되고 손해 본 기분이야. 그러고는 창밖의 우울한 풍경을 허탈한 표정으로 바라보았다.

고백과 동시에 고는 25년간 재직한 학교와 헤어질 결심도 했다. 그것이 일용할 양식을 준 학교에 대한 최소한의 예의라고 판단했다. 뒤늦게 그 사실을 안 차 교수가 꼭 그래야 하냐며 극구 말렸지만, 고는 오래전 프러포즈 때처럼 그 마음만 받겠다며 끝내 뜻을 굽히지 않았다. 고의 의지를 확인한 차 교수가 못내 아쉽고 서운한 표정으로 말했다.

"기어이 진형준의 길을 가려나 보네."

엄밀히 말하면 반은 맞고 반은 틀린 말이었다. 진형준은 뚜렷한 목표가 있었지만, 고에겐 그게 없었다. 그 문제는 곧 거처를 옮기게 되면 시간적 여유를 가지고 천천히 생각해 볼 생각이다. 그러나 마음속 진주조개처럼 품고 있는 소망은 있었다. 차 교수의 방정으로 불발된 정미옥을 다시 만나 가르강튀아처럼 소설 속에서 살아보는 일. 때로는 티격태격하며, 때로는 서로의 결핍을 채워주며, 그러다 지치면 미친 듯한 사랑으로 에너지를 보충하고, 그리하여 여태 소설 밖에서는 한 번도 경험하지 못한 것들을 낱낱이 경험해 보는 삶. 가르강튀아만큼은 아니더라도 주어진 삶을 마감하는 날, 이제는 돌아와 포도밭 앞에 선 동백나무 연리목이 되는 것. 그들 사이엔 견우와 직녀를 이어준 은하수보다 유장한 소설이 있었고, 다섯 밤과 제1형 당뇨가 오히려 그들에겐 크나큰 축복이었네. 먼 훗날, 혹 지나가는 누군가가 적승계족赤繩繫足의 연리목을 보고 전설처럼 그렇게 말해주면 더 바랄 게 없고……. 그리고 또 있다. 그녀로부터 정미옥의 과수원 생활을 더도 덜도 말고 딱 고가 들려준 만큼, 한 권 분량의 수기만큼 들어보는 일이다. 그게 부담스러우면 일기나 비망록 같은 걸 보여줘도 무방하다. 고의 바람은 어쨌든 그녀의 감춰진 삶을 살짝 엿보는 데 있으니까.

그 모든 걸 상상하면 첫 소설집을 출간할 때처럼 가슴이 설레지만, 문제는 정미옥이다. 이미 나무의 선계로 들어선 정미옥이 새삼 그 황홀한 삶을 포기하고 고생문이 훤한 소설 속에서의 삶을 흔쾌히 동의해 줄 것인지, 그리고 아직 누구에게도 공개하지 않은 과수원의 삶을 그토록 쉽게 개방하도록 허락해 줄 것인지가 의문이다. 만일 정미옥이 그 두 가지를 통 크게 들어준다면 고는 그 보답으로 최소 일 년에 한 번 이상 살짝 소설 속에서 빠져나와 정미옥이 대학 때부터 소망했던 이구아수폭포, 마추픽추, 나스카 라인은 물론 그녀가 원하는 곳이면 어디든 기꺼이 데려가 원 없이 눈 호강을 시켜 줄 자신이 있다.

사진 옆에는 또 하나의 액자가 같은 크기로 걸려 있다. 정사랑 기자가 재직 신문사의 신문 사회면에 게재한 박스 기사를 스크랩해 코팅한 것이다. 거기에도 고의 침실 벽에 걸린 것과 똑같은 사진이 흑백으로 처리되어 실려 있다. 기사는 다섯 밤의 트라우마를 지닌 한 남자가 특별한 사진을 찍게 된 사연을 간략하게 소개하고 있었다. 그들 사이에 딸이 하나 있으며, 이번 감동 이벤트는 그녀의 깜짝 제안으로 이루어졌다는 내용도 그 속에 들어 있었다.

기사의 제목은 '결핍이 빚은 사랑'이었다.

*

'저희 회사를 믿고 맡겨주신 고객님께 거듭 감사의 말씀을 드립니다. 주문하신 프리미엄 제품은 내일 설치 완료할 예정입니다. 안락하고 쾌적한 환경 속에서 오래도록 여유와 행복을 맘껏 누리시길 바랍니다.

―언제나 한결같은 정성으로 고객님의 행복과 꿈을 제작하는 H&D 하우징 직원 일동'

이동식 주택 제작 업체로부터 마침내 문자메시지가 왔다. 6월 중순이었고, 제작을 의뢰한 지 석 달 만이었다. 웨딩 플래너를 자청한 그녀의 주선으로 사진을 찍던 날, 고가 새 가족들 앞에서 자신의 계획을 존조리 밝혔고, 참석자들은 한마음으로 감사와 환영의 박수를 보냈다. 만감이 교차하는 표정으로 앉아 있던 좌장께서도 기꺼이 포도밭 한 자락을 내주는 것으로 환영의 뜻을 표했다. 고는 신변이 정리되는 대로 몇몇 업체를 선별해 문의하고 상담한 끝에 이동식 주택 제작에 오랜 전통과 남다른 노하우가 있는 H&D 하우징에 베스트셀러 24평형 모듈러 주택을 주문했었다.

회사 측에서 같은 내용의 문자를 정 기자에게도 보낸 모양이었다. 고가 문자메시지를 확인하고 잠시 낯선 감정에 젖어 있을 때, 그녀의 전화가 액정 화면에 보름달처럼 떴다.

오래 머문 자의 비애

우울한 사람은 과거에 살고 불안한 사람은 미래에 살고 평안한 사람은 현재에 산다.

―노자

나는 파수꾼이다. 이름을 대면 웬만한 사람은 고개를 끄덕이는 그 공원의 파수꾼이다. 허울 좋아 파수꾼이지 풍찬노숙하는 거지보다 못한 찬밥 떨거지 신세다. 꼽아보니 내 뜻과 무관하게 파수꾼이 된 지 어느덧 반세기나 된다. 그동안 나는 기회 있을 때마다 여러 경로를 통해 나의 간곡한 뜻을 전했다.

이제는 본향으로 돌아가고 싶다. 나는 당신들이 생각하는 만큼 대단한 사람도 아니며 애당초 그런 깜냥이 못 되는 사람이다. 내 말이 믿어지지 않으면 당장 지나가는 사람들을 붙잡아 놓고 물어봐라. 나를 안다고 대답하는 자가 몇이나 되는지……. 그리고 내가 돌아가야 할, 명약관화한 이유가 또 있다. 나는 지금까지 할 만큼 했고 이제는 늙어도 너무 늙었다. 당신들도 알다시피 내 나이가 어림셈으로 쳐도 백하고도 스물이 넘는다. 그만한 나이면 물러날 때가 지나도 한참 지나지 않았는가. 찾아보면 나보다 더 훌륭하고 유능한 파수꾼이 있을 것이다. 그러니 부디 선처해 달라.

나의 이런 간절한 탄원에도 불구하고 관리자들은 한결같이 내 말을 귓등으로 들어넘겼다. 게다가 내 말을 곡해까지 하니 분통이

터진다. 정말 겸손하고 대단한 인격자시다. 우리 고장에 이렇게 훌륭한 분이 계시다니 영광스럽고 자랑스럽다. 아마도 푸대접에 대한 불만 표출일 가능성이 농후하니 앞으로 더욱 깍듯이 예우합시다. 차라리 말을 하질 말든지, 그래 놓곤 그때뿐이니 미치고 환장할 노릇이다.

내가 파수꾼 노릇을 하는 동안 거쳐 간 관리자만도 열 손가락을 두 번 접어도 한참 모자란다. 그런데 모두 판박이다. 지금의 관리자도 똑같다. 무식한 건지 무능한 건지 도무지 말이 통하지 않는다. 올 정초에도 몇 살 처먹지도 않은 나이에 머리가 하얗게 센 관리자가 몇몇 부하들을 대동하고 이곳을 방문했다. 명분이야 새해를 맞아 각종 시설 점검차 들렀다지만, 머잖아 있을 선거를 의식한 행차임이 분명했다.

관리자는 입구로 들어서면서부터 웃음 띤 얼굴로 손을 들거나 허리를 굽실거리며 전에 없이 다정하고 겸손한 척 유난을 떨었다. 나는 이것이 마지막 기회다 싶어 잔뜩 긴장하며 별렀다. 관리자 앞에서 해야 할 말까지 마음속으로 점검하고 또 점검하며. 그런데 웬걸, 관리자는 나를 향해 싱긋 웃더니 내게 말할 기회조차 주지 않고 지나쳐 버렸다. 여보게, 관리자 양반! 다급히 불렀지만, 그는 들은 체 만 체하고 주위 사람들과 악수하며 표 줍기에 바빴다. 점잖은 입에서 육두문자가 터지려 했다.

히히, 내 말이 맞죠? 관리자는 할아버지를 어쩔 마음이 눈곱만치도 없다니까요.

내 옆에 오도카니 앉아 있던 손자 녀석이 되바라지게 참견했다. 때리는 시어미보다 말리는 시누이가 더 밉다더니, 이놈이 그 짝이다. 이놈아! 네가 뭘 안다고 버르장머리 없이 주둥이를 함부로 나불거리느냐. 나는 녀석에게 호통을 치려다 참았다. 나 아니면 어디에도 의지할 데 없는 천하에 불쌍한 놈이다.

녀석은 작년 연말에 내게로 왔다. 며칠 굶었는지 배는 홀쭉하고 온몸은 생쥐처럼 젖어 있었다. 여태 보지 못한 놈이었다. 녀석은 다짜고짜 내 품으로 앙증맞은 머리를 들이밀었다. 웬 놈이냐? 묻는 말에는 일언반구도 없이 배고파 죽겠다고 엄살을 떨었다. 그대로 내버려두면 며칠 넘기지 못할 것 같은 눈빛이었다. 우선 살려 놓고 보자는 심정으로 먹을거리가 있는 곳을 귀띔해 주었더니 내 말이 떨어지기 무섭게 한달음에 내달렸다.

선뜻 믿어지지 않겠지만, 나는 초능력을 지니고 있어 이 공원 안에서 일어난 일, 일어나는 일, 일어날 일을 훤히 꿰고 있다. 또한, 오감이 발달해 소리, 냄새, 맛, 풍광, 느낌을 정확히 포착할 수 있다. 아마도 녀석은 나의 이런 초능력을 어디서 들은 모양이었다.

그 후에도 녀석은 잊을 만하면 찾아와 애교부리듯 다랑귀 뛰었다. 어떤 날은 염치없이 내 사타구니에 똬리를 틀고 자고 가기도 했다. 무람없고 해찰궂은 짓둥이가 밉기도 했지만, 한편으론 천진난

만해 귀엽기도 했다.
　할아버지, 요즘 사귀는 사람 없으시죠? 저랑 사귀실래요?
　어느 날 녀석이 내게 당돌하게 작업을 걸어왔다.
　사귀다니? 듣기조차 민망하구나.
　게이처럼 그러자는 게 아니라……. 저도 그렇고 할아버지도 외롭잖아요.
　내 말에 녀석이 변명했다.
　그러니까 의형제처럼 조손 관계를 맺자는 거구나.
　내가 좀 무안해 떠듬거리며 말하자 놈이 반색하며 종알거렸다.
　맞아요. 그러면 할아버지도 그렇고 저도 그렇고, 덜 외롭고 많이 의지가 될 거예요.
　네 마음 씀씀이가 기특하다만, 안 되겠구나.
　왜요, 할아버지?
　실망한 놈이 따져 물었다.
　나는 곧 여길 떠난다.
　언제요?
　그건 잘 모른다. 하여튼 가까운 시일에, 이사 간다.
　그럼, 아직 이사 날짜가 안 잡혔다는 거네요.
　암튼 조만간 가게 될 게다. 그래야만 하고…….
　나는 단호하게 대답했다.
　그럼, 그때까지만 사귀어요. 제가 잘 모실게요.

녀석은 보기보다 집요하고 검찬 데가 있었다. 곰곰이 생각해 보니 녀석과 사귄다 해서 내가 손해 볼 일은 없을 것 같았다. 가끔 심부름을 보낼 수 있고 적적할 때는 말동무도 될 수 있고…….

나는 못 이기는 척 말했다.

단, 조건이 있다.

말씀해 보세요.

그 핑계로 막돼먹은 친구들을 함부로 데려오면 못 쓴다. 난 그런 건 질색이다. 약속할 수 있나?

약속할게요.

나중에 딴소리하기 없기다.

제 종족의 이름을 걸고 맹세할게요.

좋다. 그러자꾸나.

마침내 나의 승낙이 떨어지자 녀석은 좋아서 어리광부리듯 깨춤을 췄다.

사귀어 보니 의외로 싹싹하고 착했다. 말귀도 잘 알아듣고 말도 잘 통했다. 무엇보다 시키는 일은 무엇이든 잘 수행했다. 노인장 집으로 심부름을 보내기 전까진…….

*

공원은 세상의 축소판이다. 세상에서 일어나는 모든 일은 이 공원에서 다 일어난다고 보면 된다. 살인, 강간, 상해, 사기, 투전, 절도, 음모, 배신, 연애, 이전투구, 시위. 더구나 겨우내 움츠러들었던 광기가 분출하는 요즘엔 하루도 빤한 날이 없다. 그저께 밤에는 어느 외국인 이주노동자가 동거녀를 살해하고 훼손한 시신을 이곳 도린곁에 유기한 사건이 있었고, 간밤에는 내가 빤히 보고 있는 눈앞에서 목불인견의 사건이 발생했다.

범인은 육십 대 초반의 개인택시 운전기사였다. 그놈은 이번이 처음도 아니었다. 내가 알기만 해도 서너 차례나 된다. 온종일 인간들의 등쌀에 너덜너덜해진 공원도 잠이 든 시간. 웬 택시가 내 앞에 보란 듯이 멈춰 섰다. 왠지 느낌이 안 좋아 스르르 감기던 눈을 들었다. 아니나 다를까 예의 빌어먹을 놈이 문을 열고 나왔다. 놈은 차 뒤쪽으로 돌아가 한바탕 오줌을 쏟더니 뒷문을 열었다. 뒷좌석에는 술에 취한 여성이 곤드라져 있었다. 이십 대 초반쯤으로 보이는 젊은 여성이었다. 저, 저, 쳐 죽일 놈! 나도 모르게 내 입에서 욕지거리가 터져 나왔다.

어느 순간 내 욕지거리가 귓구멍에 꽂혔는지 놈이 하던 동작을 멈추고 힐끗 내 쪽으로 돌아보았다. 그러나 그것으로 그만이었다. 놈은 하던 짓을 계속하고는 아무 일도 없었다는 듯이 왔던 길로 가뭇없이 사라졌다. 놈이 뿌린 지린내와 비린내가 신선한 밤공기 속으로 안개처럼 피어올라 번져 나갔다.

나는 우울한 기분으로 밤을 하얗게 밝혔다. 명색이 공원의 파수꾼인 내가 이럴 때 할 수 있는 일이 아무것도 없다는 사실이 나를 슬픔의 도가니로 밀어 넣었다. 이런 밤이면 남의 사정은 눈곱만큼도 봐주지 않은 관리자가 원망스럽고, 하루라도 빨리 본향으로 돌아가고 싶은 마음이 더욱 간절해졌다.

돌이켜보면 그 시절이 좋았다. 내 나이 서른일곱이었을 때, 나는 무언가에 홀린 듯 홀연히 집을 나왔다. 고등계 형사들이 눈에 불을 켜고 날뛰던 때였고, 요즘처럼 벚꽃이 폭설처럼 흩날리던 봄철이었다. 내가 불현듯 자리에서 몸을 일으켰을 때 내 곁의 부인과 아이놈은 깊은 잠에 빠져 있었다. 나는 잠시 그들의 잠든 모습을 물끄러미 바라보다 방을 나왔다.

집 안은 적멸의 어둠으로 잠겨 있었고, 부친께서 기거하는 사랑에는 호롱불이 우련하게 켜져 있었다. 그리로 부친의 마른기침이 간간이 솟았다. 나는 잠시 사랑문 앞에 우두커니 서 있다가 조용히 집을 빠져나왔다.

나의 부재를 가장 먼저 눈치챈 사람은 부인이었다. 부인의 소스라친 비명에 집 안은 발칵 뒤집혔고, 소문은 순식간에 이웃과 마을로 퍼져 나갔다. 소문을 접한 마을 사람들의 반응은 하나같이 냉담하고 비정했다.

뭐? 그 개망나니 같은 놈이 간밤에 꺼꾸러졌다고? 언젠가는 그리될 줄 알았지. 주색에 빠져 시도 때도 없이 기방을 들락거리며 어르신의 피 같은 돈을 물 쓰듯 하더니, 꼴좋구나. 천벌을 받은 거여. 이제야 어르신도 한시름 놓겠구먼.

마을은 나에 대한 험담으로 들끓었다.

나는 바람에 실려 오는 마을 사람들의 무차별 험담에 귀가 간지러워 개울로 내려갔다. 개울에는 버들개지가 피어 있었고, 모새가 얼비치는 물이 동록 같은 물때가 낀 돌 틈 사이로 아롱지고 있었다. 물가에 쭈그려 앉아 귓속을 씻고 있을 때였다. 등 뒤에서 누군가의 기척이 느껴져 돌아보니 웬 놈이 개울둑에 걸터앉아 기분 나쁘게 웃고 있었다.

왜, 억울하신가?

사내가 비아냥거리듯 이죽거렸다.

당신, 누구요?

나는 겁에 질린 목소리로 되물었다.

걱정 마시오. 당신을 잡아갈 형사 끄나풀은 아니니까. 다시는 불안에 떨지 않아도 될 좋은 곳으로 안내해 드리리다. 따라오시오.

사내가 나를 안심시키듯 말하곤 자리에서 일어섰다.

사내가 앞장서 길을 잡았다. 나는 뒤따라가며 여전히 미심쩍어 재우쳐 물었다.

누구냐고 묻지 않소?

그러나 사내는 얄밉도록 능글맞았다.

따라와 보면 알게 될 거요. 잔말 말고 따라오시오.

명령조의 목소리가 아주 거만하고 건방져 기분이 나빴지만, 적어도 형사 끄나풀은 아닌 듯했다. 사내는 휘적휘적 황새걸음을 놓았다. 가는 내내 사내는 말이 없었다.

어디선가 코끝으로 부인의 살내 같은 꽃향기가 풍겨왔다.

사내의 말은 빈말이 아니었다. 그자가 안내한 곳은 세상과는 깡그리 차단된 지상 낙원이었다. 나는 그제야 오래전부터 내가 갈망하던 무릉도원을 찾은 것 같은 마음의 평화를 느꼈다. 이제는 형사 따위에 불안을 느끼거나 남의 눈을 의식하지 않아도 되었다.
　나는 그곳에서 사십 년 동안 선인들처럼 자유를 누리며 소일했다. 더러운 세상에서 더러운 꼴을 보지 않고 무욕의 자연과 함께하는 삶이란 상상 이상이었다. 거기에는 일찍이 진시황이 꿈꾸고 갈망하던 장생불사와 인간들은 감히 상상조차 할 수 없는 오묘한 열락이 있었다. 지극한 즐거움은 시간조차 잊게 한다더니 과연 그랬다. 사십 년 성상이 눈 깜짝할 사이에 지나갔다. 내 지락의 삶은 거기까지였다.
　그것이 내 슬픈 운명이었다.

어느 날 나는 낯선 사람의 방문을 받았다. 바람의 밀어, 나무들의 풍악, 꽃들의 율동, 흙의 향기에 취해 고즈넉이 눈을 감고 있을 때였다. 생면부지의 두 사람이 나를 찾아왔다. 좀 젊어 보이고 수수한 양복 차림을 한 신사가 다짜고짜 내 앞에 큰절을 올리고는 울먹였다.

선생님을 진작 찾아뵙지 못해 송구하옵니다. 저희들의 무지하고 무능하고 무심함을 꾸짖어 주옵소서.

신사 옆에는 중절모를 벗어 쥔 늙수그레한 남자가 우거지상으로 서 있었다. 흡사 내 선친같이 생긴 초로의 남자였다. 알고 봤더니 집을 나올 때 열두 살이던 내 큰아들놈이었다. 못난 놈은 동행한 신사보다 더 징징거리며 지난날의 불효를 뉘우쳤다.

인간들이 많다 보니 별별 희한한 자들도 있다. 내 아들놈보다 한참 어려 보이는 그 신사가 쓸데없이 내 뒤를 샅샅이 톺고 다녔던 모양이었다. 신사는 나도 미처 기억하지 못하는 시시콜콜한 것까지 죄 꿰고 있었다. 이 세상에서 자기를 잘 아는 사람만큼 무서운 사람은 없다. 나는 그 신사의 집요한 간청에 그만 마음이 약해지고 말았다. 당시엔 이렇듯 오래 머물러 있으리라고는 추호도 생각하지 못했다. 그의 간청에 못 이겨 세상 구경하는 셈 치고 한 몇 년 봉사해 주자고 잠시 마음의 끈을 늦춘 게 치명적 실수였다. 그 찰나적 방심이 기약 없는 긴 광음으로 이어졌다. 앞으로 얼마를 더 버텨야 영어圄圉나 다름없는 이런 고적한 삶을 청산할 수 있을지, 이제는 가늠하기조차 어렵게 됐다.

*

공원의 넓이는 물경 백만 평이나 된다. 나 말고 이 공원 소속 파수꾼이 몇이 더 있는 모양이지만, 나는 아직 그들과 대면한 적도 없고 대면하고 싶은 마음도 없다. 보나 마나 그들도 내 처지와 별반 다르지 않을 것이므로. 백만 평 중에서 내가 파수하는 영역은 십만 평 정도다. 넓이는 전체 공원의 십 분의 일에 불과하지만, 그곳에 주차장, 수영장, 테니스장, 야외 음악당, 박물관, 복지회관, 운동장 등 다중 이용 시설이 들어서 있어 늘 붐볐다. 관리자는 하필 나를 이곳에 파수의 임무를 부여했다. 아마도 내가 여기에서 얼마 떨어지지 않은 곳에 나의 생가가 있어 나를 배려하는 차원에서 그랬겠지만, 그 때문에 내가 죽을 맛이다.

한숨 끝에 또 하루가 저물어 간다. 연년 세월은 살처럼 지나가는데, 하루하루는 계단 오르기처럼 지루하고 따분하다. 손자 녀석은 여전히 함흥차사다. 아무래도 수상하다. 어쩐지 심부름 가며 전에 없이 신나 하더니 내가 모르는 뭔가가 있는 게 분명했다. 요놈, 들어오기만 해봐라. 나는 거듭 벼르며 샛길 쪽으로 귀를 열고 기척을 살폈다.

샛길로 가는 우측에 꽤 널찍한 운동장이 있다. 예전에는 그 일대가 온통 뽕나무밭이었다. 뽕잎이 무성한 여름철에는 그곳으로 숨어버리면 형사 아니라 형사 할아비도 찾기 어려웠다. 그런데 사십 년 만에 귀향하니 뽕나무는 흔적 없고 운동장으로 변해 있었다. 내가 하산할 당시에는 말이 운동장이지 분화구 같은 황량한 공터나 진배없었는데, 지금은 시민들이 여가선용할 수 있도록 잘 단장해 놓았다.

운동장 가운데에는 인조 잔디를 깐 다용도 경기장이 갖추어져 있고 둘레에는 주단의 우레탄이 깔린 500m 걷기 전용 트랙이 만들어져 있다. 운동장 네 귀퉁이에는 야간 조명 시설까지 갖추고 있어 운동장은 체력을 단련하는 사람들로 사철 북적거린다.

노인장이 운동장으로 처음 모습을 드러낸 것은 재작년 봄이었다. 자그마한 체구에 나이는 나보다 어림잡아 사오십 정도는 어려 보이는 노인이었고, 첫눈에도 병색이 완연한 걸음새였다. 노인장은 트랙에서 첫걸음을 떼는 데도 몇 분이 소요되었다. 모시고 온 젊은 여자가 몇 차례나 달래고 어르고 한 다음에야 마치 달에 첫발을 내딛듯 힘겹게 오른발을 내디뎠다.

그날 이후 노인장은 눈비가 오거나 바람이 심하게 부는 날을 빼고는 거의 빠짐없이 운동장으로 나왔다. 봄철과 가을철엔 저녁 무렵, 무더운 여름철엔 아침, 겨울에는 한낮. 노인장은 젊은 여자의 도움을 받으며 하루에 한 시간 정도 걸었다. 보통 사람들은 대개 오륙 분이면 걸을 수 있는 한 바퀴를, 그는 이십여 분이나 걸렸다. 그러니까 한 시간이라 해도 두세 바퀴가 고작이었다. 얼핏 보면 걷는 건지 서 있는 건지 구분이 안 될 정도였다. 그럼에도 노인장은 중간에 포기하는 법이 없었다. 그는 걷고 또 걸었다. 대견스러운 건 젊은 여자였다. 그녀는 끝까지 인내심을 가지고 기다리며 응원하고 격려했다. 그들의 모습을 지켜보고 있노라면 저러고도 살고 싶을까, 측은지심이 발동되기도 하지만 때로는 성지를 향해 오체투지 하는 순례자처럼 경외감마저 느껴졌다.

차츰 주위 사람들의 이목을 끌기 시작했다. 어떤 이(주로 여성분)는 묻기도 했다. 어디 사세요? 연세가 얼마세요? 딸이세요? 어떤 이(주로 남성분)는 지나가며 주먹 쥔 손을 내밀며 홧팅! 힘내세요, 존경해요, 외치기도 했다.

그렇게 열심이던 노인장이 어느 날부터 나오지 않았다. 처음 며칠은 그러려니 했다. 그런데 일주일이 지나고 보름이 지나도 여전히 감감무소식이었다. 나는 궁금해 좀이 쑤셨다. 참다못해 손자 녀석에게 도대체 무슨 일이 있는지 알아보고 오라고 심부름을 보냈더니 이놈마저 종무소식이었다.

할아버지, 안녕하셨어요?

기척이 들려 건너다보니 손자 친구 녀석이었다.

안녕 못하다.

나는 심드렁하게 대꾸했다. 녀석은 냉큼 내 무르팍으로 뛰어오르며 애교를 부리듯 종알거렸다.

친구 어디 갔어요?

심부름 보냈다. 근데 여태 코빼기도 뵈지 않는구나. 넌 그 녀석 못 봤냐?

언제요?

그저께 말이다.

못 봤는데요. 심부름 어딜 보냈는데요?

간밤에 잠 한숨 못 자 피곤해 죽겠는데 녀석이 꼬치꼬치 캐묻는다.

너도 알지? 늘보 영감. 그 영감이 한 달이 지나도록 안 보이기에 알아보고 오라고 심부름 보냈는데, 여태 함흥차사구나.

그러자 녀석이 해죽 웃으며 종알거렸다.

그럼, 당분간 안 올지도 몰라요. 그 자식 요새 바람났어요. 늘보 영감 집에 인형처럼 예쁘게 생긴 계집애가 있거든요. 걔한테 필이 꽂혀 완전 미쳤어요. 심부름 보내니깐 신이 나 얼른 갔죠?

그래.

나는 솔직하게 대답했다.

거 보세요. 제 말이 틀림없다니까요. 보나 마나 그 계집앨 꼬드겨 싸돌아다니고 있을 거예요. 오거든 제가 그러더라고 하지 마시고 닦달해 보세요.

망할 자식! 들어오기만 해봐라. 나는 화가 머릿속까지 뻗쳤지만, 간신히 마음을 다스리며 말했다.

애야, 넌 시간 좀 있느냐?

왜요, 할아버지?

녀석이 내 얼굴을 빤히 올려다보며 눈을 깜박거렸다.

네가 고 녀석 대신 거길 좀 다녀오너라. 궁금해서 좀이 쑤시는구나.

알았어요. 대신 자주 놀러 오더라도 타박하지 마세요.

약속하마.

내 대답이 떨어지기 무섭게 녀석은 날렵하게 샛길 쪽으로 몸을 날렸다.

*

내가 노인장에게 관심을 가지는 건 그가 한 약속 때문이었다. 관리자의 무관심과 무성의로 실의에 빠져 있던 어느 날이었다. 그 노인장이 운동장 동쪽으로 난 샛길로 곧장 귀가하지 않고 내가 있는 둔덕 쪽으로 올라왔다. 그 무렵 노인장은 꾸준한 운동으로 건강이 많이 회복되어 있었다. 어눌하지만 의사소통이 가능할 만큼 제법 말도 하고, 펭귄처럼 뒤뚱거리지만 여자의 손에 의지하지 않고도 얼마쯤 걸었다. 노인장은 내 이력을 한참 훑어보더니 나를 힐끗 올려다보았다.

안녕하시오, 노인장!

나는 반가워 웃는 낯으로 인사를 건넸다.

건강이 많이 회복되었구려. 그만하기 다행이오.

그러나 노인장은 가는귀먹었는지 얼른 내 말귀를 알아듣지 못했다. 곁에 있던 젊은 여자가 뭐라고 귓속말하자 그제야 나를 향해 입을 헤벌리고 웃었다. 그러곤 혼잣말처럼 어눌하게 말했다.

나는 선생께서 이렇게 훌륭한 분인 줄 몰랐소. 존경하오.

나는 노인장의 공치사에 얼굴이 붉어져 물끄러미 서쪽 하늘의 노을을 바라보았다.

노인장은 그 후에도 운동이 끝나면 가끔 내게로 와 얼마쯤 소일하다가 돌아갔다. 나는 차츰 그 노인장에게 친밀감을 느끼기 시작했다. 한번은 노인장에게 가슴에 묻어둔 감정들을 여과 없이 쏟아낸 적이 있었다. 파수꾼으로서 한계를 느껴 마음이 울가망한 날이었다.

나는 시인도 애국자도 아니다. 그 정도의 일은 대한제국의 백성이면 누구나 할 수 있는 일이고 해야 하는 일이다. 자연 속에서 지락의 삶을 누리고 있는 나를 감언이설로 유혹한 것은 나를 위한 처사가 아니라 자신들의 명리를 위해 연출한 과시용 행사에 지나지 않는다. 그들의 처사가 진심이었다면 나를 이렇게 대접할 수가 없다. 지금의 내 행색을 봐라. 이게 그들이 이유로 내세운 시인으로서 애국자로서 대접한 파수꾼의 모습인가. 의무와 임무만 있고 권리와 자유가 없는 이런 생활을 한 지 어느덧 반세기가 된다. 이제는 정말 이런 노릇을 청산하고 본향으로 돌아가고 싶다. 내막을 모르는 사람들은 배부른 소리 한다고 그럴지 모르지만 진심이다. 그런데 관리자들은 하나같이 내 진심을 왜곡하고 내 진의를 외면하니 기막힐 노릇이다…….

선생의 말씀이 사실이오?

내 말을 잠자코 듣고 난 노인장이 물었다.

그렇소. 나는 태생적으로 명예니 돈이니 권력이니 하는 것들을 싫어하는 사람이오. 더욱이 하루도 빤할 날이 없는 온갖 더러운 꼴을 목도하는 일은 견디기 힘든 슬픔이고 고문이오.

내 말을 진지하게 듣던 노인장이 말했다.

선생의 말씀이 십분 이해되오. 건강이 회복되면 선생의 말씀을 잘 기억해 두었다가 미력하나마 힘이 되어 드리겠소. 나를 잘 보시오. 여기 그 정도로 오래 계셨으면 안면이 좀 있을 것이오.

그러곤 노인장이 깊이 눌러쓰고 있던 카우보이모자를 여자의 도움을 받아 벗었다. 하얀 머리칼 몇 올이 바람에 폴폴 날리는 정수리가 햇살에 붉게 반짝거렸다. 나는 골똘히 노인장의 얼굴을 뜯어보았다.

아니, 노인장은……?

나는 일순 말을 잇지 못했다. 노인장은 이 고장에서 내리 여섯 번이나 국회의원에 당선된, 한때는 유력한 대권 후보로까지 거론

되던 유명 인사였다.

그렇소. 나 홍문종이오. 선생의 말씀을 듣고 보니 진작 선생을 찾아뵙고 인사드리지 못한 것이 송구스럽고 부끄럽기가 그지없소. 인간은 참으로 어리석소. 허리를 아파 봐야 굴신의 소중함을 알고 늙고 병들어 봐야 권력, 돈, 명예 따위는 한 알의 약만도 못하다는 걸 알게 되니 말이오. 옛 성현께서 이런 말을 하지 않았소. 인간이 죽음을 두려워하는 것은 죽어 보지 않았기 때문이라고. 나도 한때는 세상으로부터 잊히는 것이 몹시 두려웠소. 그런데 막상 잊히고 보니 이리 편할 수가 없소. 남들은 믿으려 들지 않겠지만, 나는 지금의 삶이 한없이 행복하오. 잊히는 기쁨과 즐거움, 아무도 나를 몰라보는 지금의 삶이 말이오. 선생은 내 말을 이해하리라 믿소. 내 약속하리다. 건강이 회복되는 대로 선생을 위해 발 벗고 나서겠소. 아직 그 정도의 힘은 있소.

고맙소.

나는 듣던 중 반가운 소리라 손이라도 덥석 잡아주고 싶었다.

나를 믿고 조금만 기다려 주시오.

그렇게 철석같이 약조했던 노인장이었다.

얼핏 기척이 느껴져 청신경을 곧추니 등 뒤의 화초들이 저희끼리 수군거리는 소리였다. 쯧쯧. 나는 세상 물정도 모르고 그들만의 세계에 매몰되어 희희낙락하는 짓거리가 한심해 가볍게 혀를 찼다. 어쩐 일인지 손자 친구 녀석도 감감무소식이었다.

*

　날이 저물면서 공원은 바람 빠진 공처럼 썰렁해졌지만, 운동장은 오히려 유입 인구가 더 늘어났다. 봄철의 운동장은 이 시간대가 절정이다. 모두 저마다의 목적을 가지고 각양각색의 모양과 자세로 지구의 자전처럼 돌고 또 돈다. 밥 먹고 저럴 거면 뭣 하러 먹는지 모를 일이다.
　예전 나의 생가는 운동장 옆 큰길 건너편에 있었다. 남동향 집으로 안채, 사랑채, 고방채, 행랑채, 별당, 별묘 등 여섯 동으로 구성되어 있고 각 건물마다 독립된 마당이 있었다. 근동에서 알아주는 부가였고, 안팎 일꾼만도 수십 명이었다. 고조부 대부터 일기 시작한 살림이 조부 대에 이르러 최고조에 이르렀으나, 부친은 그 재산의 반의반도 건사하지 못했다. 그 원흉이 나였다. 그 생각만 하면 죄스러운 마음에 온몸이 죄어 온다. 어쩌면 지금의 참혹한 삶은 그때 저지른 죗값이요, 업보인지도 모를 일이다.
　나는 지금도 밤하늘의 별들이 찔레꽃처럼 만개해 도무지 잠을 이룰 수 없는 고요한 밤이면 참회의 마음으로 나의 생가로 달려간다. 지금은 흔적조차 사라지고 고층빌딩이 들어섰지만, 내 기억 속엔 여전히 손금처럼 또랑또랑하다. 선친의 기침 소리, 부인의 한숨 소리. 그리고 탄식, 원망, 불평의 소리, 소리들…….
　그런 밤이면 주체할 수 없는 회한과 번민과 그리움에 사무친다.

나는 아직도 꽃잠 자던 그 밤의 황홀과 부인의 모습을 잊지 못한다. 황촉 불도 지쳐 은하처럼 은은하던 비단 금침과 술보다 독한 향기와 몽롱한 열기. 미지의 세계에 대한 불안과 긴장감으로 시나브로 붉어지던 귓바퀴와 콧잔등에 맺히던 땀방울과 입술의 미세한 떨림. 그리고 어느 순간 놀람으로 아람처럼 벌어지던 노을빛 입술과 그 입술 틈으로 물안개처럼 피어나던 분홍빛 습기와 달콤한 살결의 눈부심과 못내 가빠오던 숨결들…….

그 모든 것이 마치 어제 일처럼 눈에 삼삼하다. 부인은 청주 정씨의 반가 여식이었다. 한번 아미를 찡그리면 세상이 멈췄다는 서시西施도 부럽잖은 미색과 부덕을 겸비한, 내게는 과분한 배필이었다. 그러나 서방 복이 없어 천하의 한량인 나를 만나 한평생 냉가슴만 앓다가 외롭고 고단한 생을 마감했다. 아들놈의 말에 따르면 육이오 직후 심장병으로 영면할 때까지 지아비에 대한 원망을 입 밖으로 꺼내지 않았다 하니 그 아름다운 마음씨를 어디에 비하리오. 내 죄가 크다.

부인, 미안하오. 부디 이해해 주시오. 주색에 빠져 가산을 탕진하고 번다히 국주의 집을 들락거린 것이야 천하가 아는 사실이니 부인하진 않겠소. 세상이 하 수상하고 시대가 부여하니 어찌겠소. 떠나기 전에 부인에게만은 다 알속하리라 마음먹고 있었소만, 내가 그리도 갑자기 떠날 줄이야 난들 짐작이나 했겠소. 그게 부인과 나의 삶이요, 숙명인 것을 어찌하겠소.

섬섬한 별들이 눈물처럼 아롱아롱 떨어진다.

*

부질없는 상념으로 좀체 잠을 이루지 못하다가 새벽녘에야 가까스로 눈을 붙였다. 새벽꿈에 부인을 만나 눈물 섞어 회포를 풀고 있을 때, 어디선가 여리게 코 고는 소리가 들렸다. 놀라 눈을 뜨니 언제 왔는지 손자 녀석이 곁에 자빠져 자고 있다. 허리를 잔뜩 꼬부리고 누워 있는 꼬락서니가 가관이었다. 며칠을 자지 못한 모양새다. 성질대로 하자면 배때기를 걷어차 당장 깨우고 싶었지만, 코까지 골며 곯아떨어져 있는 꼬락서니가 애처로워 한바탕 욕만 퍼붓고 속을 다스렸다.

꿈을 깬 아쉬움도 달랠 겸 녀석이 깰 때까지 내 구역을 점검했다. 전날 인간들이 버리고 간 흉물들이 곳곳에 버려져 있긴 했지만, 다행히 특별히 불미스러운 흔적들은 보이지 않았다. 나는 안도의 한숨을 내쉬며 녀석이 잠결에 들으라고 짐짓 요란하게 헛기침을 해댔다.

할아버지, 깨셨어요?

내 헛기침에 잠이 깬 녀석이 늘어지게 기지개를 켰다. 나는 일순 가라앉았던 화가 치밀어 팩 소리를 질렀다.

이놈아, 그동안 어딜 싸돌아다니다 왔어? 듣자 하니 너 요새 바람났다며?

　누가 그래요?

　누구긴. 이 할아비가 초능력자인 줄 몰랐더냐?

　에이, 거짓말. 할아버진 이 공원 안에서만 그렇고 경계만 넘으면 맹탕이잖아요. 다 알아요.

　나는 거짓말한 것이 무안해 큼큼 콧김만 뿌렸다.

　그래. 알아봤느냐? 왜 안 온다더냐?

　나의 말에 녀석이 훌쩍거리며 떠죽거렸다.

　이사 가고 없었어요. 그 계집애도요. 여태 찾아 헤매다가 왔다고요.

　실망한 내가 되물었다.

　어디로 이사 갔다고 하더냐?

　그걸 모른다니까요. 하여튼 멀리 간 것 같아요. 다시는 안 올 것 같아요.

　너 혹시 이 할아빌 속이는 거는 아니지? 여태 그 계집애랑 연애질하며 만판 놀다가 돌아와서 이 할아비한테 꾸중 들을까 봐 거짓부리로 둘러대는 거지?

　내가 짐짓 넘겨짚어 보았지만, 녀석의 태도는 단호했다.

　아니라니까요. 내 말이 맞지, 친구야?

　언제 왔는지 녀석의 친구가 꽁무니에 붙어 있었다.

　친구 말이 맞아요, 할아버지. 제 눈으로도 확인했어요. 아주 멀리, 다시는 못 올 곳으로 이사 간 것 같아요.

　친구 녀석이 말했다. 두 녀석이 작당해 거짓말하는 것 같지는 않았다. 나는 그만 탈기해 먼 하늘을 바라보았다.
　어느덧 맑게 닦인 하늘 위로 붉은 해가 솟고 나무들 사이로 햇살이 번뜩였다. 오늘이 무슨 날인지 아침부터 많은 사람들이 공원 안으로 밀려들고 있었다. 나는 절망감에 사로잡혀 눈을 내리깔고 명상 자세로 들어갔다. 친구 녀석이 실의에 빠진 손자 녀석을 달래주고 있었다. 곁에서 묵묵히 듣고 있자니 내게는 저런 친구 하나 없다는 게 가슴을 뭉근하게 짓눌렀다.

*

　공원이 점점 소란스러웠다. 풍물 소리, 호루라기 소리, 마이크 소리. 구호를 외치는 소리. 공원은 점차 거대한 소리의 도가니로 변모해 가는 중이었다. 창조주는 왜 쓸데없는 소리를 세상에 주입했을까. 이럴 때는 세상에 존재하는 소리란 소리는 죄다 뽑아버리고 싶은 심정이다. 인간들은 왜 침묵의 미덕을 모르는가. 요즘엔 세상이 시끄러워도 너무 시끄럽다. 온통 자신들의 이익을 위해 물불 안 가리고 쏟아내는 붉덩물 같은 소리들뿐이다. 인간은 왜 소리 없는 세상이 얼마나 아름답고 평화로운 감동의 시간인 걸 모르는가.
　나는 시끄러워 도무지 명상의 세계로 침잠할 수가 없었다. 연방

발악하듯 터져 나오는 호루라기 소리에 신경이 곤두서 공원 입구 쪽을 바라보았다. 그러다 나는 경악했다. 아니, 저놈이! 녹색 제복 차림으로 호루라기를 입에 물고 교통정리하고 있는 자는 바로 그저께 취객 여성을 성추행한 개인택시 운전기사였다. 나는 급히 두 녀석을 불렀다. 두 녀석이 놀라 얼굴을 쳐들었다. 내가 다급히 말했다.

저기 저 교통 정리하는 저놈 보이지? 저놈은 상습 성추행범이야. 그러니까 한 녀석은 저놈에게로 달려가 저놈이 상습 성추행범인 걸 세상에 알리고, 한 녀석은 오늘 무슨 행사 하는 것 보니까 어딘가에 경찰이 있을 거야. 얼른 찾아서 신고해라. 알겠지?

옙!

두 녀석이 동시에 고개를 숙이고 어깨들처럼 복창하곤 날렵하게 내달렸다. 손자 녀석이 경찰을 찾아 나섰고, 친구 녀석이 성추행범에게로 달려갔다.

나는 가쁜 숨을 몰아쉬며 시력과 청력을 고속으로 끌어올렸다. 앞에서 잠깐 언급했다시피 내게는 시력과 청력을 필요에 따라 마음대로 조절할 수 있는 초능력이 있다. 마음만 먹으면 공원 내 모든 이의 알몸을 투시할 수 있고, 은밀한 대화는 물론 그들의 마음속 생각까지 오롯이 감지할 수 있다. 뿐만 아니라 날짐승과 들짐승의 감정, 기분, 대화는 물론 풀, 꽃, 나무들의 속삭임과 표정까지 죄 간파할 수 있다.

나는 혹시 성추행범이 눈치채고 줄행랑 놓을까 봐 초조한 마음으로 지켜보았다. 손자 친구 녀석은 용감무쌍했다. 요리조리 인파들을 피해 성추행범을 향해 돌진해 들어가서는 거침없이 놈의 바짓가랑이를 잡고 늘어졌다. 그러고는 소리쳤다.

보세요! 이놈이 상습 성추행범이에요. 그저께 밤에도 이놈이 또 상습 범죄를 저질렀다고요. 누가 빨리 좀 도와주세요. 급해요.

성추행범이 바짓가랑이를 빼려고 다리를 내저었다. 그래도 녀석은 악착같이 달라붙어 더욱 큰 소리로 외쳤다.

빨리요. 도와주세요.

성질이 돋친 성추행범이 마구 신경질을 부렸다.

이놈의 새끼가 뒈지고 싶어 환장했나. 오늘따라 별 희한한 꼴을 다 보겠네. 시부럴 새꺄, 저리 안 가!

거기서 불과 십여 미터가량 떨어진 모퉁이에 순경이 서 있는 모습이 보였다. 그의 바짓가랑이에는 아까부터 손자 녀석이 앙세게 달라붙어 있었다. 손자 녀석은 그의 바짓가랑이를 잡아끌며 집요하게 잡죄고 있었다.

경찰 아저씨, 상습 성추행범을 잡았다니까요. 어서 가요, 어서요!

곁에서 무심히 지켜보던 왕벚나무와 먼지바람도 참다못해 힘을 보탰다.

때려. 밀어.

그래도 멍청히 서 있자 다급해진 손자 녀석이 강도 높은 박치기로 그의 사타구니를 들이받았다. 그제야 화들짝 놀란 순경이 한 손으로는 눈을 비비고 다른 손으로는 어깨 위에 떨어진 벚꽃을 신경질적으로 털어내며 투덜거렸다.

    이놈의 괭이 새끼, 못 먹을 쥐약을 처먹었나. 평소 안 하던 지랄을 떨고 난리야.

    그러곤 손자의 배때기를 매몰차게 걷어찼다. 혼비백산한 손자 녀석이 멀찍이 달아났다가 성큼성큼 다가가며 그를 향해 육두문자를 퍼부었다.

    에라이 짭새야, 눈치코치라곤 왕벚나무만도 못하고 먼지바람만도 못한 놈. 그러고도 민중의 지팡이야? 차라리 밥 팔아 똥 사 먹어라, 바보 멍텅구리야.

    두 녀석의 눈부신 활약에도 불구하고 경찰의 무능과 인간들의 무관심으로 결국 상습 성추행범을 눈앞에 두고도 잡는 데 실패했다.

    요즘은 하는 일마다 되는 게 없었다. 나는 실의에 빠진 두 녀석에게 따뜻한 위로의 말을 건네는 것으로 내 울적한 심사를 달랬다.

    내 너희의 불같은 용감무쌍을 영원히 기억하마. 그래도 인간으로 태어나지 않은 게 얼마나 다행스러운 일이냐. 그걸로 위안 삼고 그만 기운 차리거라.

*

    번잡한 무리들 속에서 벗어난 한 젊은 커플이 내게로 왔다. 두 남녀는 나를 배경으로 포즈를 바꿔 가며 몇 장의 셀카를 찍었다. 그러고는 나를 물끄러미 바라봤다. 왠지 바라보는 표정들이 어두웠다. 혹시 내게서 노인 냄새가 나나? 킁킁거려보았지만, 내 코는 아무것도 감지하지 못했다.

"오빠, 혹시 이 할아버지 알아?"

내 이력을 훑어보던 여자가 물었다.

"몰라."

남자가 대답했다.

"여기 출신이라며? 그런데도 몰라?"

"여기 출신이라고 다 알아야 돼?"

"그런 건 아니지만, 모르는 것보다 아는 게 더 낫지 않을까."

"아는 것보다 모르는 게 더 나을 수도 있어."

"그럴까?"

여자가 갸웃거렸다.

"오빠, 이 할아버지 이력 한번 읽어봐봐. 진짜 대단하시다."

"그래?"

호기심을 드러낸 남자가 나의 이력이 새겨진 오석에 눈을 가까이 댔다.

나는 부끄러워 얼굴이 화르르 달아올랐다.

"초강 이달영 선생은 1898년 음 9월 16일 이곳 상전리에서 당시 만석꾼이던 성주 이공 석희와 달성 서씨 부인 사이에서 3남 5녀중 장남으로 출생하였다. 선생의 나이 18세 되던 해인 1915년 청운의 꿈을 안고 일본 유학길에 올라 3년 뒤인 1918년 귀국하였고, 이듬해 3.1 운동에도 주도적으로 참가했다. 선생의 나이 23세 되던 1920년 청주 정씨 집안의 규수와 혼인하여 슬하에 1남 2녀를 두었으며, 선생의 나이 37세인 1934년 음 3월 15일 급성 심근경색으로 졸할 때까지 이곳 상전리 생가에서 생활하였다……."

내 이력을 읽어 내려가던 남자가 물었다.

"자기야, 졸하다는 말이 무슨 뜻이야?"

"몰라. 죽었다는 말이 아닐까?"

"그럼 알아듣기 쉽게 '돌아갔다'거나 '별세했다'라고 쓰지 왜 하필 헷갈리게 졸하다고 썼을까? 혹시 죽었다는 뜻이 아니라 졸도했다는 뜻이 아닐까?"

"그게 말이 돼?"

"왜 말이 안 돼. 졸도해 병원에 실려 가서 죽었으니까 그때까지만 생가에서 생활한 거지."

"몰라, 몰라. 그냥 읽기나 해."

"알았어. 근데 글자가 개흐려 읽기가 개좆같다."

남자가 눈을 가까이 들이대고 다시 읽기 시작했다.

"선생은 평생 이곳에서 생활하면서 이곳 문인들과 교류하며 시작 활동을 함과 동시에 야학을 개설해 후학 양성에도 힘을 쏟았고 3.1 독립운동에도 적극 가담하였다. 선생의 삶이 잘못되기 시작한 것은 3.1 독립운동 이후 기생 국주와 교류하면서였다. 국주의 미색에 반한 선생은 이전과는 완전히 다른 삶을 영위하였다. 그로 말미암아 가세가 급격히 기울고 가족과 이웃으로부터 온갖 비난과 조소와 손가락질을 받았으나 선생은 끝내 불효자와 탕자의 삶을 개과천선하지 않았다. (우와, 죽이네.) 선생의 오명을 벗게 된 것은 사후 사십 년이 지난 1974년이었다. 상전리 출신이자 사학자인 김원석에 의해 선생의 패륜적 삶은 독립 자금을 상해 임시정부로 은밀히 보내기 위한 위장술이었으며, 기생 국주도 기녀가 아니라 독립을 위해 함께 활동한 동지임이 밝혀져 세상을 경천동지케 하였다. 선생의 고결한 애국정신과 독립운동의 활약상을 널리 알리고 높이 기리고자 유고 시집 출간과 함께 여기 전신 좌상을 세우는 바이다."

"어때, 대단하지?"

남자가 눈을 떼자 여자가 물었다.

"글쎄, 난 잘 모르겠는걸. 그 당시 사람들이면 다 그러지 않았을까?"

"말도 안 돼. 우리나라에 가짜 애국지사들이 얼마나 많은데. 애국은 눈곱만큼 해 놓고 마치 평생 그런 활동을 한 것처럼 뻥튀기한 인사들이 줄줄이 사탕이야. 그래도 그건 나아. 친일 인사가 숫제 카멜레온처럼 둔갑해 버젓이 애국자 행세하는 사람들도 엄청 많다고 들었어. 거기에 비하면 이 할아버진 오리지널 진국이야. 그것도 긴 세월 동안. 그동안 쇼하느라 얼마나 번민과 고뇌가 많았을까.

발각될까 봐 엄청 두려움에 떨었을 거고, 부인한테도 말도 못 하게 미안했을 테고. 그래서 대단하다는 거지."

"그런가?"

"당근이지. 근데 이 할아버지 잘 봐봐. 어딘가 우울하고 슬퍼 보이지 않아?"

"난 잘 모르겠는데, 왜?"

"예전에 우리 할아버지가 그랬어. 이 세상에서 가장 행복한 사람은 하고 싶을 때 할 수 있는 사람이라고. 자고 싶을 때 잘 수 있고, 먹고 싶을 때 먹을 수 있고, 가고 싶을 때 갈 수 있는 사람 말이야. 바꿔 말하면 그렇게 할 수 없는 사람이 가장 불행한 사람이잖아. 이 할아버지 잘 봐봐. 어딘가 몹시 가고 싶어 하는 표정 같지 않아?"

"어라, 그러고 보니 진짜 그런 표정이네. 꼭 북쪽에 고향을 둔 실향민 같은……. 근데 왜 우울하고 슬퍼 보일까?"

"그럼 행복한데 우울하고 슬퍼 보이겠어?"

"내 말은 그런 뜻이 아니라 우리가 모르는 뭔가가 있을 수 있다는 뜻이지. 이 할아버지 행색 좀 봐. 한평생 단벌로 생활한 노숙자 같잖아. 내가 저러면 속에서 열불이 터져 팽 돌아버리겠다. 그래도 화내지 않고 저런 모습을 보이는 건 굉장한 거야."

"듣고 보니 괜히 마음이 짠하네. 혹시 이 할아버지 시집, 지금도 시판되는지 몰라. 왠지 시가 보고 싶어지네."

오래 머문 자의 비애

"어쭈, 자기가 시를 알기나 해?"
"왜 몰라. 이래 봬도 학창 시절엔 열렬한 시인 지망생이었다고. 그건 몰랐을걸."
"어쭈구리."
나는 점점 멀어져가는 남녀의 뒷모습을 바라보며 불현듯 부인의 모습을 떠올렸다. 나들이는커녕 한 번도 저렇게 격의 없는 대화를 주고받은 일도 없거니와 둘만의 오붓한 시간도 가져본 일이 없었다. 부인에 대한 미안함과 그리움으로 내 마음이 또 우울해졌다.

저녁놀에 젖은 벚꽃들이 눈물처럼 반짝이며 공원을 삼킬 듯이 무너져 내리고 있었다.

그 무렵 세 친구

> 누구에게나 친구는 어느 누구에게도 친구가 아니다.
> ―아리스토텔레스

별명이 '땅벌 영감'인 친구의 집에는 세월을 가늠하기 어려운 구닥다리 의자가 하나 있다. 세 사람이 앉으면 넉넉하고 네 사람이 앉기엔 빠듯한, 흔히 벤치라고 부르는 장의자. 친구의 말로는 재질이 야구 방망이 만들 때 사용하는 단풍나무라고 했다. 네 개의 널빤지를 촘촘히 붙인 등받이와 양쪽 끝에 여인의 둔부 같은 모양의 팔걸이가 있고 빛깔은 온통 하늘색인데, 여러 번 덧칠해 첫눈에도 투박한 느낌을 준다. 구닥다리만 아니면 파도가 넘실대는 바닷가 언덕배기나 호젓한 풍경의 호숫가, 혹은 분수가 하늘 높이 솟구치는 공원 연못가에 갖다 놓으면 제법 어울리겠다 싶은 그런 의자다.

그것은 친구의 집 뒤껼에 있다. 뒤껼에는 수령 백 년은 됐을 성싶은 살구나무 한 그루가 서 있고 그 밑에 쓸모를 다한 김칫독 구덩이와 몇 개의 옹기, 빈 화분, 그 밖의 잡살뱅이들이 놓여 있는 장독대가 있는데, 그 구닥다리는 장독대 아래 제법 널쩍한 자리를 차지하고 놓여 있다. 누군가에 의해 그 자리에 놓인 뒤로 한 번도 옮긴 적이 없는 것 같은, 의자라기보다는 어떤 자연 현상으로 땅속에서 저절로 솟아난 것 같은, 보고 있으면 내버리고 싶은 충동이 마구 일어나는…… 그런 느낌을 준다.

"이놈아, 와 안 버리고 내비두는 겨?" 보다 못해 두 친구가 그러면 친구의 대답은 한결같다. "선친께서 거게 갖다 논 거여." 마치 거기에 갖다 놓은 선친의 허락 없인 나무 부스러기 하나라도 제 마음대로 할 수 없다는 듯이.

그런 고물딱지를 내버리기는커녕 다시 쓰겠다고 그 친구가 작년 봄에 또 구두쇠 솜씨를 발휘했다. 아침에 잠시 코빼기를 내비친 뒤로 종일 안 보이기에 다저녁때 두 친구가 가보니 친구는 의자와 한창 연애 중인 것처럼 꾸부리고 있었다. 이제야 치우는구먼. 처음 두 친구는 그렇게 생각했다. 도와줄 요량으로 가까이 가보니 웬걸 등받이에 페인트칠하는 중이었다. 삭은 못을 빼내고 새 못을 친 자국과 사포로 바닥, 팔걸이, 등받이를 문지른 흔적들이 주위에 어지럽게 흩어져 있었다. 두 친구는 어이없어 허공에 대고 황소처럼 웃었다.

"선친께서 원상 복구해 노라시네."

친구는 돌아보지도 않은 채 솔질을 계속하며 구시렁거렸다. 듣기로 친구의 선친이 작고한 지 삼십 년이 넘었는데, 아직도 죽은 아비의 지배를 받고 있다는 게 북쪽의 누구처럼 신기하고 상식적으로 이해가 되지 않았다.

두 친구는 더는 참견 없이 집을 나왔다.

며칠 뒤 또 종일 안 보이기에 가보니 친구는 새로 도색하고 손질한 의자에 앉아 마치 옆에 누가 앉아 있는 것처럼 중얼거리고 있었다. 등받이에 느긋이 등을 기댄 채 만면에 웃음을 피우며. 저놈이 그예 실성했구나. 무심코 집 안으로 들어서다 그 모습을 본 두 친구는 머리칼이 쭈뼛 섰다. 오금이 붙어 이러지도 저러지도 못하고 엉거주춤 서 있는데 친구가 말했다.
"왔능가. 이리 와 앉아보게. 천국이 따로 없네."
"아닐세. 일 보게."
두 친구는 혼비백산해 뒤도 안 돌아보고 나왔다.
그 후에도 친구는 가끔 그 의자에 혼자 앉아 있었다. 어떤 날은 거기에 앉아 혼자 술을 마시고 밥을 먹기도 했고, 어떤 날은 혼자 바둑을 놓아보거나 웅크리고 누워 햇볕을 이불 삼아 오수를 즐기기도 했다. 친구의 곁에는 늘 배때기가 희고 귓등이 연갈색인 고양이가 붙어 있었다. 고양이는 친구의 손자나 다름없었다. 집에서 움직이는 것은 그 친구와 고양이가 유일했다.
날이 갈수록 의자에 앉아 있는 횟수가 잦고 한번 가면 머물러 있는 시간이 점점 길어지는 것 말고는 친구의 행동에 특별히 이상한 점은 발견되지 않았다. 아침나절이면 여전히 커피를 마시러 마트로 나왔고, 두 친구와 어울려 공원 뒤편 와우산을 오르거나 공원의 운동장 걷기 전용 트랙을 돌거나 마트 평상에 앉아 바둑을 두거나 했고, 가끔 볼일이 있다며 국방색 빈티지 군모를 눌러쓰고 출타하기도 했다.

 그 친구가 작별 인사 한마디 없이 두 친구의 곁을 떠난 것은 근래 보기 드문 폭설로 온 세상이 하얗던 설 대목 밑이었다. 그날은 셋이 중학교 동기가 원장으로 있는 기원으로 가 점심 내기 바둑을 두기로 약속한 날이기도 했다.
 그 친구의 집에서 와우공원으로 올라가는 길모퉁이에 '와우와우'라는 이름의 마트가 있다. 마트 앞에는 널평상과 4인용 파라솔 접이식 플라스틱 테이블이 있고 그 옆에는 커피 자판기가 놓여 있다. 셋은 매일 아침나절 그곳에 모여 한 잔에 400원 하는 밀크커피를 뽑아 마시며 노닥거리는 것이 하루 일과 중 빼놓을 수 없는 즐거움이었다.
 그날도 두 친구는 아침 먹고 그곳으로 갔다. 그런데 항상 먼저 나와 있던 그 친구가 보이지 않았다. 이놈의 영감, 또 의자랑 연애하고 자빠졌나? 두 친구는 툴툴거리며 친구를 기다렸다. 세 사람이 돌아가며 커피를 사는데 그날은 그 친구가 살 차례였다. 두 친구는 어서 달짝지근한 밀크커피를 마시고 싶은 마음에 허연 입김을 뿜으며 연방 고샅 쪽으로 눈길을 주었다. 그러길 얼추 삼십 분이 지났을 무렵이었다. 친구 대신 그가 기르던 고양이가 아장거리며 다가왔다. 친구는 평소 놈을 자주 데리고 나왔다.
 "이놈아, 니 할배 어서 나오라 그래."

두 친구가 막무가내로 내쫓았으나 잠시 후 또 혼자 돌아왔다. 안 되겠다 싶어 두 친구는 놈을 앞세우고 집으로 쳐들어갔다. 멱살을 틀어쥐고 다짜고짜 끌고 나올 요량으로. 팥죽색 철제 대문의 쪽문은 잠그나 마나였다. 고양이가 앞발로 몇 번 긁적여도 문틈이 아람처럼 벌어졌다. 두 친구는 놈이 나올 때 반쯤 열어 놓은 쪽문으로 허리를 굽히고 들어갔다. 무심코 마당으로 들어서다 십 년 감수했다. 친구는 마치 예의 의자를 향해 큰절하듯 궁둥이를 높이 쳐든 희극적인 자세로 엎드려 있었다. 온몸은 새하얀 도둑눈으로 덮여 있고 투명한 햇살에 녹아내린 숫눈이 목덜미 아래로 시나브로 미끄러지고 있었다. 숨이 끊어진 지 꽤 시간이 지난 것 같았다. 자세와 등덜미의 적설로 보아 오밤중에 의자에게로 가다가 기습 공격을 감행한 저승사자에게 그만 덜미를 잡힌 모양이었다.

두 친구는 즉시 경찰에 신고하고 방으로 들어갔다. 가끔 집에는 와 봤지만, 방에 들어가 보기는 처음이었다. 엷은 햇볕이 깔린 방에는 친구가 방금 일어난 듯한 나일론 이불이 군용 담요 위에 헤벌쭉이 펴져 있고 머리맡의 앉은뱅이책상 위에는 빛바랜 사진이 든 액자가 비스듬히 세워져 있었다. 가족사진 같았다. 한복차림의 부부가 앉아 있고 그사이에 똘똘하게 생긴 사내애가 앉아 있었다. 남자는 친구 같기도 하고 친구의 선친 같기도 했다. 액자 뒷면에 이런 쪽지가 꽂혀 있었다.

☆ 혹 연락할 일이 생기면 아래 번호로 연락 바람. 후사하겟슴.

쥐뿔도 없는 놈이 죽은 주제에 뭐로 후사한단 말고. 두 친구는 투덜거리며 쪽지에 적힌 번호로 전화했다. 남자가 받았다. 남자가 사무적인 목소리로 말했다.
"감사드립니다. 바로 조치하겠습니다."

마트 사장(그들은 점주를 그렇게 불렀다)의 말을 빌리면 원래 친구의 별명은 '살구나무집 아저씨'였다 한다. 그런데 언제, 무슨 연유로 그렇게 바뀌었는지는 확실하지 않지만, '아저씨'가 '영감'으로 바뀌면서 '살구나무집'이 '땅벌'로 바뀌었다는 것이다. 살구나무 밑동에 땅벌 집이 있다는 소문이 나돌고부터라는 말도 있지만, 짐작건대 '단벌'의 와전일 가능성이 농후하다고 했다.
그의 추측은 상당히 일리가 있었다. 죽기 직전까지 그랬으니까. 친구의 차림만 보면 계절을 짐작할 수 있다는 우스개가 있을 만큼. 친구는 주로 봄가을에는 감청색 바지에 하늘색 점퍼, 여름에는 회색 바지에 반팔 녹색 줄무늬 셔츠, 겨울에는 검은색 코듀로이 바지에 인조가죽 피코트를 입었고, 신발은 누리끼리한 운동화 아니면 굽이 바깥쪽으로 한참 닳은 로퍼를 신었다.
옆에서 보기 딱해 두 친구가 집에서 내버릴 참인 헌 옷가지와 신발을 가져다준 적도 있는데, 그럴 때마다 웬만한 사람 같으면 자존심이 상해 안 받을 텐데도 친구는 전혀 그런 내색 없이 흔쾌히 받았다. 그 친구는 무얼 손질하고 수선하는 데는 남다른 재주가 있었다. 며칠이 지나면 헌 옷가지를 이어 붙이고 꿰매고 해 새 옷처럼 만들어 입고 나타나서는 어때? 새 옷 같지? 옷 자랑인지 솜씨 자랑인지를 하고는 웃었다. 그러나 얼마 지나지 않아 이전 옷으로 돌아가 있었다. 신발도 그랬다. 수중에 돈이 없어서이기도 하겠지만 그 친구는 이웃에 소문난 구두쇠였다. 친구가 애지중지하는 고양이의 밥은 펫 마트보다 주변의 음식점에서 구해온 것으로 해결했고, 돌아가면서 내는 커피값 1,200원 외에는 두 친구에게 선심 쓰는 일이 없었다. 어쩌다 셋이 마시는 소주나 막걸리도 꼭 자기가 먹은 만큼의 술값만 정확히 계산해 냈다. 웬만한 거리는 걸어 다니고, 먼 거리는 버스 요금을 아끼기 위해 두세 번 갈아타는 불편함을 감수하고서라도 지하철을 이용한다는 소문이었다. 친구가 유일하게 즐겨 먹는 특별식은 라면인데, 마트 사장의 말에 따르면 그것도 먹고 싶을 때마다 낱개로 하나씩 사 간다는 것이다. 번거롭게 그러지 말고 5입 한 봉지씩 사두고 잡수시라고 권했더니, 그러면 자꾸 먹고 싶어져 안 된다고 하더란다.

두 친구가 그 친구를 알게 된 것은 5년 전쯤이었다. 친구가 사는 동네에 현대식 시설을 갖춘 공원이 개장되면서부터 두 친구는 그 공원으로 소일 겸 운동하러 다녔다. 공원 뒤편에는 등산하기 마침맞은 산이 있었고, 공원 내에는 다양한 야외 헬스형 생활체육 시설과 군데군데 쉼터용 벤치가 놓여 있는 데다 야간 조명 시설까지 갖춘 다용도 운동장과 황토색의 우레탄을 간 걷기 전용 500미터 트랙이 조성되어 있었다. 전에 다녔던 둔치보다 멀긴 해도 공기가 맑고 편의 시설이 좋아 한번 와본 뒤로 계속 다니게 되었다.

두 친구는 중학교 동기였다. 학창 시절과 현역 때는 그다지 친하게 지내지 않았으나 은퇴한 뒤부터 마치 옛날부터 줄곧 그래왔던 것처럼 죽고 못 사는 사이가 되었다. 그 무렵엔 터놓고 지낼 동무가 필요한 시기였고, 마침 같은 동네에 살고 있었다. 두 친구는 조반 후 공원 입구의 마트에서 만나 자판기에서 뽑은 밀크커피 한 잔을 마시는 것으로 하루의 일과를 시작했다. 일과는 특별히 정해진 게 없었다. 어떤 목적이 있어서 만난다기보다 만남 자체가 목적이었으므로 당일의 상황과 기분에 따라 달랐다. 어떤 날은 공원 뒤편의 와우산을 오르기도 했고, 어떤 날은 트랙을 돌다가 쉬다가를 반복하기도 했고, 어떤 날은 마트 평상에 숫제 퍼질러 앉아 종일 바둑을 두기도 했다.

그러다가 그 친구를 만났다. 계기는 훈수였다. 그 친구가 어깨 너머로 구시렁거린 수는 두 친구의 기력으로는 발견하기 어려운 묘수였다. 그 바람에 죽었던 대마가 살아나면서 순식간에 판세가 뒤집혔다. 컵라면 내기였으므로 두 친구는 그 문제로 티격태격했다. 훈수 탓이니 이번 판은 무효다. 훈수가 아니라도 거기에 둘 참이었다. 싸움은 곧 훈수꾼에게로 옮겨붙었다.

나이가 네댓 살 많아 보이는 영감이었다. 막깎은 머리가 온통 하얀 훼방꾼은 마치 방귀 뀌고 시치미 떼듯 자판기 앞에 붙어 서서 커피를 뽑는 중이었다. 영감 때문에 사달이 났으니 영감이 책임져라. 못 진다. 내가 아니라도 거기에 둘 참이라고 하지 않았느냐. 그러다가 어, 너, 하며 황당한 표정으로 서로 손가락 총을 겨누었다. 알고 봤더니 졸업 후 처음 본 중학교 동기였다. 이름은 민홍기. 3학년 때는 셋이 같은 반이기도 했다. 졸업 후에는 동창이나 동기 모임에 일절 나타나지 않았다. 체구가 작고 숫기가 없어 재학 시절에는 거의 존재감이 없던 친구였다. 말하자면 당시 담임의 성향으로 보아 학교생활기록부 종합란에 이렇게 기재되었을 것 같은 유형이었다.

주어진 일은 잘 수행하나 내성적이고 소심해 말이 없고 대인관계가 약함.

요즘 시대엔 친구라 해도 개인사를 속속들이 알기가 어렵다. 게다가 속내를 좀처럼 열어 보이지 않는 경우라면 더욱 그렇다. 알고 지낸 지 5년이 되었지만, 두 친구는 그 친구에 대해 아는 것이 별로 없었다. 어쩌다 대화 중에 언뜻 내비친 말 조각으로 유추해 보는 것이 고작이었다. 이곳은 그 친구가 태어나고 자란 어머니 자궁 같은 곳이요, 고등학교를 졸업하자마자 공군에 자원해 제대한 뒤로 지금까지 한 번도 이곳을 떠난 적이 없다는 것. 예전에는 친구의 집이 이 동네에서 제일 땅부자였다는 것. 형제들은 있으나 오래전에 내왕이 끊어졌다는 것. 그리고 가장 궁금한 장가 문제. 두 친구가 차마 장가는 갔느냐고 묻지는 못하고 딸린 식솔은 있느냐고 물었을 때, 그 친구가 웃으며 말했다.

"그럼 니들만 있는 줄 아남."

그러고는 더 이상 입을 열지 않았다. 마트 사장도 두 친구의 수준에서 벗어나지 못했다. 이곳이 대도시로 편입되면서 이웃 간의 유대관계가 옅어진 데다 토박이들 대부분이 땅을 팔고 타지로 떠나 그 친구를 속속들이 아는 사람이 없다는 것이다. 마트 사장도 십여 년 전에 이곳에 터를 잡은 타지 사람이었다.

*

두 친구가 연락한 지 채 10분이 안 돼 경찰차와 운구용 구급차가 5분 간격으로 도착했고, 친구는 간단한 절차를 거쳐 여태 한 번도 떠난 적이 없다던 집을 떠났다. 두 친구는 밀크커피가 반이나 남은 종이컵을 앞에 놓고 그 친구가 떠나는 모습을 묵묵히 지켜보았다. 커피는 그 친구의 몫까지 마트 사장이 대신 샀지만, 친구는 끝내 마시지 못했다. 두 친구는 친구의 죽음이 남 같지 않아 오전 내내 멍한 상태로 보냈다. 기원 갈 생각은 엄두도 못 내고 눈 덮인 운동장 트랙을 돌고 또 돌았다.

"밤중에 거긴 와 갈라 했을꼬?"

"글쎄 말이여."

"작년 봄에 도색한다 어쩐다 지랄하며 천국, 천국, 입방정 떨 때부터 머신가 달랐어."

"글쎄 말이여."

"각중에 무슨 맘으로 제안했을꼬?"

"글쎄 말이여."

두 친구는 생각할수록 의문투성이인 의문을 붙잡고 철학자처럼 고뇌했다.

그런 일만 없었으면 지금쯤 눈에 불을 켜고 바둑판 앞에 앉아 있을 시간이었다. 전날 그 친구가 밀크커피를 마시며 불쑥 제안했다. 오늘은 볼일이 좀 있다며 내일 점심 내기 리그전 어떠냐고. 그 친구가 먼저 무얼 제의하기는 처음이었다. 마침 다음 날은 많은 눈이 예보된 상태라 바둑 두기 좋은 날씨였다. 바깥은 하얀 눈의 천국, 안은 석유 난로의 온기로 훈훈한 돌의 낙원. 상상만으로도 가슴이 졸깃해지는 광경이었다.

기원은 지하철로 여덟 역을 가서 1호선으로 갈아타고 다시 다섯 역을 가면 있었다. 중학교 동기가 운영하는 기원이었다. 그 기원으로 셋은 종종 바둑 두러 갔었다. 인당 기원료가 오천 원인데, 주면 받고 안 주면 씩 웃고 마는 원장의 우정을 생각해 한 달에 한

번 정도는 가주곤 했다. 그러나 여태껏 그 친구가 먼저 제의한 적은 없었다. 두 친구가 오늘 어때? 하면, 주면 받고 안 주면 씩 웃고 마는 원장처럼 웃다가 따라나서는 게 그 친구의 버릇이었다. 그러기에 친구의 제안은 의의로 받아들여졌다.

바둑은 그 친구가 두 친구보다 유일하게 잘하는 기능이었다. 솔직히 말하면 그 친구가 두 친구보다 한두 급 상수였다. 호선으로 두 면 열에 일여덟 국은 그 친구가 이겼다. 내기하면 승률은 더 높아졌다. 그러나 바둑만큼은 구두쇠 기질을 발휘하지 않았다. 규칙상으로는 일 등하면 그날의 경비가 공짜지만, 친구는 늘 일등을 하고도 자기 몫을 정확히 계산해 시부저기 내놓곤 했다. 전날의 제안도 그럴 요량으로 했겠지만, 처음이자 마지막이 된 친구의 제안은 끝내 성사되지 못했다.

바둑은 친구의 외로움을 달래 주는 유일한 수단이었다. 바둑은 중학교 때 선친의 어깨너머로 배웠다고 했다. 그때부터 바둑은 삶에서 떼놓을 수 없는 신체의 일부처럼 되어버렸다고 했다. 어떤 때는 끼니를 굶으며 바둑 삼매경에 빠진 적도 있었다고도 했다. 그러면서 바둑이 없었다면…… 하고 중얼거리곤 했다. 그 말을 할 때면 목울대가 울꺽거렸고, 언제나 다음 말을 잇지 못했다.

오후에 두 친구는 고양이가 생각나 친구의 집으로 가보았다. 햇볕에 번들거리는 눈빛으로 애애한 집은 적요했고, 살풍경스러웠다. 놈은 의자에 앉아 있었다. 인기척에 목을 빼고 두 친구를 건너다보았다. 그러고는 짧게 한 번 울었다. 목소리가 애틋했다.

"니 할배는 아주 멀리 갔어. 알고 있는 겨?"

키 큰 친구가 국숫집에서 점심 먹을 때 놈이 생각나 주인에게 부탁해 비닐봉지에 담아 들고 온 멸치 동강이를 의자 바닥에 부어주며 말했다. 놈은 배가 고팠던지 허겁지겁 혀를 날름거렸다. 놈 옆에는 바둑판과 바둑통이 놓여 있었고, 바둑통에 짓눌려 있는 무엇이 있었다. 낯익은 사진이었다. 한복 입은 남자가 친구 같기도 하고 친구의 선친 같기도 한, 그 사진의 원본 같았다. 크기는 명함만 했지만, 방 안의 것보다 선명했다.

이 사진 때문이었나? 두 친구는 머리를 맞대고 보다가 밝은 햇빛으로 나와 돋보기까지 꺼내 쓰고 번갈아 뜯어보았지만, 분별하기가 쉽지 않았다. 유족이 나타나면 줄 요량으로 서로 권하다가 결국 키 큰 친구가 지갑 속에 넣었다. 그리고 두 친구는 놈을 남겨둔 채 집을 나왔다.

두 친구는 자판기에서 밀크커피를 뽑아 파라솔 테이블 의자에 앉았다. 커피는 키 작은 친구가 샀다. 다랍기는 그 친구 못잖았지만, 선뜻 천 원짜리 지폐 한 장을 꺼내 지폐 투입구로 밀어 넣었다. 둘 다 오후에 커피를 마시면 밤잠을 설치는 체질이었다. 그러나 지금은 그런 것쯤은 아무런 문제가 되지 않았다. 문제는 고양이. 그 친구가 애지중지하던 놈을 그대로 방치할 수 없다는 데는 동의했지만, 마땅한 대책이 없었다.

두 친구는 기를 형편이 못 되었다. 키 큰 친구는 마누라가 동물 기르는 걸 탐탁하게 여기지 않았고, 키 작은 친구는 며느리가 털 알레르기가 있어 동물이라면 질색이었다. 마트 사장도 손사래 쳤다. 그렇다고 동물보호센터에 넘기자니 그건 친구에게 차마 못 할 짓 같이 느껴졌다. 두 친구는 고민 끝에 유족이 나타날 때까지 일단 기다려보기로 했다. 그동안이야 무슨 수를 써도 굶기지는 않을 것 같았다.

짧은 해가 평소보다 갑절 긴 하루였다. 그 하루 동안 두 친구는 밀크커피를 석 잔이나 뽑아 마셨고, 500미터 운동장 트랙을 서른 바퀴나 돌았으며, 그러고도 해가 지지 않아 단골 술집에서 돼지고기 두루치기를 안주해 막걸리 여섯 병을 비웠다. 그러니까 하루 동안 한 달 용돈을 절반 가까이 써버린 셈이지만, 후회되지 않았다. 후회보다 아쉬움만 남았다. 친구에게 돼지고기 두루치기 안주에 코가 삐뚤어지도록 막걸리 한잔 사 주지 못한 것이…….

*

그 친구가 떠난 지 보름쯤 지난 뒤였다. 두 친구는 여전히 와우와우 마트로 출근했다. 그리고 교대로 밀크커피를 샀다. 그 친구의 몫까지. 결국 친구의 몫은 놈이 마셨다. 놈은 제 할아비를 닮아 밀크커피를 무척 좋아했다. 언제나 다 핥고는 더 달라는 듯이 두 친구를 건너다보며 애틋하게 울었다. 돈 없어, 이놈아. 두 친구는 하루 한 잔 외는 절대로 사 주지 않았다.

그날도 두 친구는 세 잔의 커피를 뽑아 놓고 파라솔 테이블 의자에 앉아 있었다. 하루 일정을 의논하며. 그때 키 큰 친구의 휴대전화가 오두방정을 떨었다. 낯선 번호라 처음엔 받지 않았다. 30초 간격으로 세 번째 컬러링이 흘러나올 때 궁금증이 돋아 받았다. 저번에 전화했을 때 받았던 바로 그 남자였다. 남자는 뵙고 싶다는 뜻을 밝혔다. 못 만날 이유가 없었다. 또 놈 때문에 누구라도 만나야 했다.

한 시간쯤 뒤에 마트로 남자가 찾아왔다. 생각보다 젊고 세련된 남자였고, 예의도 발랐다. 두 친구는 남자를 따라 대로변의 이디야 커피점으로 갔다. 자리를 잡고 앉자 남자는 두 친구에게 깍듯이 인사한 뒤 지갑에서 명함을 꺼내 건넸다. 명함에는 지역 은행의 프라이빗 뱅킹 팀장이라 새겨져 있었다. 친구와 어떤 사이냐고 묻자 남자가 대답했다.

"자산관리인입니다."

"자산관리인?"

두 친구는 얼른 이해가 안 됐다. 그 친구에게 살구나무집 한 채 말고는 재산이라곤 없는데, 자산관리인이라니. 남자는 거기에 대해 더는 언급 없이 말머리를 돌렸다.

"곧바로 연락해 주셔서 큰 도움이 되었습니다. 두 어르신께 진심으로 감사드립니다. 고인께서도 천국에서 감사하게 생각하고 계실 겁니다." 그러고는 안쪽 주머니에서 흰 봉투 둘을 꺼내 두 친구 앞에 내려놓았다. "고인의 뜻에 따라 드리는 사례금입니다. 소정의 금액이오니 받아 주시면 감사하겠습니다."

두 친구는 서로 눈치를 보다가 봉투 안을 확인했다. 돈이 아니라 수표 한 장이 들어 있었다. 두 친구는 수표를 꺼내 무심코 액면가의 동그라미를 세어보다가 화들짝 놀랐다. 5 옆의 동그라미가 무려 여섯 개였다.

"우리는 이런 거금을 받을 수 없소."

키 큰 친구가 단호한 어조로 말하고 수표를 다시 넣은 봉투를 남자 앞으로 내밀었다. 주저하던 키 작은 친구도 고개를 끄덕이곤 내밀었다.

"돈 백이면 모를까."

"고인께서 약정한 소정의 금액입니다. 제겐 어떻게 할 권한이 없습니다. 저는 단지 고인의 뜻에 따라 전달하는 대리인일 뿐이니까요. 그러니 받아 주십시오."

두 친구는 꼭 도깨비에게 홀린 기분이었다.

"그럼 하나 물어보겠소. 대체 이 돈은 어데서 나온 기요?"

키 큰 친구가 따지듯 물었다.

"고인의 재산 중 일부입니다. 유언 작성 시에 사례비 명목으로 책정해 뒀던 금액입니다."

남자가 차분한 목소리로 대답했다.

"하나 더 물어보겠소. 고인에게 집 한 채 말고 딴 재산이 있었소?"

"그러니 염려 마시고 받아 주시면 감사하겠습니다."

"늙은이가 묻지 않소."

"곧 자연히 아시게 되리라 생각합니다. 제가 드릴 말씀은 이상입니다."

그러곤 남자는 검은색 서류 가방에서 증서와 영수증을 꺼냈다. 남자는 두 친구에게 존함을 물어 증서의 성명란에 네임펜으로 적은 뒤 영수증과 함께 내밀었다. 증서에는 고인의 뜻에 따라 소정의 금액을 사례비 명목으로 지급한다는 내용이 적혀 있었고, 영수증에는 금액과 위 금액을 정히 영수한다는 내용이 기재되어 있었다. 두 친구는 서로 얼굴을 마주 보다가 남자의 요구에 따라 영수증에 날짜를 쓰고 영수인에 이름을 쓰고 서명했다. 서명이 끝나자 남자는 영수증을 가방에 넣으며 고양이 건에 대해 물었고, 두 친구가 기를 형편이 안 되어 유족이나 입양자를 기다리고 있다고 대답했다. 혹시 상대가 몰인정하다고 할까 봐 그때까지 둘이 최선을 다해 돌보겠다는 말을 덧붙였다. 두 친구의 말을 다 듣고 난 남자가 말했다.

"고인께서는 가능하다면 두 분 중 한 분께서 입양하시기를 원하셨습니다."

"아니 그럼, 고인은 자기가 그리될 줄을 진작 알고 있었단 말이오?"

"그런 뜻이 아니라 원체 꼼꼼하셔서 최악의 경우를 늘 대비하셨던 것 같습니다."

"허허."

두 친구는 허탈해 천장을 올려다봤다.

"앞으로 일주일 더 말미를 드리겠습니다. 두 분께서 정 형편이 안 되시면 일주일 뒤 바로 다른 방도를 강구하겠습니다."

남자가 돌아간 뒤 두 친구는 남자가 사 준 카페라테를 얼른 마시고 곧장 은행으로 갔다. 안내원에게 자초지종을 설명하고 수표의 진위를 확인해 달라고 부탁했다. 십여 분의 시간이 지난 뒤 두 친구를 다시 찾은 안내원이 환한 얼굴로 말했다.

"축하드립니다. 좋은 일을 하시니까 행운도 따르시네요."

두 친구는 여전히 믿어지지 않았지만, 즉시 통장을 개설해 수표를 예치하고 은행을 나왔다. 신호를 기다리며 서로 뺨을 한 차례씩 때렸다. 아프기보다 웃음이 나왔다. 횡단보도를 건너며 마누라는 물론 마트 사장에게도 이 사실을 비밀에 부치자고 약속했다.

두 친구는 특식을 사 들고 놈에게로 갔다. 유품정리사가 다녀간 집은 막 이용소를 다녀온 친구의 머리처럼 깔끔했다. 놈은 언제나처럼 의자에 앉아 있었다. 그 친구가 떠난 뒤로 놈은 의자 곁을 떠나지 않았다. 의자에 오도카니 앉아 있거나 주변을 돌거나 했다. 그러다가 가끔 제 할아비를 찾듯 애잔한 소리로 울었다. 두 친구가 반반 갹출한 돈으로 산 삶은 고깃덩이를 놈에게로 내밀자 놈은 허겁지겁 입을 오물거렸다. 새삼 애처로운 느낌이 들었다.

"니는 알고 있던 겨? 니 할배가 딴 주머이 차고 있는 걸."

키 큰 친구가 놈의 머리를 쓰다듬으며 중얼거렸다. 남자의 마지막 말이 자꾸 곱씹혔다. 답답한 나머지 키 작은 친구를 돌아보며 키 큰 친구가 물었다.

"다른 방도를 강구하겠다는 말이 뭔 뜻일까?"

"글쎄 말이여."

"글쎄, 글쎄만 하지 말고 다른 대답을 좀 해봐."

"기분이 영, 글탄 말이여."

"설마 그건 아니겠지?"

"글쎄 말이여."

두 친구는 놈이 고깃덩어리를 다 먹을 때까지 기다렸다가 나왔다. 놈이 따라 나오고 싶어 목을 뺐다가 다리를 쭉 뻗었다.

*

마누라가 덜퍽진 궁둥이를 키 큰 친구 쪽으로 돌리고 누워 미스터트롯인가를 보고 있었다. 키 큰 친구는 기회를 엿보다 등 뒤에서 마누라를 덥석 껴안았다. 놀란 마누라가 도끼눈을 거들뜨고 일어나 베개로 사정없이 키 큰 친구의 면상을 내리찍었다.
"당신한테 한 가지 고백할 기 있다."
마누라가 다시 돌아누웠을 때 키 큰 친구가 마침내 말했다.
"또 기집질했어?"
마누라가 여전히 화면에 눈을 박은 채 구시렁거렸다.
"그기 아이고 실은 숨가논 손주가 있다. 아무래도 우리 집으로 데불고 와얄 꺼 같애."
"머라꼬?"
마누라가 어이없어 풋 웃다가 돌아보았다.
"얼라가 아니고 애니멀, 야옹이."
"안 돼."
마누라가 다시 몸을 돌리며 단칼에 거절했다. 더 이상 듣지 않으려는 듯 볼륨을 높였다.
"내 소원 들어주마 페라가모 가방 살 돈 주께. 백만 원이라 캤나."
"그 돈 어데서 났어?"
"들어주마 말하께."
"말 안 해? 그 돈 어데서 났어?"
"들어주마 말한다 캐도 그라네."
마누라란 인간, 정말 끈질겼다. 미스터트롯이 끝날 때까지 '말 안 해? 그 돈 어데서 났어?'만 되풀이했다. 그러다 잠잠하기에 목을 빼고 건너다보니 입을 흉물스럽게 벌리고 곤드라져 있었다.

키 큰 친구는 가방값 오십 퍼센트 인상하고 나흘 밤을 구슬리고 애면글면 누르고 눌러도 끝을 알 수 없는 엉덩이, 종아리, 등짝, 어깨를 주물러준 끝에 승낙을 받아냈다. 놈과 문간방으로 나가 산다는 조건이었다. 우선 입양부터 하고 보자 싶어 수락했다.

정확히 일주일째가 되자 남자에게서 연락이 왔다. 사실을 말하자 당장 만날 것을 제안했다. 저번에 만났던 이디야에서 만나기로 약속했다. 키 큰 친구는 놈을 안고 약속 장소로 갔다. 남자는 약속한 시간에 정확히 나타났다. 고양이 한 마리 데려다 키우는 데 무슨 놈의 서류가 그렇게 필요한지 남자는 앉자마자 가방에서 여러 종류의 서류를 꺼내 놓았다. 키 큰 친구는 내키지 않았지만, 남자가 가리키고 시키는 대로 자필하고 서명했다.

"입양을 축하드립니다. 고인께서도 매우 기뻐하실 것입니다. 내 가족처럼 아끼고 사랑해 주시면 감사하겠습니다."

서류 작성이 끝나자 남자가 말했다.

"걱정 마시오. 마누라와 별거하고 이놈과 살기로 마음먹었소."

"당분간은 월 1회 연락드리겠습니다. 그전이라도 무슨 일이 생기면 바로 연락 주십시오. 최선을 다해 안내하고 도와드리겠습니다. 매월 말일에 적어 주신 계좌로 소정의 양육비가 지급될 것입니다. 양육비는 매월 이십만 원입니다. 말일에 꼭 확인해 보시기 바랍니다. 그리고 나중에……."

"양육비 같은 건 필요 없소. 친구의 정으로 키우는 거지, 그런 목적으로 입양한 기 아니외다."

"고인의 뜻에 따를 뿐입니다. 자세한 사항은 나중에 설명할 기회가 있을 것으로 생각합니다. 아무튼 마음을 내주셔서 진심으로 감사드리며 앞으로 손자분과 즐겁고 행복한 시간을 보내시기 바랍니다."

남자가 원해 키 큰 친구는 놈을 안고 몇 장의 사진을 찍었다. 곧 키 작은 친구와 마트 사장도 이 사실을 알게 되었고, 그들은 정말 잘한 결정이라고 쌍수를 들어 환영했다.

이제는 국숫집은 거들떠보지도 않게 된 두 친구는 갈빗집으로 갔다. 갈비탕에 소주를 곁들이며 점심을 먹을 때 키 작은 친구가 고마워하는 낯빛으로 말했다. 자기도 입양해 보려고 백방으로 노력해 봤지만, 마누라는 어떻게 해보겠는데, 털 알레르기가 심한 며느리는 어떻게 해볼 재간이 없더라고. 그러면서 이제야 친구를 꿈에 볼 면목이 생겼다며 그 고마움의 표시로 점심은 자기가 사겠다고 했다.

"고맙네. 그런데 한 가지 자네한테 이실직고할 기 있네."

키 큰 친구가 내친김에 말했다.

"말해 보게."

"입양하는 데 쪼매 대가를 지불했네. 그래서 어쩔 수 없이 자네와의 약속을 파기할 수밖에 없었네."

"이런, 제기럴! 얼마?"

"백오십."

"허허."

키 작은 친구는 탈기해 마시던 소주잔을 탁 소리 나게 내려놓았다.

"입양하자니 어쩔 도리가 없었네. 그러이 자네도 자수해 광명 찾게. 내자들이란 내통의 달인들일세."

키 큰 친구는 마누라의 집요한 요구에 별수 없이 증서를 보여 주었다. 다행히 증서에는 금액이 구체적으로 적시되어 있지 않았다. 그제야 마누라는 돈의 출제를 인정했다. 완강한 마누라가 조건을 달긴 했지만, 허락한 것은 그 증서의 힘입은 바 컸다. 그 친구가 애지중지하던 손자라고 말하자 마누라의 눈빛이 스르르 가라앉았다.

"어쨌거나 위반은 위반일세."

키 작은 친구는 맨입으로 용서하지 않았다. 벌칙으로 오늘의 점심값과 자판기 밀크커피를 그만 사도 좋다는 허락이 떨어질 때까지 계속 사겠다는 약속을 받아내고서야 위반의 꼬리표를 떼 주었다.

*

신분이 격상된 뒤에도 두 친구는 마트 출근과 밀크커피의 사랑은 여전했다. 난데없는 코로나19인가로 이 도시가 갑자기 전국적인 관심을 끌기 시작할 무렵이었다. 그때부터 마누라는 뒈지고 싶어 환장했냐며 부지막지하게 외출을 통제했다. 키 큰 친구는 자유가 아니면 죽음을 달라는 3.1 운동의 정신으로 결사 항전했다. 대신 KF94 마스크로 중무장하고 들어올 때는 물론이고 수시로 손을 씻고 소독제가 보이는 족족 소독하겠다고 하냥다짐하고서야 가까스로 조건부 허락을 받아냈다. 조건부란 외출 시 반드시 고양이를 데리고 나간다는 것이었고, 그 허락을 받아내기까지 또 약간의 물질적 손실을 감수하지 않으면 안 되었다.

키 작은 친구도 키 큰 친구의 사정과 별반 다르지 않았다. 서로 말은 안 했지만, 다 아는 수가 있었다. 너나없이 마누라란 인간은 제 서방이야 감염되어 뒈지든 말든 가방과 돈이라면 사족을 못 쓰는 족속들이니까.

"정말 대단하십니다."

두 친구를 본 마트 사장은 역전의 용사를 맞이하듯 반겼다. 검은 마스크로 얼굴의 대부분을 가린 눈빛으로 웃고는 있었지만 어쩔 수 없이 경계의 빛이 떠돌았다.

두 친구는 언제인가부터 친구의 몫 대신 놈의 몫으로 당당히 밀크커피를 뽑았다. 놈은 여전히 옛 할아비를 잊지 못하고 있었다. 커피 한 잔을 맛있게 먹고 나면 살구나무집으로 줄행랑쳤다. 마누라의 신신당부도 있고 거리고 공원이고 간에 섬뜩할 정도로 한산한 데다 대부분의 가게들이 문을 닫아 마땅히 갈 곳도 없거니와 왠지 나다니기가 꺼림칙해 뒤따라가 보면 놈은 언제나처럼 의자에 가 있었다. 제 할아비를 그리듯 먼눈을 팔며 그윽이 앉아 있는 모습을 보면 괜히 콧속이 알알해졌다.

*

곧 끝날 줄 알았던 코로나19의 공포가 진정될 기미를 보이지 않고 기약 없이 이어지던 어느 날이었다. 두 친구가 횡단보도 앞에서 만나 함께 마트로 올라갈 때, 마트 사장이 신문지를 쳐들고 어서 와 보라고 손짓했다. 뭔 일인가 싶어 황새걸음으로 가보니 땅벌 영감이 신문에 났다고 마스크 속 입이 심하게 꼼지락거렸다. 두 친구는 밀크커피를 뽑는 것도 잊고 사장이 가리키는 기사를 들여다봤다. 눈을 부릅뜨고 봤는데도 도저히 믿어지지 않는 내용이 신문에 나와 있었다. 기사와 함께 박혀 있는 사진이 없었다면 절대로 믿지 못할 내용이었다.

민홍기 선생, 전 재산 2.18 추모 사업회에 기부하다

두 친구의 눈에, 다른 글자는 하나도 들어오지 않고 아라비아 숫자만 확대되어 들어왔다. 30억? 잘못 보았나 싶어 다시 들여다봐도 30 옆에 붙은 글자가 백, 천, 만도 아닌 억이었다. 기사 가운데에

는 사진 한 장이 실려 있었다. 키 큰 친구의 지갑 속에도 들어 있는 바로 그 사진이었다. 사진 밑에는 이런 설명이 붙어 있었다.

▷선생의 행복했던 시절, 결혼기념일을 맞아 함께 찍은 어느 봄날의 가족 모습.

두 친구는 꿈인가 싶어 서로의 눈을 한참 바라보았다.
"허허, 이런 놈이 짠돌이로 살았다이…… 보고도 당최 믿기지가 않네."
키 큰 친구가 키 작은 친구 앞으로 신문을 밀며 웅얼거렸다.
"내 말이……."
키 작은 친구가 다시 마트 사장 쪽으로 신문을 밀며 웅수했다.
"야옹(난 벌써 알고 있었는걸.)"
"이제 보니 땅벌은 땅재벌의 와전이었던 갑네."
마트 사장은 코밑으로 내려온 마스크를 밀어 올리고는 다시 신문을 들여다봤다.
키 큰 친구는 휴대전화를 꺼내 저장해둔 남자의 번호를 눌렀다. 그전처럼 남자는 단번에 받았다. 키 큰 친구는 통화를 끝내자마자 놈을 안고 일어났다. 키 작은 친구도 따라 일어섰다. 두 친구는 충격 먹은 나머지 밀크커피를 뽑지 않았다는 사실조차 잊고 마트를 떠났다.

남자의 직장은 2호선 지하철을 타고 열한 역을 가면 있었다. 남자는 건물 2층 커피점에 도착하면 바로 알려 달라고 했다. 키 큰 친구는 시키는 대로 도착하자마자 남자에게 문자메시지를 보냈다.
지하철 안도 그렇더니 커피점은 손님 하나 없었다. 두 친구는 흰 가운 차림의 카운터 아가씨가 찍찍 뿌려 주는 소독제로 손을 꼼꼼히 문지르고 입구가 정면으로 보이는 자리로 가 앉았다. 그리고 남자가 나타날 때까지 지갑 속에 든 사진을 꺼내 들여다보았다. 자연 눈길이 여자 쪽으로 쏠렸다. 새삼 자세히 뜯어보니 상당한 미인이었다.
"장가 잘 갔구먼."
두 친구의 입에서 동시에 그런 말이 흘러나왔다. 그러다가 놀라운 사실을 발견했다. 가족이 앉아 있는 자리가 바로 그 의자라는 걸.
남자는 십 분쯤 뒤에 나타났다. 남자는 이미 두 친구가 찾아온 이유를 알고 있는 듯했다. 뭐든 물으면 성실하게 답변하겠다는 태도로 맞은편 의자에 꼿꼿이 앉아 있었다. 고급스러워 보이는 녹색 마스크가 남자를 한층 품위 있는 사람으로 격상시켰다.
"우리는 아직도 신문이 믿기지 않소. 그런 부자가 와 글케 살았단 말이오?"
"그건 저도 잘 모릅니다. 아마도 오래 몸에 밴 체질 때문이 아닌가 싶습니다."

"살구나무집은 우째 되는 기요?"

"기부채납 받은 구청에서 노인복지회관을 지을 계획인 걸로 알고 있습니다."

"유택은 있소?"

"원하시면 소재와 위치를 휴대폰으로 보내드리겠습니다."

"혹시 이 사진에 대해 머 좀 아는 기 있소?"

키 큰 친구가 쥐고 있던 사진을 남자 앞으로 내밀었다.

"고인의 가족은 오래전에 불의의 사고로 유명을 달리하신 거로 알고 있습니다. 어르신께서도 잘 알고 계시는, 세월호 못잖은 희생자가 났던, 우리 고장의 지하철 화재 참사……."

또박또박 대답하던 남자는 끝내 말을 다 마무르지 못했다. 키 큰 친구가 소스라치게 놀라 사진을 집어 다시 들여다봤다. 뒤따라 키 작은 친구도 들여다봤다. 한참 들여다보고 있자니 검은 연기가 사진을 서서히 살라 먹는 환상이 그려졌다.

더 이상 말이 없자 남자는 고양이의 머리를 한 번 쓰다듬어 주고는 일어났다. 주문한 커피 값을 계산한 남자가 다시 다가와 천천히 놀다 가시라며 깍듯이 머리를 숙이고는 돌아섰다.

두 친구는 남자가 사 준 뜨거운 카페라테를 마시고 곧장 친구의 집으로 갔다. 집은 언뜻 봄기운이 감도는 햇살 아래 나른한 모습으로 졸고 있었다. 사진 탓인지 남자의 말 탓인지 모든 게 예사로 보이지 않았다. 의자는 여전히 이 집의 파수꾼처럼 땅에 단단히 뿌리를 박고 의연하게 자리를 지키고 있었다. 두 친구는 처음으로 그 의자로 가 앉아 보았다.

"왔능가. 여기 와 앉아보게. 천국이 따로 없네."

친구의 말이 자꾸 귓가에 맴돌았다. 청을 들어주지 못한 것이 미안했다. 의자에 앉아 셋이 함께 찍은 사진 한 장을 남겨놓지 못한 것이 못내 아쉬웠다. 친구 대신 놈을 가운데 앉히고 셀카를 찍었다. 셔터 소리에 놀란 놈이 김치 하듯이 야옹 할 때, 가슴이 먹먹했다.

그날 이후 두 친구는 자판기의 밀크커피를 뽑아 마시자마자 친구의 집으로 가 종일 의자에 걸터앉아 바둑을 두며 소일했다. 점심은 짜장면을 시켜 먹거나 마트의 사발면으로 때웠다. 그곳보다 더 안전한 곳이 없기에 놀고 있어도 마누라에게 덜 미안했고, 마음이 편안했다. 그리고 일어서기 전, 예전 직장에서 출근부 도장 찍듯 셀카를 찍었다. 때로는 포즈와 각도를 바꿔 가며. 마스크를 쓰고도 찍고 벗고도 찍고. 이제는 놈도 으레 셀카 찍는 줄을 알았다. 자기를 안 끼워 주면 떼쓰듯 울었다.

*

언제까지나 코로나를 핑계 대고 손 놓고 있을 수는 없는 일이었다. 초여름으로 접어들자 건축을 위한 철거 작업이 시작되었다. 두 친구는 친구의 삶이 무참히 찢기고 뜯기고 깔아뭉개지는 현장을 속

수무책으로 지켜볼 수밖에 없었다. 친구의 뜻이라니까. 더 나은 미래를 위한 것이라니까. 그래도 마당 모서리에 뒤죽박죽인 채로 쌓여 가는 무더기를 볼 때면 마음이 착잡하고 아렸다. 작업은 빠르게 진행되었다. 작업 사흘 만에 집과 마당과 뒤란의 경계선이 무너졌다.

그 무렵이었다. 두 친구는 무더기 속에 처박힌 의자를 발견했다. 의자는 뿌리 뽑힌 나무처럼 속살을 드러낸 채 널브러져 있었다. 살구나무와 의자는 그대로 둘 줄 알았던 두 친구는 놀라 작업하는 인부들에게 따졌다. 자기들은 상부의 지시에 따랐을 뿐이라며, 살구나무와 의자에 대해서는 따로 지시받은 바 없다고 변명했다.

차마 그대로 내버려둘 수가 없었다. 두 친구는 의자를 무더기 속에서 뽑아내 들고 나왔다. 생각보다 가벼웠다. 마땅히 놔둘 데가 없어 마트 사장에게 부탁했다. 당분간이라는 조건을 달긴 했지만, 자판기 옆 자투리 공간에 임시 보관하는 것을 허락했다.

"고맙네."

그날 밤 꿈속에 나타난 친구가 말했다.

친구는 맨얼굴이었다.

*

친구의 유택은 근교의 야산에 있었다. 남자 말로는 친구의 처가 곳이라 했다. 그곳에는 그뿐 아니라 먼저 온 모자도 있었다. 배롱나무로 울을 지은 벌이 넓고 전망이 좋았다. 여전히 전국적인 관심을 받고 있는 회색 도시의 풍경과 도시를 감싸고 길게 뻗은 무심한 강줄기가 한눈에 보였다. 유택만 보면 친구의 삶이 굳짜처럼 느껴지지 않았다.

두 친구는 한번 가본 뒤로 매일 그곳으로 갔다. 걸어서 왕복 세 시간 만에 갔다 올 수 있어 마트 자판기에서 밀크커피를 한 잔 뽑아먹고 운동 삼아 출발하면 안성맞춤이었다. 살구나무집이 철거된 이후 어디서 시간을 보낼까 고민이었는데, 이젠 그럴 필요가 없었다. 오히려 그곳은 공기가 맑고 통풍이 잘돼 집보다 더 안전했다. 마치 그 친구가 이런 상황을 예견하고 두 친구를 위해 서둘러 이곳으로 이사 온 것 같은 느낌마저 들었다. 갈 때는 아예 물과 점심용 김밥이나 빵을 사서 배낭에 넣어 메고 놈을 목말 태워 갔다. 놈도 그곳에 가는 걸 무척 좋아했다. 겨끔내기로 목말 태워 까불러 주면 신나 연방 야옹야옹 소리를 질러댔다.

의자는 지금 그곳에 있다. 두 친구가 얼마 전에 거기 갖다 놓았다. 처음엔 미처 그런 생각을 못 했는데, 뒷짐 지고 회색 도시를 바라보자 불현듯 그 생각이 떠올랐다. 파도가 넘실대는 바닷가 언덕배기나 호젓한 풍경의 호숫가, 혹은 분수가 하늘 높이 솟구치는 공원 연못가가 아니더라도 그것으로 풍경의 허한 공간을 메우면 노아의 방주처럼 완벽하고 안전한 도피처가 될 것 같았다. 낮에는 놈을 데리고 우리가 앉아 놀고, 밤에는 친구의 가족이 사진 속 한때처럼 앉아 놀면 친구의 말마따나 거기가 천국이 따로 없겠다는 생각이 들었다.

다음날 바로 1톤 용달차를 불렀다. 갖다 놓는 김에 접이식 바둑판과 바둑돌도 준비했다. 노는 시간이 달라 이제는 그 친구와 더는 바둑 둘 일이 없겠지만, 가끔 그 친구가 잠이 오지 않을 때 별빛 아래에서 혼자 바둑을 놓아보며 시간을 보내라고. 혹시 멍청한 친구가 누가 갖다 놓았는지 모를까 봐 바둑판 뒤에 키 큰 친구가 보관하고 있던 가족사진을 코팅해 스카치테이프로 야무지게 붙이고 그 밑에는 이런 문구를 달아 놓았다.

♡우리의 우정, 바둑통에 꾹꾹 담았네. 자주 열람 바라네.
―김규식 & 이준길

영원히 끝나지 않을 것 같던 코로나19 펜데믹이 종료된 뒤에도 두 친구는 여전히 그곳으로 출근한다. 이제는 버릇이 되어서, 아니 눈치 없는 손자 녀석이 자꾸 가자고 보채서…… 말은 그러지만, 사실은 멍청한 친구가 간밤에 바둑통을 열람했는지 그게 몹시 궁금했기 때문이다.

선미와 미선

인생은 당신이 선택한 모든 것의 합이다.

―알베르 카뮈

할머니의 여든 번째 생신날, 미선은 오지 않았다. 당연히 오리라 믿었던 선미는 허를 찔린 기분이었다. 미선의 성질머리로 보아 고의로 오지 않았을 가능성이 농후했다. 직감적으로 미선의 속내를 간파한 선미는 허탈했고, 약이 올랐다.

어린 시절, 함께 살 때도 그랬다. 미선은 선미에게 한번 져 주는 꼴을 못 보았다. 성깔이 얼마나 더럽고 이악하든지 제 성깔대로 하지 못하면 세모눈으로 악을 쓰며 살쾡이처럼 덤볐다. 게다가 욕심은 하늘을 찔렀다. 이웃 아주머니가 예쁘다며 하나는 너 먹고 하나는 언니 주라고 아이스크림 두 개를 쥐여 주면 대답은 착해빠진 얌전이처럼 예, 하곤 그 아이스크림이 녹아 쥐고 있던 손이 더럽혀질 때까지 내밀지 않았다. 그건 그래도 약과다. 이웃 아주머니가 귀엽다며 츄파춥스를 쥐고 선미야! 부르면, 미선는 단 일 초의 망설임도 없이 네, 하곤 부리나케 그걸 쟁취하러 달려간다. 네가 선미니? 그러면 미선은 낯짝 한번 안 붉히고 네, 제가 선미예요, 스스럼없이 대답한다. 그렇게 시치미 떼면 상대는 알아낼 재간이 없다. 그걸 미선은 기막히게 잘 이용한다. 일란성 쌍둥이인 선미와 미선은 닮아도 너무 닮아 엄마와 아빠도 가끔 헷갈려 허방 짚는다.

그날은 선미와 미선의 열 번째 생일이었고, 토요일이었다. 이모가 생일 선물로 사 준 프릴 원피스 때문에 둘은 심하게 다퉜다. 빛깔만 다르고 모양과 크기가 똑같은 거였는데, 선미가 먼저 찜한 그것을 미선은 자기가 입겠다고 우겼다. 화가 난 선미가 쥐고 있던 원피스를 마구 구겨 구석으로 내동댕이쳤다. 그러자 미선이 선미의 머리채를 잡아챘다. 선미도 지지 않고 미선의 머리채를 움켜잡았다. 둘은 시장 갔다 돌아온 엄마에게 한 차례씩 등짝을 된통 얻어맞고서야 떨어졌다.

그날 저녁, 생일 파티 자리에서였다. 원래는 근사한 곳으로 가 외식하며 케이크를 자를 계획이었는데, 며칠 전에 갑자기 계획이 바뀌었다. 이유가 뭐냐고 선미는 따지고 싶었지만, 그때 엄마와 아빠의 얼굴이 워낙 찌그러져 있어 아무 말도 못 했다. 엄마가 케이크, 외출에서 돌아온 아빠가 피자를 사 들고 왔다. 주방 식탁에 둘러앉아 외식 대신 피자를 먹으며 기분 잡친 시간을 보내고 있을 때, 엄마가 갑자기 짓궂은 질문을 던졌다.

"만일 엄마와 아빠가 따로 살면 너희는 누구랑 살고 싶어?"

"난 엄마."

미선은 콜라를 마시다 말고 광속으로 대답했다. 그러곤 선미를 향해 혀를 날름 내밀었다. 선미는 가만히 있었다. 미선에게 선수를 빼앗겼기 때문이 아니었다. 이런 놀이는 '만일'이라도 원피스와 다르다고 판단했기 때문이었다. 그러자 엄마가 화난 표정으로 선미를 쳐다봤다. 그러곤 명토 박아 물었다.

"선미 넌?"

"말 안 할래."

"말해."

엄마가 명령하듯 말했다. 선미는 잠깐 망설이다가 대답했다.

"난 아빠."

일순 실망한 표정의 엄마가 다시 물었다.

"확실해?"

"응."

선미는 딱히 아빠가 좋은 건 아니었지만, 미선과 함께 있는 게 싫었다. 만일이라도. 그런데 얼마 뒤 만일이 진짜가 됐다. 미선은 엄마 따라갔고, 선미는 아빠 따라갔다. 아니 따라가야만 했다. 초등학교 4학년 때였다. 그러나 그때만 해도 오래 그렇게 살 줄은 몰랐다. 아빠가 헛말이라도 별거나 이혼이란 말을 하지 않았고, 결정적인 건 아빠가 선미의 손목을 할머니에게 넘겨 주며 '당분간'이란 말을 사용했기 때문이다. 옆에 있던 삼촌도 선미의 생각에 힘을 보탰다. 선미가 '당분간'을 물었을 때, 삼촌이 양손을 활짝 펴 보였다. 그래서 선미는 열흘이구나, 생각했다. 그러나 '당분간'이 열흘의 무한 반복임을 깨닫는 데는 그리 오래 걸리지 않았다. 몇 번의 열흘이 지나간 뒤 선미가 다시 '당분간'을 물었을 때, 삼촌은 헝겊으로 하모니카를 문지르다 말고 양손을 쥐었다 폈다를 반복했다. 선미가 그만해, 삼촌! 왕짜증을 낼 때까지. 그날 밤 선미는 난생처음으로 절망이 어떤 기분인지를 알았다. 절망이란 생각의 반대 방향으로 무섭도록 돌아가는 바람개비라는 걸.

'당분간'이 무한 반복되는 동안, 선미는 많은 일을 겪고 목격했다. 전학, 초경, 엄마의 재혼, 아빠의 사업 실패와 잠적, 엄마에 대한 할머니의 욕설과 험담, 삼촌의 한숨과 안타까움. 그런 일들과 맞닥뜨리면서 선미는 자연스럽게 시골의 풍광을 닮아 갔다. 피부는 햇살을 닮아 구릿빛으로 탔고, 말과 행동은 척박한 땅과 거친 바람을 닮아 투박해졌다.

그리고 꿈도 버려야 했다. 선미의 꿈은 학교 선생님이 되는 것이었다. 그 꿈을 위해 밤잠을 줄여 책상 앞에 앉아 있었다. 삼촌의 집 살림을 도맡고 틈틈이 삼촌의 우사 일을 거들면서도 그 꿈만은 포기할 수 없었다. 담임 선생님도 기특하게 생각했다.

원서를 쓰는 기간이었다. 담임은 충분히 가능성이 있다며 농어촌특별전형에 원서를 내보자고 유혹했지만, 선미는 끝내 유혹되지 않았다. 마음으로야 한없이 유혹되고 싶었지만, 그다음이 보이지 않았다. 엄마는 남보다 못했고, 아빠는 믿을 만한 인간이 못 되었다. 그렇다고 삼촌에게 매달릴 수도 없었다. 매달린다고 되는 게 아니었다. 선미는 알고 있었다. 우사의 소를 다 처분해도 조합 빚을 갚고 나면 별로 남는 게 없다는 걸. 그 때문에 삼촌이 밤마다 불면과 치열하게 뜸베질하고 있다는 걸.

꿈을 포기하고 돌아오던 날, 선미는 걸어도 한 시간이면 충분한 거리를 두 시간이나 걸렸다. 개천 둑에 앉아 무심한 별들을 바라보고 있자니 자꾸 눈물이 솟았다. 삼촌이 손전등을 들고 마중 나오지 않았다면 선미는 그렇게 꼬박 별과 함께 밤을 보냈을 것이다. 별수 없이 삼촌의 전짓불에 머리끄덩이 잡혀 타박타박 걸어올 때, 삼촌이 말했다.

"선미야, 여기서 삼촌이랑 같이 살자. 기분 꿀꿀하면 난 하모니카, 넌 퉁소를 불면 좀 좋아."

"같이 살고 있잖아."

선미는 화가 나 새된 소리로 쏘아붙였다.

"이렇게 말고 본격적으로. 봐봐. 너 줄라고 일부러 읍내 가서 새로 하나 장만했어." 삼촌은 점퍼 안쪽 주머니에서 무얼 꺼냈다. "거금 줬다."

상아색 리코더였다. 플라스틱 재질의 싸구려니까 그래 봐야 몇만 원이겠지만, 삼촌은 리코더보다 거금을 강조했다. 삼촌이 걸음을 옮길 때마다 전짓불에 찍힌 리코더의 그림자가 선미의 눈앞에서 징그러운 뱀처럼 꿈틀거렸다.

"싫어. 떠날 거야."

선미는 리코더 따위는 거들떠보지도 않고 악을 썼지만, 결과적으로 삼촌의 말처럼 되었다. 그 무렵, 어려운 형편을 들어 7년이나 함께 살았던 산디를 내보냈는데, 지금 생각해 보니 삼촌에게 다 그런 꿍꿍이가 있었던 것이다. 생각만 해도 끔찍한 일이지만, 지금의 생활이 '당분간' 계속될 것이라는 불길한 예감이 드는 것은 삼촌의 말이 겉보기엔 바람이 숭숭 드나드는 우사처럼 허술해도 워낙 주술성이 강하기 때문이었다.

*

"못 오는갑다. 우리꺼정 묵자."

뒷짐 지고 대문을 나갔다 허탈을 안고 들어온 할머니가 마침내 무 자르듯 말했다. 붉은 햇살이 걸려 있던 앞집 할머니의 감나무 우듬지엔 어느덧 어둠의 보풀이 일고 있었다. 종일 마당과 뒤란을 톺으며 아장거리던 닭들은 어느덧 긴 하루의 노동을 끝내고 보금자리로 돌아갔고, 지머리 꿀꿀거리던 우리의 돼지들도 잠잠해진 지 한참 지났다. 몇 마리의 고추잠자리만이 보랏빛으로 깊어진 마당의 빨랫줄을 유유히 넘나들고 있을 뿐, 사위는 완연한 저녁이었다. 어느 순간, 마을 쪽에서 겨끔내기로 치솟는 개 짖는 소리에 할머니의 귀가 다시 예민해졌지만, 그뿐이었다. 끝내 대문 너머 고샅 쪽으로 아무런 기척이 없었다.

"미선이 신청곡 불러 줄라고 약속했는디."

삼촌은 못내 아쉬워하는 눈치였다. 삼촌 옆에는 알전구 불빛에 반짝거리는 하모니카가 놓여 있었다. 하모니카는 삼촌의 전부였다. 스물 중반 때부터 불기 시작했다는 하모니카는 삼촌에겐 생명의 은인이요, 고적한 인생길의 동반자였다. 선미는 하모니카 없는 삼촌의 삶을 상상할 수 없었다. 그러나 할머니는 하모니카를 극단적으로 혐오했다. 집 안의 모든 재앙은 그 하모니카의 촘촘한 구멍 속에서 나왔다고 믿고 있었다. 삼촌이 오십이 넘도록 장가를 못 들고, 집안 살림이 갈수록 기울고, 자꾸 동티가 생기는 것도 모두 그 하모니카의 저주에서 비롯되었다고 생각하고 있는 듯했다. 그러기에 하모니카는 할머니의 눈에 절대로 띄어서는 안 되는 혐오품이었다.

그런 하모니카가 보란 듯이 버젓이 뉘어놓은 걸 보면 오늘만큼은 할머니의 특별 선심이 있었던 모양이었다. 삼촌이 아쉬워하는 건 당연했다. 더구나 할머니의 거듭된 다그침에도 들은 체 만 체하고 사랑에 퍼더버리고 앉아 헝겊에 에틸알코올을 묻혀 분해한 하모니카를 꼼꼼히 손질하던 삼촌이었다. 미선이 무슨 곡을 신청했는지 모르지만, 삼촌의 말이 사실이라면 십중팔구 '처녀 뱃사공'이나 '소양강 처녀'일 것이다. 미선은 뜻밖에도 그런 한심한 노래를 좋아했다.

선미는 다시 휴대전화를 집어 들었다. 미선의 전화기는 여전히 꺼져 있고, 몇 차례 보낸 문자메시지도 방기된 채 그대로 있었다. 선미는 타포린 백에서 케이크와 할머니께 드릴 선물을 꺼냈다. 오늘 낮에 점심 먹고 오토바이를 타고 잠깐 읍내를 다녀왔다. 케이크를 사길 정말 잘했다 싶었다. 케이크는 늘 미선이 준비해 와 처음엔 살 생각을 안 했다. 할머니께 선물할 에센스 크림을 사서 나오는데, 맞은편의 베이커리가 이상하게 눈에 들어왔다.

"할머니, 생신 축하드려요. 오래오래 건강하세요."

할머니가 입으로 여덟 개의 조릿대 같은 촛불을 세 번 만에 불어 껐을 때, 선미는 짐짓 과장되게 손뼉 치며 말했다. 삼촌은 말없이 물개박수만 쳤다. 그러나 할머니는 묵묵부답이었다. 전에는 그렇게 말하면 "오냐 고맙구나. 너거들도 우야든동 건강하고 행복하거라." 하고 덕담했는데, 그 과정을 생략한 채 수저를 들었다. 선미는 더 이상 호들갑을 떨지 않고 얌전히 수저를 들었다.

할머니의 생신상은 대문간 옆 널평상의 두리반 위에 차려져 있었다. 말이 생신상이지 평소보다 조금 반찬 가짓수가 많은 저녁상이었다. 미역국, 잡채, 부추전, 닭볶음, 돼지고기 수육, 깻잎과 상추쌈, 감주. 그 상 준비를 위해 할머니는 새우처럼 등을 구부리고 오후 내내 부엌에서 꼼지락거렸다. 잡채는 미선이 좋아해 미선이 온 뒤부터 빠지지 않는 할머니표 특별 음식이었다.

미선이 빠진 두리반은 이가 빠진 잇몸처럼 허수했다. 매년 꼭꼭 참석하던 합천의 고모마저 오지 않아 더 그랬다. PCR 검사에서 양성반응이 나와 징역살이하게 생겼다며 어제 선미에게 전화해 징징거렸다. 이 집 맏이라는 인간은 부도를 내고 잠적한 뒤로 발걸음을 끊는 지 벌써 오 년이 넘었고, 어쩐 일인지 면사무소 앞에서 반점을 하는 할머니 막내 남동생도 종무소식이었다. 올해 예순여덟인 그 할아버지는 생신날 나타나거나 그럴 형편이 안 되면 삼촌 편으로 하다못해 메리야스 내의라도 내밀곤 했는데, 선미는 아직 삼촌으로부터 그런 소리를 듣지 못했다. 할머니가 시무룩해져 있는 것도 한꺼번에 꼬여버린 이런 일련의 상황과 무관하지 않을 것이라고, 선미는 생각했다. 선미는 미선의 몫까지 먹을 요량으로 두리반 가운데 널찍이 터를 잡고 놓여 있는 잡채 쟁반을 집어 들었다.

미선이 할머니 댁에 처음 모습을 드러낸 것은 할머니의 일흔다섯 번째 생신 때였다. 헤어진 지 십 년 만이었다. 그날, 선미는 삼촌과 함께 간 우시장에서 9개월, 10개월, 12개월령의 수송아지 세 마리를 낙찰받아 트럭에 싣고 저녁 무렵에 돌아왔다. 삼촌은 소를 감정하는 데는 젬병이었다. 그런 눈은 산디보다 못했다. 그래서 선미는 응찰하러 갈 때는 꼭 삼촌과 동행했다. 전에는 산디랑 갔었다. 산디는 스리랑카 출신의 이주노동자인데, 선미가 읍내 고등학교를 졸업하기 전까지 삼촌 집에서 살았다. 선미의 눈에는 따로 훈련하거나 교육받지 않았는데도 그런 게 보였다. 경매사가 매겨놓은 최저 응찰가와 게시판의 경매우 정보, 그리고 소의 낯판과 체장, 체고, 등줄기, 뒤태를 꼼꼼히 살펴보면 리모컨형 경매 단말기에 찍을 응찰가가 자연스럽게 머릿속에 떠오르곤 했다. 경매우가 되게 마음에 들어 꼭 낙찰받고 싶으면 거기에다 10%의 가격을 얹어 응찰하면 곧잘 낙찰되곤 했다. 그날은 에멜무지로 최저 응찰가에서 딱 만원 높게 응찰했는데, 운 좋게 네 마리 가운데 세 마리나 낙찰되었다.

"늦네."

송아지를 우사에 몰아넣고 삼촌과 함께 대문으로 들어서는데, 미선이 꼭 어제도 보고 그저께도 본 것처럼 말했다. 그러나 선미는 얼른 미선을 알아보지 못했다. 미선이 오리라곤 꿈에도 생각지 못한 데다 무엇보다 모습이 너무 변해 있었다. 마루 끝에 우아하게 걸터앉아 있는 모습이 선뜻 범접하기 어려운 유명 연예인 같았다. 선미는 대꾸 없이 장독대 옆 우물 펌프로 가 흙투성이 장화를 벗어 발을 씻었다. 종일 부대낀 회색 반팔 폴라 셔츠와 멜빵 청바지에도 시쿰한 땀 냄새와 비릿한 쇠털 냄새와 쇠똥 냄새가 마구 뒤섞여 고약했지만, 급한 허기부터 해결할 참이었다. 촌에서 살다 보면 그런 건 아무것도 아니었다.

"살다 살다 이런 일도 다 있네. 배고프겠다. 얼른 와서 앉거라. 미선아, 너는 이 할미 좀 도와 다고."

예, 하고 미선이 싹싹하게 일어났다. 선미는 할머니의 말을 듣고서야 어릴 때 사흘돌이로 싸우던 그 미선이란 걸 알았다. 꼽아보니 제때 들어갔다면 대학 2학년이었다. 그제야 선미는 오랜만이네, 덤덤하게 말했지만 제 모습이 자꾸 돌아 보이는 건 어쩔 수 없었다.

그 후, 미선은 할머니 생신 때면 잊지 않고 삼촌 댁을 방문했다.

해를 거듭할수록 황새와 뱁새의 경주처럼 차이는 점점 더 벌어지는 것 같았지만, 선미를 대하는 태도는 한결같았다.

"늦네."

상황에 따라 '좀' '많이'라는 수식어가 붙긴 했지만, 선미에게 건네는 첫 말투는 늘 그랬다. 선미는 그 말을 들을 때마다 약이 올랐다. 누가 늦고 싶어 늦냐고, 마음 같아선 쥐어박고 싶었지만, 왠지 미선 앞에 서면 작아지고 주눅이 들었다. 선미는 별렀다. 자기도 그래 보고 싶었다. 마루 끝에 우아하게 걸터앉아 비아냥거리는 입매로, 웬일로 늦네, 그렇게 거드름을 피워보고 싶었다.

선미는 읍내를 다녀온 뒤부터 눈이 빠지도록 미선을 기다렸다. 오후에도 좀 거들어 달라고 삼촌이 추근댔지만, 선미는 아프다는 핑계로 배를 움켜쥐고 마루에 드러누웠다. 며칠 전 폭우로 우사 뒤쪽 산비탈이 물러앉아 보수하는 중이었다. 삼촌이 졸라 선미는 오전 내도록 시멘트를 개고 퍼 날랐다. 선미는 삼촌에게 좀 미안한 생각이 들었지만, 미선의 앙갚음을 위해서는 어쩔 수 없는 일이라고 마음을 다독였다. 그렇게 벼르고 별렀건만, 미선은 끝내 나타나지 않았다. 선미의 알량한 속내를 비웃기라도 하듯.

"진작에 올라 캤는데, 갑자기 면서기들이 회식한다고 들이닥치는 바람에……."

뒤늦게 50cc 오토바이를 타고 올라온 반점 할아버지가 분분히 변명하며 평상 위로 올라왔다. 선미는 먹던 잡채를 얼른 삼키고 꾸벽하곤 일어났다.

"요즘 묵고 살기 심든데, 파리 날리는 것보다야 백배 낫구먼."

할머니가 인사 삼아 구시렁거렸다.

"저도 그래 생각하니더. 선미야, 나는 밥 생각 없응께 젓가락만 한 모 가져오너라. 누부요, 생신 축하하니더. 오래오래 건강하시이소."

"오래 살아 무슨 욕을 볼라고. 아무튼 동상이 가차이 있으이까 내 맴이 이리 든든하고, 여러모로 고맙구먼."

혈관 건강에 좋다며 할아버지가 내민 캐나다산 오메가3를 받으며 할머니가 말했다. 할머니가 고마워한 건 다른 뜻이 있었다. 할아버지는 발이 넓고 입담이 좋아 중매를 잘 섰다. 그리고 할아버지가 중매 선 부부는 잘 산다는 입소문이 퍼지면서 지금은 본업이 반점인지 중매인지 모를 정도다. 끝내 성사되지 못했지만, 할아버지가 삼촌의 중매를 선 것만도 선미가 알기로 열 번이 넘었다. 지금은 할아버지의 눈이 삼촌보다 선미 쪽으로 향해 있지만, 그 눈을 삼촌 쪽으로 돌리려고 할머니는 결사적이었다. 그 '결사적'이 힘을 발휘해 할아버지의 말로는 '마지막'이라는 중매를 서는 중이다.

"쟈는 머라 카던교?"

삼촌이 눈치를 채고 시부저기 자리를 떴을 때, 할아버지가 물었다.

"갸가 시방 찬밥 뜨신밥 가릴 처지가. 치마만 두르고 들어앉겠다 카문 넙죽 큰절이라도 하미 맞아야제. 요즘 세상에 과부면 어떻고 소박데기면 어떻노. 몸 성하고 심성만 바르면 되는 거제. 쟈 걱정일랑 말고 우야든동 그쪽을 잘 구실러 봐라. 여자 나이 쉰 다 됐으면 얼라 놓기는 글렀다만, 그래도 우짜겠노, 지 팔자가 그런걸. 딸린 아는 우짜기로 할러는공?"

"장모 될 사람 말로는 혼사가 성사되면 자기가 키우든지 애비한테로 보내든지 할 생각이라 카대요. 말하는 거 보이끄네 얼라는 누부 집에서 떠맡지 않아도 되겠더구마는."

"그래도 아 다르고 어 다릉께 확실히 알아봐라."

"야."

선미는 부엌에서 얼쩡거리다가 대화가 끝날 무렵에야 수저와 공깃밥을 쟁반에 담아 들고 나왔다. 그런다고 젓가락만 달랑 가져올 수는 없었다. 밥공기를 보더니 할아버지가 허허, 웃었지만, 싫지 않은 표정이었다. 삼촌은 우사로 갔는지 보이지 않았다. 선미는 마음이 착잡해 몇 숟갈 뜨다가 수저를 내려놓았다. 부엌으로 들어가 앞집 할머니께 드릴 음식을 챙기고 있노라니 할아버지가 보자고 불렀다. 선미는 잠자코 할아버지를 따라나섰다.

"생각 좀 해봤나?"

대문간에 세워둔 오토바이를 끌고 나가며 할아버지가 지나가는 말투로 물었다. 얼마 전부터 선미를 꼬드겼다. 놓치면 후회할 거라고. 상대는 서른다섯이고 읍내 우체국에 근무한다고 했다. 선미보다 아홉 살이나 많았다. 선미가 아직 생각이 없다고 고개를 저었음에도 할아버지는 기어이 남자의 사진을 쥐여 주고 갔었다.
"전 아직……."
선미는 할아버지가 무안하지 않게 웃으며 대답했다. 삼촌 집에서 벗어나는 길은 그것이 확실하지만, 그렇다고 소처럼 팔리듯 그렇게 떠나고 싶지는 않았다. 무엇보다 삼촌이 자꾸 눈에 밟혔다. 어떻게 보면 삼촌은 아빠 때문에 희생된 사람이었다. 삼촌은 읍내 중학교를 나왔다. 은행원이 되고 싶어 상고에 보내 달라고 매달렸지만, 허락을 받아내지 못했다고 했다. 가정형편이 형제를 한꺼번에 공부시킬 만큼 안 되었다는 것이다. 그 말을 들었을 때, 선미는 괜히 삼촌에게 미안했다. 삼촌이 고등학교만 나왔어도 순화가 그렇게 가버리지는 않았을 거라고 씁쓸해할 때는 가슴이 아팠고, 까닭 없이 아빠가 미웠다. 선미가 군말 없이 삼촌의 일을 거든 것도 그런 부채 의식이 깔려 있었다.
"알았다. 천천히 생각해 봐라."
할아버지는 더는 추근대지 않고 오토바이의 시동을 걸었다.

*

설거지를 끝낸 선미는 음식을 챙겨 들고 앞집 할머니 집으로 갔다. 나직한 담장을 경계로 앞뒤로 붙어 있는 삼촌과 앞집 할머니 집은 마을에서 오백 미터가량 떨어진 산밑에 있었다. 원래 세 집이 뜸을 이루고 있었다는데, 지금은 두 집뿐이다. 그런 까닭으로 앞집 할머니는 할머니보다 여섯 살이나 많지만 할머니랑은 죽고 못 사는 동무처럼 지낸다. 앞집 할아버지는 재작년에 돌아가셨다. 그 뒤로 하루가 다르게 퍽퍽 늙는 듯한 앞집 할머니를 선미는 친할머니처럼 대하고 챙겼다. 얼마 전에 마루를 내려서다가 허리를 삐끗하는 바람에 거동이 불편해져 매일 출근하듯 저녁마을 오던 발걸음마저 끊었다.

"귀찮구러 머할라고 가져오노."

앞집 할머니가 모로 누워 텔레비전을 보다가 선미를 맞았다. 말은 그래도 기다린 눈치였다. 전기세를 아끼느라 선풍기를 틀지 않아 파스 냄새가 밴 방 안이 후텁지근했다. 선미는 일어나려고 비비적거리는 할머니를 도와주었다.

"미선이는 댕기러 왔나?"

베개를 댄 벽에 등을 기대고 비스듬히 앉은 할머니가 미선이 던 잡채 접시를 받으며 물었다.

"바쁜가 봐요."

선미는 그렇게만 대답했다.

"며칠 전부텀 보고접어 하더니만, 다들 바쁜께로."

할머니는 종일 입맛을 다시지 않았는지 잡채를 맛있게 먹었다. 텔레비전 옆에 세워둔 액틀 사진 속 할아버지가 흐뭇한 표정으로 웃고 있었다. 이가 없어 아래턱이 유난히 튀어나와 보이던 할아버지의 생전 모습이 어제처럼 생생히 떠올랐다. 선미를 보면 늘 안쓰러워하던, 정 많은 할아버지였다.
"니 아부지는 아직 소식이 없나?"
"예."
"니 아부지가 이래 잘못될 줄은 꿈에도 생각 못 했다. 심성도 곱고 인사성도 바르고 어릴 때는 똑똑하다고 소문났다라. 아무리 못돼도 핵교 선상은 될 줄 알았는데……, 다니는 회사 그냥 다니지 뭐 할라고 샤시 공장을 차리 갖고."
선미는 잠자코 듣고만 있었다. 그 소리를 여기저기에서 하도 많이 들어 새삼스러운 것도 아니었다. 이제는 그 소리를 들어도 아무런 감정이 일지 않았다. 되레 원망과 욕만 머릿속에서 들끓었다.
앞집 할머니 집에서 돌아오니 할머니가 불렀다. 선미는 자리끼를 쟁반에 받쳐 들고 큰방으로 갔다. 할머니는 전에 없이 방 가운데 꼿꼿이 앉아 있었다. 잔뜩 골이 나 있는 자세가 한 번도 본 적이 없는 매구가 불현듯 생각났다. 선미는 숫제 기가 꺾여 손을 비비며 잠시 서 있다가 가만히 앉았다. 미선에게서 아직 아무 소식이 없느냐고, 할머니가 물었다. 선미는 다시 휴대전화를 열어 부재중 전화와 메시지를 확인해 보곤 예, 라고 짧게 대답했다. 그러자 할머니가 독을 뿜듯 내뱉었다.
"나쁜 년!"
선미는 꾸지람 듣는 아이처럼 고개를 떨구고 방바닥만 내려다

보았다. 윗목의 선풍기가 덜덜거리며 부지런히 돌아가고 있었지만, 목덜미에서 땀이 돋았다. 선미는 어서 여름이 지나갔으면 좋겠다고 생각했다. 시골은 겨울보다 여름이 여러 가지로 불편했다. 할머니가 말을 이었다.

"보나 마나 니 에미 그년 짓이다. 가지도 연락하지도 말라고 미선이를 겁박했을 끼다. 고년 성질에 우째 찍소리 안 하고 여태까정 눈감아 줬을꼬 싶드라. 벼락 맞아 뒈질 년."

선미는 엄마가 할머니로부터 그런 쌍소리를 들어도 싸다고 생각했다. 할머니와 엄마는 상극이었다. 상극도 그런 상극이 없었다. 고양이와 쥐는 저리 가라다. 선미는 처음 할머니로부터 그런 소리를 들었을 때, 내심 할머니를 욕하고 미워했다. 아무리 그렇지만 딸 앞에서 그럴 수 있느냐고. 그러나 차츰 세월이 흐르면서 마음의 추가 할머니 쪽으로 기울었다. 지나고 나서 돌아보니 할머니의 말이 퍼즐 조각처럼 하나씩 아귀가 맞아떨어졌다.

할머니의 말에 따르면 아빠와 엄마는 고등학교 때부터 사귀었다 한다. 고등학교 2학년 여름 방학 때 친구랍시고 여자 하나를 데려왔는데, 얼굴이 주먹만 하고 쪽 찢어진 눈매가 꼭 백여우같이 생겨 마음에 드는 구석이라곤 하나도 없더란다. 그래도 그때는 그러다 말겠지 싶어 혀만 차고 말았는데, 나중에 결혼할 여자라고 데리고 온 여자가 바로 그 여자였다고 한다. 할머니는 그때의 심정을 '천붕'이라 표현했다. 천붕이 무슨 말인지 몰라 네이버 사전으로 검색해 보니 '1. 하늘이 무너짐 2. 임금이 세상을 떠남'이라고 풀이되어 있었다.

"이 할미가 그랬다. 두고 봐라, 언젠가는 에미 말 안 들은 걸 후회할 날이 올 끼라고. 내 말이 맞았나 안 맞았나. 그놈의 자슥이 공부만 할 줄 알았지, 세상 물정을 몰라 노느께 지 눈깔 지가 찔렀지. 부부라는 기 머꼬, 부족한 건 채워 주고 힘들면 의지가 되어 주고 그기 부부지. 지 서방 사업에 실패했다고 발가락에 때만치도 안 여기고, 그것도 모자라 서방질하고 다니는 기 여편네가. 지 서방 벌이가 시원찮으이까 보험쟁이하면서 돈 많은 사내를 살살 구슬린 기라, 망할 년. 이카면 선미 니는 속으로 날 원망하겠지만, 생각해 봐라, 헤어진 이후로 널 한 번 찾은 적 있더나. 아무것도 모르는 짐승도 지 새끼는 귀여워하는 뱁이다. 니 에미가 그런 년이다. 모질고 사악하기로 치면 두억시니보다 더하면 더했지, 덜하지는 않다."

할머니가 모노드라마 연기하듯 중얼거렸다. 벌써 수십 번도 더 들은 그 소리. 그러나 선미는 처음인 것처럼 다소곳이 듣고 있었다. 할머니의 말을 어디까지 믿어야 할지 선미로선 알 길이 없지만, 한 가지 사실은 확실했다. 여태 한 번도 선미를 찾지 않은 것. 그건 고사하고 안부조차 묻지 않았다. 알려고 하면 미선이를 통해 전화번호를 알 수 있었을 텐데……. 처음 자기를 선택하지 않은 것에 대한 보복이라면 할머니 말마따나 모질고 사악한 여자인 게 확실했다.

어깨와 허리가 안 좋은 할머니가 더 이상 버티지 못하고 대자리 위에 몸을 뉘었다. 그쯤에서 "선미야, 테레비 틀어라." 할 줄 알았는데, 아직 분이 덜 풀린 모양이었다. 누워서도 할머니의 넋두리는 굽이굽이 이어졌다.

"그때 고마 죽기 살기로 뜯어 말겼어야 하는데, 이 할미가 귀가 여리 노니께 그녀리 자석 감언이설에 폭 속아 넘어간 기라. 그 여자와 결혼만 시켜 주면 새 맴으로 고시 공부해서 삼 년 내로 합격증을 쥐어 주겠다며 꿇어앉아 찔찔 짜는데, 그게 다 그년 머릿속에서 나온 야바위인 줄도 모르고. 그때 속은 걸 생각하면 지금도 분해서 가심이 벌름거린다. 지지리도 못난 놈. 선미야, 할미 어깨 좀 주물러라. 어깨가 다듬잇방망이로 두들겨 패는 거 같다."

할머니가 돌아누웠다. 선미는 두말하지 않고 할머니의 어깨를 주물렀다. 할머니의 어깨는 하얗게 곰삭은 삭정이 같았다. 조금만 힘을 줘도 바스러질 것 같아 선미는 조심스럽게 손끝으로 매만졌다. 이제 그만 '테레비 틀어라' 하면 좋겠는데, 할머니의 입에서는 끊어질 듯 끊어지지 않는 거미줄처럼 또 부질없는 넋두리가 이어졌다.

"니 삼촌을 생각하면 지금도 가심을 벌건 인두로 푹푹 쑤시는 거 같다. 니 삼촌이 울며불며 고등핵교에 보내달라 칼 때 밭뙈기라도 팔아서 눈 딱 감고 보냈어야 하는데, 이년 죄가 크다. 그때는 니 아비가 대학 나와 고시 파스하면 니 삼촌까정 다 멕이 살릴 줄 알았다. 저눔 불쌍해서 우짤고. 선미야, 테레비 틀어라."
　마침내 할머니의 입에서 고대하던 말이 흘러나왔다. 그 말은 이제 독백을 중단하겠다는 뜻이었다. 선미는 얼른 리모콘을 집어 전원 버튼을 눌렀다.

*

　삼촌의 하모니카 소리가 어둠을 가르고 있었다.
　선미는 곧장 우사로 갔다. 우사는 집 뒤 산밑에 있다. 원래 거기는 순화네가 살던 집이었다. 순화는 시집가고 순화 남동생도 직장을 얻어 도시로 떠난 뒤로 홀어미가 마지막까지 집을 붙들고 살았다. 그 노모마저 세상을 떠나면서 폐가가 된 걸 삼촌이 사들여 집을 헐고 우사를 지었다. 그러니까 우사는 삼촌에겐 우사 이상의 의미가 있는 곳이었다.
　우사 옆 모퉁이에 컨테이너 집이 있다. 거기서 산디는 우사 일을 하며 꼬박 7년을 살았다. 선미를 보면 까맸던 눈망울이 더욱 까매지던 산디였다. 그리고 컨테이너 집 앞에 하늘색 벤치가 있다. 산디가 떠난 뒤, 삼촌이 직접 널빤지를 사와 만들었다. 삼촌이 졸라 페인트칠은 선미가 했다. 삼촌은 그곳에 웅크리고 앉아 늘 하모니카를 불었다. 산디가 있을 때는 컨테이너 집에서 불었다. 삼촌은 하모니카 불고 산디는 리코더를 불었다. 산디는 리코더를 잘 불었다. 특히 삼촌에게서 배워 '고향의 봄'을 잘 불었다. 그 소리를 듣고 있으면 선미는 왠지 어린 시절 부모랑 미선과 함께 살던 때가 떠오르곤 했다.

삼촌은 로댕의 생각하는 사람처럼 꾸부리고 앉아 하모니카를 불고 있었다. 선미는 아직 삼촌이 다른 곳에서 하모니카를 부는 걸 본 적이 없다. 할머니도 거기서 부는 건 뭐라 하지 않았다. 한 번도 고향을 떠나본 적이 없다는 쉰셋의 노총각. 그 때문인지 삼촌이 부는 하모니카 소리에는 사무침 같은 게 서려 있었다. 특히 미워도 한세상, 좋아도 한세상……으로 시작되는 그런 노래를 손바닥으로 베이스를 넣어가며 고즈넉이 불 때는 사무침을 넘어 서러움이 안개처럼 피어나는 것 같았다. 언제던가 삼촌이 하모니카를 불게 된 까닭을 선미에게 고백한 적이 있었다. 바로 그 벤치에서였다.

"실은 이 삼촌이 뒷집 순화를 무지무지 좋아했거든. 그때는 이 세상에서 순화보다 더 예쁘고 착한 여자는 없는 줄 알았어. 순화도 날 싫어하진 않았어. 남몰래 단둘이 극장도 가고 놀러도 다니고 그랬으니까. 그때는 순화가 내 각시가 될 줄 알았어. 그런데 어느 날, 내 앞에서 훌쩍거리며 말하데. 곧 결혼한다고. 그땐 정말 세상이 무너지는 것 같았어. 순화가 결혼하는 날, 죽을라고 농약병을 갖다 놓고 깡소주를 마시고 있는데 라디오에서 하모니카 소리가 흘러나오는 기라. 그 소리가 얼마나 가슴을 찢는지 나도 모르게 눈물을 한 바가지나 쏟았지. 다음 날 바로 읍내로 가 하모니카를 하나 사서 그

때부터 순화를 잊을라고 죽기 살기로 불어댔어."

말을 마친 삼촌은 쓸쓸히 웃으며 삼촌의 애창곡인 미워도 한세상, 좋아도 한세상……으로 시작되는 가락을 가만히 불기 시작했다. 선미는 그 이야기를 들은 뒤부터 삼촌이 달라져 보였고, 왠지 삼촌이 불쌍하다는 생각이 들었다. 선미가 선뜻 삼촌 곁을 떠나지 못하는 이유도 그 때문이기도 했다.

그렇다고 삼촌이 뒷집 순화를 못 잊어 여태 장가를 안 든 건 아니었다. 할머니 말에 따르면 스물예닐곱 때부터 선을 보기 시작했는데, 잘 안됐다고 했다. 세상사 가운데 마음대로 안 되는 게 혼사라고 할머니는 그 얘기를 할 때마다 목 놓아 울 듯이 낙담했다. 처음 그 얘기를 들었을 때 선미는 얼른 이해가 안 됐다. 그러나 차츰 농촌을 알면서부터 이해됐다. 희망이라곤 말라버린 샘처럼 되어버린 지 오래고 남는 거라곤 늘어나는 빚과 골병뿐인 촌구석으로 거금을 들여 동남아 여자를 데려오면 모를까 멀쩡한 정신머리를 가진 여자가 자진해서 들어올 까닭이 없는 것이다. 그런 돈도 없지만, 말도 안 통하는 외국 여자는 할머니도 삼촌도 질색이었다. 그러니 뻔할 뻔 자다. 그럼에도 할머니는 아직도 미련의 끈을 놓지 못하고 있었다.

"아직 미선이한테서 아무 연락이 없어?"

하모니카를 내려놓은 삼촌이 선미에게 자리를 내주며 물었다.

"어."

선미는 삼촌 곁에 앉으며 리코더를 가지고 올걸, 하고 생각했다.

"혹시 외국으로 유학 간 게 아닐까? 작년에 얼핏 그런 낌새를 풍기데. 당분간 어디 멀리 떠나 있을지 모른다고. 그때는 예사로 들었는데, 지금 곰곰이 생각해 보니까 엄청 새롭네."

"그런 일 있었어?"

"그러니까 미선이는 잊자. 잘돼서 간 건데 우리가 궁금해할 필요가 뭐 있어. 하긴 쪼깐 섭섭하긴 하지. 어려운 것도 아니고 문자나 전화 한 통이면 될걸. 원하면 신청곡을 녹음해 카톡으로 보내줄 수도 있었는데……."

"삼촌은 걔를 잘 몰라. 걔는 원래 싸가지가 없었어."

선미가 일어났다.

"벌써 자게?"

"퉁소 가져올게."

선미는 삼촌 앞에서는 꼭 리코더를 퉁소라고 불렀다.

삼촌이 우사 마당을 가로질러 내려가는 선미 앞을 손전등으로 비춰 주었다.

*

삼촌과 입술이 얼얼하도록 가슴속 응어리를 토해내고 내려왔을 때는 밤도 깊어 이슬에 젖은 마을이 세필로 붓질한 것 같은 먹빛 어둠에 잠겨 있었다. 이런 밤일수록 시골의 밤하늘은 아름다운 신비를 드러낸다. 별들이 보여 주는 장관을 볼 때마다 이런 벅찬 감동을 느끼지 못하는 도시 사람들은 참 불행하다고 선미는 생각했다. 미선이 오면 네가 가지지 못한 걸 난 가지고 있다고, 양질의 밤하늘을 한껏 자랑할 참이었는데, 아쉬웠다.

삼촌은 기어이 밤을 지새울 모양이었다. 선미가 그만 가자고 했지만, 삼촌은 입에서 하모니카를 떼지 않았다. 선미는 더는 잡죄지 않고 벤치에서 몸을 일으켰다. 지금 삼촌의 기분을 알고 있었기 때문이었다. 모르긴 해도 삼촌은 그 문제의 답이 떠오를 때까지 그러고 있을 것이다. 잠시 휴식할 때, 하모니카를 헝겊으로 닦으며 삼촌이 물었다. 선미 넌 어떻게 생각하느냐고. 선미는 삼촌의 묻는 의도를 알았지만, 차마 곧이곧대로 말할 수 없었다. 선미는 다만 삼촌이 행복했으면 좋겠다고만 대답했다. 그게 선미의 솔직한 심정이었다. 아무리 여자가 없어도 착한 삼촌을 애 둘이나 딸린 이혼녀에게 줘버리기에는 너무 아까웠다. 삼촌은 더 이상 대꾸 없이 입으로 하모니카를 가져갔다.

큰방에는 불이 켜져 있었다. 혼자서 신나게 떠들어대는 텔레비전 사이사이로 할머니의, 낮게 코 고는 소리가 들렸다. 선미는 가만히 방으로 들어가 리모컨의 전원 버튼을 눌렀다.

"선미가?"

할머니가 허옇게 눈을 떴다. 선미는 놀라 얼른 다시 전원 버튼을 눌렀다. 신기했다. 할머니는 한잠이 들어 있다가도 텔레비전만 끄면 귀신같이 알았다. 마치 텔레비전과 할머니가 어떤 보이지 않는 선으로 연결되어 있는 것 같았다. 선미는 할머니의 잠을 깨울까 봐 기척 없이 방을 나왔다. 방문 너머로 할머니의 코 고는 소리가 다시 깔리고 있었다.

선미는 제 방으로 갔다. 세 평이 채 안 되는 건넌방. 조립형 옷장, 거울이 달린 황토 빛깔의 화장대, 삼촌이 쓰던 앉은뱅이책상 하나가 전부인 그 방에서 선미는 15년을 살았다. 짧게는 열흘, 길게는 한 달이면 충분할 줄 알았던 그 방에서의 생활. 그 무미하고 고단한 생활이 앞으로 언제까지 이어질지도 가늠 불가다. 선미는 그 방에서 마음껏 외로워하고 슬퍼하고 절망했다. 그러면서 흘린 눈물을 다 모으면 이 방을 채우고도 남을 것이다. 그러나 삶이라는 게 참 모순투성이고 신기해서 이제는 할머니와 텔레비전처럼 한 몸이 돼버린 그 방이 아니면 선미는 잠을 자도 잔 것 같지 않고, 마음도 안정되지 않았다. 선미는 깊은 동굴의 햇불을 켜듯 전등 스위치를 올렸다.

선미는 잠옷으로 갈아입기 전, 마지막으로 부재중 전화와 메시지를 확인했다. 미선은 끝내 없었다. 책상 위의 직사각형 디지털시계는 어느덧 01:02에서 깜빡거렸다. 시계 옆 메모장에는 내일 일정이 시간대별로 적혀 있었다. 오후에 미선을 기다리며 생각나는 대로 적어 놓은 것이었다.

09:00 출하 우사 청소

13:00 농후사료 구입

15:00 사료용 풀베기

20:00 방통대 김윤열 교수님 강의 리포트 작성

내일 일정도 만만찮았다. 내일은 98개월령과 102개월령 암소를 출하하는 날이었다. 출하 때는 굳이 삼촌과 동행하지 않아도 되지만, 삼촌은 또 무슨 핑계를 대며 추근댈지 몰랐다. 함께 가자고. 소는 입식보다 출하 때가 더 힘들었다. 작년 봄에 삼촌이 졸라 따라갔다가 선미는 큰 충격을 받았다. 2년 넘게 동고동락한 40개월령 수소가 육가공업자에게 낙찰되어 곧바로 도축장으로 실려 갔다. 계근대를 통과한 소가 트럭 앞에서 갑자기 걸음을 멈췄다. 장정 셋이 고삐를 잡고 당겨도 요지부동이었다. 그때 선미는 소의 눈을 보았다. 뭐라 표현할 수 없는 슬픈 눈. 삼촌도 울고 선미도 울었다. 결국 얼굴에 방수포를 덧씌워 물리력을 동원하고서야 결사적으로 버티던 발을 뗐다. 곧 트럭이 떠났고, 삼촌과 선미도 서둘러 우시장을 떠났다. 선미는 그때 다짐했다. 다시는 출하 땐 동행하지 않겠다고. 그날 이후 선미는 소고기를 먹지 않았다. 그러고 보니 삼촌이 오늘따라 하모니카에 집착하는 건 내일 출하하는 소는 부디 육가공업자에게 낙찰되지 않기를 바라는 간절함 때문이 아닌지 몰랐다.

선미는 내일을 생각해 서둘러 잠자리에 들었지만, 잠은 생각처럼 와 주지 않았다. 몸은 한없이 무거운데 머릿속은 풍선처럼 가벼워진 느낌이었다. 누구 말이 맞을까? 할머니의 말이 맞는 것 같기도 하고, 삼촌의 말이 맞는 것 같기도 했다. 작년인가 재작년인가, 선미는 미선에게 지나가는 말투로 물은 적이 있었다. 의붓아빠가 잘해 주느냐고. 그때 미선이 묘한 웃음을 그리다 말했다.
 "네가 믿거나 말거나지만, 난 아직도 그게 미스터리야. 우리 엄마가 꼭 멧돼지같이 생긴 그 인간, 어디가 좋아 재혼했는지. 남들은 돈 때문이라고들 하는데, 차 떼고 포 떼고 나면 빈 깡통이야. 아빠? 난 그런 아빠를 둔 적이 없거든."
 미선의 말을 듣는 순간, 선미는 미선이 반어법을 쓰고 있다고 생각했다. 미선은 어릴 때도 그랬다. 맛있는 것일수록 맛없는 척 오만 상을 찌푸려 가며 먹었다. 세월이 흘렀다고 그 버릇 어디 가겠느냐고 생각했다. 그날, 미선은 능청스레 이런 밑밥도 깔았다.
 "지금 후회막급이야. 엄마를 선택한 것 말이야. 어떤 때는 엄마의 목을 졸라 살해하는 끔찍한 악몽을 꾸기도 해. 네가 부러워. 진심이야."
 선미는 어이없어 웃었다. 호강에 받친 소리 하고 있네. 농촌의 삶이 얼마나 비참하고 사람의 영혼을 명태처럼 말리는지 몰라서 그런다고 말해 주고 싶었지만, 한 번도 경험해 보지 않은 미선이 그런다고 이해할 턱이 없겠기에 입을 다물었다. 대신 이렇게 덧붙였다. 넌 어쨌건 대학에 가지 않았느냐고. 그랬다. 선미에겐 좋고 나쁨의 절대적 기준은 대학이었다. 그때 미선은 선미인지 대학인지 아리송한 비아냥거림으로 낄낄거렸다.

 선미는 문살이 푸르스름해지는 새벽녘까지 뒤척이다가 간신히 잠을 껴안았다. 미선이에게서 문자메시지가 온 것은 그즈음이었다. 발신 시간을 보니 정확히는 선미가 가까스로 잠을 껴안은 그 시간이었다. 마치 선미가 잠들기를 기다렸다가 감쪽같이 보낸 것 같았다.

 문자메시지는 간단했다. 그러나 그 속에 미선의 모든 게 들어 있었다. 선미는 망연자실 앉아 있었다. 차라리 악몽이었으면 좋겠다고 생각했다. 아니, 미선의 문자메시지가 아니었으면 좋겠다고 생각했다. 숫제 삭제하고 싶었다. 메시지 이전의 세계로 돌아갈 수만 있다면…….

 언니, 미안해. 꼭 가고 싶었는데, 멧돼지 사냥하느라 못 갔어. 지지난밤에 또 멧돼지가 내 방에 출몰했거든. 더는 참을 수가 없었어. 당분간 못 갈 것 같아. 언니만 알고 있어. 사랑해.

 예감이 좋지 않았다. 미선이 선미에게 언니라고 부른 건 처음이었다. 선미는 어깨를 떨며 읽고 또 읽었다. '당분간'이 못내 가슴을 찔렀다. '당분간'은 짧게는 열흘이지만, 무한 반복되면 '영원히'도

될 수 있었다. 선미가 문자메시지를 통째 삭제하고 싶어 전율하고 있을 때, 마당에서 할머니의 목소리가 밝은 문살을 뚫고 넘어왔다.

"선미야, 그만 자빠져 자고 어여 일어나거래이. 해가 중천에 떴다."

창밖의 미래

북풍이 바이킹을 만들었다.
—스칸디나비아 격언

할머니가 이주법에 따라 집을 떠난 날은 초봄이었고, 지구촌의 기상이변으로 사흘째 폭설이 쏟아지고 있었다. 방송 매체들은 기상관측 이래 최대 적설량을 기록 중이라며 호들갑을 떨었고, 갈수록 고립 지역이 파문처럼 번져갔다. 그러나 그들에겐 폭설 따윈 아무런 문제가 되지 않았다. 예고된 시간이 되자 벨 소리가 팽팽한 실내 공기를 찢었다.

집행관은 세 명이었다. 그들은 우주복 같은 제복을 입고 있었다. 흡사 눈만 숯덩이로 붙여 놓은 눈사람 같았다. 팀장이 내 신분을 확인한 뒤 이주 명령서를 보여 주었다. 전자문서 하단에 찍힌 직인이 악마의 붉은 이빨 자국처럼 섬뜩했다. 나의 사인이 끝나자 대기 중인 집행관에게 고갯짓했고, 그들은 잘 훈련된 조교처럼 민첩하게 할머니의 방으로 들어갔다. 그것으로 상황 끝이었다.

팀장은 냉정했다. 할머니의 모습을 마지막으로 한 번만 뵙게 해달라는 나의 간청을 침묵으로 무시했다. 집행은 단 몇 분 만에 끝났고, 매뉴얼에 따라 진행된 절차가 마무리되자 거수경례를 끝으로 유령처럼 사라졌다.

나는 득달같이 할머니의 방으로 가보았다. 할머니는 거짓말처럼 증발하고 없었다. 조금 전까지 앉아 있었던 아랫목의 방석만이 호젓이 놓여 있었다. 방석에는 할머니가 지린 오줌 몇 방울이 묻어 있었다. 미처 증발하지 못한 온기가 그 속에 갇혀 있었다. 나는 방석에 볼을 비비며 흐느껴 울었다. 영원히 만나지 못하면 살아 있어도 죽은 거나 마찬가지였다.

*

할머니가 떠난 이후 내 삶은 없었다. 할머니의 빈자리. 그 상실감은 상상 이상이었다. 나의 할머니는 여느 할머니와 달랐다. 내게는 어머니이자 아버지였고, 내 삶을 주관하는 절대자였다. 나는 생후 백일 무렵 할머니에게로 왔다. 내가 어떤 연유로 할머니에게 의탁 되었는지 자세히 알지 못한다. 할머니는 애써 말하지 않았고, 나 역시 알고 싶지 않았다. 다만 누군가가 할머니의 가게 앞에 버려 놓은 걸 할머니가 거두어 키운 정도로만 알고 있다.

나는 불효막심한 손자였다. 그러나 처음부터 그런 인간은 아니었다. 공부를 좀 못했을 뿐, 중학교 다닐 때까진 평범한 아이였다. 나의 불효는 고등학교에 들어가 최악의 쓰레기를 만나면서부터였다. 그때도 할머니는 전통시장 입구에서 국숫집을 하고 있었다. 할머니는 그곳에서 나를 만나기 훨씬 전부터 국수를 팔았다.

누군가의 고자질로 국숫집을 알게 된 쓰레기가 내 코를 거기에 꿰었다. 쓰레기는 국숫집이 자기 개인금고인 양 걸핏하면 나를 협박했다. 거부하거나 요구한 금액이 적으면 똘마니를 동원하여 나를 무지막지하게 구타했다. 나는 살고 싶었고, 그래서 점점 불효막심한 놈이 되어 갔다. 할머니께 한없이 미안하고 죄송스러웠지만 '졸업'이라는 탈출구가 있었기에 그래도 감내할 수 있었다. 내 예상이 맞아떨어졌다면 더 이상 불효를 저지르는 일은 없었을 것이다. 그러나 그건 나만의 달콤한 착각이었다. 쓰레기는 내가 생각한 이상으로 악질이고 악마였다.

졸업 후 속죄의 마음으로 할머니의 가게 일을 돕고 있을 때, 또 그가 찾아왔다. 쓰레기는 한층 업그레이드된 금액을 요구했다. 더 이상 불효를 저지를 수는 없었다. 나는 단호히 거절했고, 그 대가는 혹독했다. 나는 쓰레기 패거리들에게 끌려가 온몸이 걸레가 되도록 언어터졌다. 그래도 나는 괜찮았다. 더 이상 불효를 저지르지 않을 수만 있다면……. 그러나 쓰레기는 돌대가리였다. 돌대가리 중에 다이아몬드급 돌대가리라 아주 상식적인 법칙을 몰랐다. 튜브에 계속 공기를 주입하면 언젠가는 폭발한다는 걸.

더 이상 불효하지 않기 위해선 그 방법밖에 없었다. 나는 치밀하게 준비해 깔끔하게 쓰레기를 해치웠다. 나는 지금도 기억한다. 뒤늦게 눈물로 참회하며 애원하던 비굴의 몸짓과 눈빛을. 돌대가리들은 꼭 그렇다. 버스 떠난 뒤에야 다급하게 손을 입체적으로 흔들어댄다.

나는 15년 형을 선고받았다. 그 정도면 한 사람의 목숨값치고는 괜찮은 거래였다. 그러기에 불평이란 있을 수 없었다. 나는 모범적으로 복역했다. 거기도 사회였고, 사회는 노력한 만큼 대가가 따르기 마련이다. 나는 모범의 대가로 12년 만에 세상 밖으로 나왔다. '초장수 노인 이주에 관한 특별법'은 내가 그곳에 있을 때 제정되었다. 그래서 나는 한동안 그런 법이 있는 줄도 몰랐다.

*

할머니가 떠나고 한 달쯤 되었을 때, 집행기관장 명의의 통지문이 내 이메일로 배달되었다. 이주 절차에 신속히 협조해 주셔서 감사하다는 인사말과 함께 박봉례 이주자는 목적지에 무사히 도착해 낯선 환경에 잘 적응하고 있으며 절차에 따라 실시한 건강검진 결과 '마' 등급 판정을 받았다는 내용이었다. 통지문과 함께 보내준 할머니의 무표정한 사진에는 '마' 등급 문양의 철인이 찍혀 있었다. 조견표를 보니 '마' 등급은 여명이 5년일 때 내려지는 등급이었다. 통지문은 연 1회 발송될 예정이며 정부는 '요람에서 무덤까지'의 인류 염원을 실현하기 위해 최선을 다하고 있으니 정부를 믿고 생업에 매진해 달라는 당부의 말도 덧붙여져 있었다.

나는 누운 채로 통지문을 읽고는 웃었다. 이런 게 무슨 소용이람! 영원히 보지 못하면 살아 있어도 죽은 거나 마찬가지라는 걸 당국자들은 정녕 모른단 말인가. 아니면 모른 척하는 건가. 내 의지와 상관없이 자꾸 헛웃음이 나왔다.

나는 누워만 지냈다. 며칠씩 먹지 않아도 배가 고프지 않았다. 목표가 없는 삶이 곧 죽음이란 걸 그때 깨달았다. 눈만 감으면 할머니가 보였고, 그러면 자동으로 눈물이 뺨을 타고 흘러내렸다. 어떤 날은 잠자는 내내 할머니의 꿈을 꾸기도 했다. 만일 할머니가 이런 내 모습을 보았다면 십중팔구 이렇게 되뇌었을 것이다. 구암아! 이제 이 할미를 잊고 그만 일어나거라. 그게 효도고 이 할미를 도와주는 거란다. 사랑한다, 구암아. 이 세상에 둘도 없는 할머니였다.

할머니는 내 정체가 드러난 뒤부터 전통시장 입구에서 사십 년 넘게 하던 국숫집을 접었다. 주위의 멸시와 냉대로 하고 싶어도 더 할 수 없었다. 그래도 먹고 살아야 하고, 할 줄 아는 거라곤 그것뿐이라 할머니는 낯선 곳으로 자리를 옮겨 계속 국수를 팔았다. 그때부터 할머니는 메뚜기처럼 6개월 단위로 거처를 옮겨야만 했다. 소문이란 게 발이 없어도 전염병 같아서 반년쯤 지나면 자연스럽게 알게 되더라 했다.

그러나 할머니는 한 번도 나를 원망하거나 미워하지 않았다. 오직 내가 몸 성히 형기를 마치고 돌아오기만을 소망했다. 할머니는 보름마다 꼭꼭 면회를 왔다. 올 때마다 영치금을 넉넉히 넣어 주었고, 돌아갈 때는 내게 희망과 믿음을 심어 주는 말씀을 잊지 않았다.

내가 모범수로 감형되어 돌아왔을 때, 한평생 살아온 산 밑 한옥 철대문에는 A3 크기의 태극기가 붙어 있었다. 나는 기억이 없는데 내가 초등학교 5학년 때 그린 것이라 했다. 할머니는 내가 집을 떠난 날 그것을 비닐에 곱게 싸 거기에 붙여 놓았고, 그 이후 한 번도 뗀 일이 없었다고 했다. 말하자면 태극기는 할머니에겐 부적이요 신앙이었고, 나를 향한 사랑과 믿음의 상징물이었다. 나는 태극기를 어루만지며 하염없이 눈물을 쏟았다. 그러면서 앞으로 다시는 말썽부리지 않고 효도하겠다고 맹세했다. 그런데 그 이주법이 마지막 효도의 기회마저 빼앗아버렸다.

*

두 달쯤 지났을 무렵, 알바하던 집의 아들이 찾아왔다. 올해 예순다섯인 그는 백두산에서 포집한 청정 공기를 팔아 떼돈을 벌었다. 그는 원래 휴머노이드 쇼핑몰을 운영했다. 경기 불황으로 운영이 시원찮자 발 빠르게 업종을 바꾸었다. 그게 공기 판매업이었고, 대박 났다.

그는 효자였다. 그의 생부가 현대의학으로는 치료 불가인 두통에 시달리자 복덩이 공기 판매업을 접고 아버지 간병에 전념했다.

나는 그가 낸 온라인 광고를 보고 알바할 이야기꾼을 급구한다는 걸 알았다. 생부의 두통은 어떤 치료에도 효과가 없고 오직 이야기에만 반응한다는 것이다. 사회인이 된 지 달포가 지난 뒤였고, 빈둥거리고 있을 때였다. 할머니께 효도할 날이 딱 일 년밖에 남지 않아 뭐라도 하고 싶었지만, 사회가 나를 집단으로 따돌렸다. 할머니가 연로해 국숫집을 그만둔 지는 꽤 되었다. 그러기에 내겐 선택의 여지가 없었다. 써 주는 데가 있으면 지옥이라도 찾아가야 할 형편이었다.

나는 무작정 효자를 찾아갔다. 광고에 나온 전화번호로 문의해 찾아갔을 때, 효자의 생부는 두 손으로 머리를 감싸 쥐고 극한의 고통을 호소하고 있었다. 효자는 어찌할 바를 몰라 생부의 침대 머리맡에서 두 손을 모아쥐고 동동거렸다. 나를 보자 내 손을 부여잡고는 돈은 원하는 대로 드릴 테니 제발 두통을 멎게 할 이야기를 해달라고 애원했다.

나는 일단 그를 밖으로 내보냈다. 그러곤 노인의 모습을 꼼꼼히 관찰했다. 두통의 진원지는 고환이었다. 고환에서 발생한 통증이 심장을 거쳐 경동맥을 타고 올라가 머릿속을 기총소사하고 있었다. 극과 극은 통하고 절실하면 열린다고 했던가. 대척점의 벼랑 끝에서 퇴마사처럼 강렬한 눈빛으로 통점을 응시하자 놀랍게도 한 고사성어가 떠올랐다. 이열치열以熱治熱. 그와 동시에 내 전두엽이 잽싸게 새로운 고사성어를 조립했다. 이통치통以痛治痛. 그래. 나는 고개를 끄덕였다. 그러자 자연스럽게 한 인간이 떠올랐다.

나는 내 칼에 서른세 번 찔려 죽은 쓰레기를 희대의 죄인으로 부활시켜 광장으로 끌고 갔다. 광장에는 수십만 관중이 쓰레기의 최후를 구경하기 위해 운집해 있었다. 광장 중앙에는 정사각형의 처형대가 설치되어 있고 광장 네 모서리에는 죄인의 처형 모습을 생생하게 보여줄 대형 스크린이 설치되어 있었다. 그리고 새로운 방식의 처형 쇼에 출연할 세계 최고 일식 요리사, 몽골 독수리, 인도 비단구렁이, 벵골 호랑이가 동서남북 비밀의 방에서 신호를 기다리며 대기하고 있었다. 시작을 알리는 북소리와 함께 온몸이 문신투성이인 우람한 체격의 일식 요리사가 동문에서 모습을 드러냈다. 그는 회칼을 높이 치켜들고 환호하는 관중들을 향해 답하고는 성큼성큼 처형대로 나아갔다.

쓰레기는 처형대의 쇠기둥에 묶여 있었다. 요리사는 집행관의 신호가 떨어지자 세워둔 채로 쓰레기의 살갗을 정수리에서부터 능숙하게, 그러나 아주 천천히 벗기기 시작했다. 단말마의 비명이 광장을 찢었다. 두 번째의 신호가 떨어지자 서문에서 몽골 독수리가 날아올랐다. 놈은 서슴없이 날아들어 쓰레기의 두 눈을 팠고, 세 번째 신호가 떨어지자 남문에서 튀어나온 두 마리의 인도 비단구렁이가 쏜살같이 내달아 쓰레기의 눈 속으로 미끄러져 들어갔다. 그 순간 쓰레기의 비명이 광장을 폭파했다. 그때였다. 두통 노인이 조루증 환자처럼 사타구니를 끈적하게 적시더니 사지를 쭉 뻗었다. 아직 북문의 벵골 호랑이는 출연도 하지 않았는데도 말이다.

놀란 효자가 황급히 들어왔다. 그는 생부의 코 가까이 귀를 가져가더니 이내 환한 미소가 번졌다. 그대야말로 진정 이야기꾼이구려. 효자는 내 손을 부여잡고 감격의 눈물을 쏟았다. 눈물이 촛농처럼 뜨거웠다.

그 후 나는 열흘에 한 번씩 효자의 집을 방문했다. 이통치통의 효과는 열흘이었다. 그리고 같은 이야기는 효과가 없었다. 나는 한층 업그레이드된 이야깃거리를 찾아 웹 서핑은 물론이고 AI 챗봇의 도움도 받고 세계 각국의 고문 기술과 형 집행 사례가 소개된 책들을 구입해 읽기도 했다. 그러나 기존의 것은 효과가 없거나 미미했다. 아무리 교묘하게 버무려 놓아도 두통 환자의 뇌가 정확히 기억해 냈다. 별수 없이 독창적인 이야기를 꾸며낼 수밖에 없었다. 그 과정에서 12년간의 수형생활이 큰 도움이 되었다. 우리는 고통의 날들을 잊기 위해 밤이면 기상천외한 이야기를 끝없이 교환했다. 말이 되든 안 되든, 사실이든 아니든 상관하지 않았다. 우리의 괴로운 밤만 잊게 해 주면 되었다. 그래서 우리는 진정한 이야기꾼으로 거듭 태어났다. 기이하게도 시간이 흐를수록 이야기는 허황되고 격하고 잔인해졌다.

덕분에 돈은 원 없이 벌었다. 효자는 통이 컸다. 알바가 끝나면 즉석에서 내 계좌로 알바비를 송금해 주었다. 내 휴대전화로 전송된 입금액에는 1 옆에 0이 일곱 개가 달려 있었다. 내가 입금액을 확인하면 효자가 버릇처럼 말했다.

"억만금도 한 자락 이야기만도 못하다는 걸 뼈저리게 느낀다오. 그대야말로 셰에라자드보다 위대하오. 영원히 화신話神으로 추앙하겠소."

그러면 나는 앵무새처럼 이렇게 화답했다.

"과찬의 말씀을! 굳이 언급하자면 이유가 없지는 않소. 십수 년 불철주야 절차탁마한 덕분이라고나 할까, 하하."

그러나 절차탁마의 장소는 말하지 않았다. 그러곤 놀람을 거드름으로 위장하며 당연한 듯이 헛기침을 뿌리며 거실을 나섰다.

내게도 그랬다. 억만금도 할머니가 있을 때만 가치 있고 의미가 있었다. 나는 할머니가 떠난 다음 날 바로 알바를 그만두겠다고 통보했다. 효자는 기겁하며 부디 재고해 달라고 사정했지만, 그땐 남의 사정을 돌아볼 여유가 없었다.

나는 거듭 양해를 구하고 일방적으로 전화를 끊었다.

*

효자는 내게 황제를 알현하듯 큰절을 올렸다. 그러곤 무릎을 꿇고 엎드려 울먹이며 말했다. 그동안 새 이야기꾼을 급히 구해 생부의 방으로 들여보냈으나 하나같이 효과가 미미하거나 없었다고 했다. 자식 된 도리로 극한의 고통을 호소하는 생부를 지켜보다 못해 염치 불고하고 찾아왔다며 부디 자신의 청을 거부하지 말아 달라고 읍소했다.

나는 돌아앉았다. 효자가 돌아앉은 내 앞에 잽싸게 무릎을 꿇었다. 그러곤 고해성사하듯 말했다.

"이놈은 대역죄인이오. 금욕에 눈이 멀어 양심을 팔았다오."

나는 다시 돌아앉았다. 효자가 다시 돌아앉은 내 앞에 무릎을 꿇고는 말을 이었다.

"어느 보스의 사주를 받아 불법 단체를 결성하고 여론을 조장하고……."

나는 다시 돌아앉았다. 효자가 다시 돌아앉은 내 앞에 큰절하고는 빠르게 덧붙였다.

"골리아스를 밀매했다오. 그 대가로 백두산 공기 포집 사업권을 따냈소."

"골리아스가 무엇이오?"

내가 돌아앉으려다 물었다. 그건 처음 듣는 소리였다. 효자가 다급히 침을 튀겼다.

"캡슐 형태로 만든 노인성 치매 예방용 건강 기능 식품이외다. 처음엔 정말 그런 건 줄 알았소. 나중에야 그게 건강 기능 식품으로 위장된 수명 단축용 일반 의약품이란 걸 알았다오. 그리고 그걸 한 번 복용하면 자의적으로는 절대로 끊을 수 없는, 매우 중독성이 강한 마약성 제품이라는 것도 그때야 알게 되었다오. 생부도 그걸 복용했소. 그 사실을 알고 강제로 중단시켰더니 빠르게 파노라마 두 통이 찾아왔소. ……부친도 내년이 이주 해라오. 그때까지만이라도 고통 없는 삶을 선물해 드리고 싶소. 부디 불초자의 청을 뿌리치지 말아 주시오."

말을 마친 효자는 어깨를 들썩이며 조선시대 인조처럼 차가운 마룻바닥에 고두叩頭했다. 효자의 눈과 코에서 흘러내린 물이 마룻바닥을 뜨겁게 가르며 강을 만들고 있었다. 결국 내가 졌다. 그의 진정성과 고두 때문이 아니었다. 그 순간 할머니의 젖은 방석이 떠올랐고, 그 방석이 시나브로 내 마음의 옭매듭을 풀었다. 단, 하고 내가 말했다.

"대가는 받지 않겠소. 대신 그대를 도구로 쓰고 싶소. 허락할 수 있겠소?"

효자가 일어나 큰절을 올리며 황송한 표정으로 말했다.

"허락만 해 주신다면 이놈의 몸뚱어리는 어떻게 써도 상관없소이다."

나는 일주일 뒤 방문을 약속하고 그를 돌려보냈다.

*

'불나비'라는 낯선 단체 명의의 홍보물을 접한 것은 그 무렵이었다. 효자의 집을 방문하고 돌아오던 길이었다. 효자가 하루가 급하다고 젖 뗀 아이처럼 칭얼거리는 바람에 나는 일정을 앞당겨 효자의 집을 방문했다. 이동하는 차 속에서 나는 그를 도구로 한 이야기를 급하게 완성했다. 효자는 귀마개를 하고 거실 소파에 앉아 있고 두통 환자는 통증을 견디다 못해 우우우 태풍 휘몰아치는 소리를 내지르며 손톱으로 벽을 긁고 있었다.

나는 응급 처방으로 이제 쓸모를 다한 고환 하나를 결딴내어 통증을 분산시켰다. 그리고 환자를 침대에 결박하고 입에는 거즈를 물렸다. 환자의 충혈된 눈이 복어의 배처럼 부풀어 오르기 전에 서둘러 효자를 포박해 거리로 끌고 나왔다.

거리에는 때마침 벚꽃을 즐기려는 상춘객으로 장관을 이루고 있었다. 나는 목줄을 채운 효자를 개처럼 끌고 다니며 외쳤다.

이보시오, 이자를 좀 보시오. 이자는 황금에 눈이 멀어 양심을 팔고 제 아비를 극한의 두통에 빠뜨린 자요. 이자는 자신의 사욕을 채우기 위해 불법 단체를 결성하고 여론을 왜곡하고 마약성 의약품을 밀매했소. 능지처참해도 시원찮을 이중인격자란 말이오. 그래도 이놈은 돈복이 많다오. 여기 잘 벼른 칼을 준비해 두었소. 정녕 부자가 되기를 원한다면 이자의 신체를 하나씩 잘라 가시오. 액세서리처럼 몸에 지니면 큰 부자가 된다오. 잘라가는 자에겐 사은품으로 황금색 봉투 하나씩 드리겠소.

긴가민가하고 눈치를 보며 쭈뼛거리는 군중을 향해 나는 더욱 소리를 높였다.

용기가 삶을 바꾼다오. 어서 서두르시오. 이자의 몸뚱어리가 무한히 증식하는 괴물이 아니라오. 선착순 열 명만 받겠소. 자자 어서 서두르시오. 용기가 부자를 만든다오.

그때 웨딩 촬영하러 나온 작고 예쁘장한 예비 신부가 드레스 소매를 걷어붙이더니 용감하게 칼을 집었다. 내가 말했다.

한 가지 팁을 드리겠소. 죄인이 심한 고통에 몸부림칠수록 더 큰 부자가 된다오.

이번에는 바랑을 걸머진 승려가 합장하며 나무 관세음보살을 읊조리더니 칼을 집었다. 그러자 너도나도 다투듯 칼을 집었다. 순식간에 칼이 동났고, 칼을 든 군중들이 효자 주위를 에워쌌다. 서로 좋은 자리를 차지하려고 자리다툼이 치열했다.

곧 효자의 눈알이 파이고, 코와 귀와 혀가 잘리고, 심장과 성기와 내장이 뜯기고, 이빨이 송두리째 뽑혔다. 효자의 비명이 벚꽃을 흩날렸다. 뒤늦게 합류한 군중들이 자신의 소심함을 자책하며 피부와 손가락과 발가락을 알뜰하게 잘라갔다. 마침내 벚꽃이 낭자한 광장에는 머리와 뼈만 앙상하게 남게 되었다.

그때였다. 어디선가 건장한 체격의 남자가 뚜벅뚜벅 걸어왔다. 남자는 하얀 제복을 입고 있었다. 낯이 익었다. 자세히 보니 접때 우리 집을 방문했던 그 집행관이었다. 그는 소지한 전기톱으로 효자의 머리를 서슴없이 켜 물컹거리는 뇌를 움켜쥐고 뜯어내기 시작했다. 그 순간 환자의 바지 위로 빠르게 물기가 배어 나왔다.

문밖에서 대기하던 효자가, 조금 전 자신의 몸뚱어리가 처참하게 난도질당한 줄도 모르고 환한 표정으로 들어왔다. 나는 이마의 땀을 훔치며 방을 나왔다. 뒤따라 나온 효자가 황금색 봉투를 내밀었지만, 나는 무시했다. 대신 열흘 뒤에 오겠다고 약속하고 효자의 집을 나왔다.

홍보물은 어떻게 알았는지 내 소셜 미디어 계정으로 들어와 있었다. 거기에는 본회 설립의 취지와 목적이 소개되어 있었고, 취지와 목적에 공감한다면 적극 동참해 달라는 내용이 덧붙어 있었다. 알고 봤더니 '불나비'는 나처럼 이주법에 따라 직계 존속과 생이별한 사람들이 의기투합해 결성한 단체였고, '불효 나눔 비상대책위원회'의 약칭이었다.

홍보물에 따르면 우리나라가 세계 최초로 100세 이상 초장수 노인 인구가 총인구의 5%를 초과했다는 통계청 발표가 이주법 제정의 기폭제가 되었다. 이들에 대한 특단의 대책을 마련하지 않으면 자칫 국가가 공멸할 수 있다는 위기감이 고조될 무렵, 때마침 우리나라가 세계 네 번째로 조성한 태평양 공해상의 인공섬이 각종 위락시설을 갖춘 휴양지로 개발되었다는 낭보가 전해졌다. 'K—DAI'로 명명된, 여의도 크기의 인공섬은 삼십 년 전에 조성되었지만 사람들의 기억에서 사라진 섬이었다. 그 보도가 나오자 초장수 노인을 그곳으로 이주시키자는 여론이 급속히 확산하기 시작했다. 여기에 연일 단골 메뉴로 등장하는 초장수 노인의 비행이 여론을 부추기는 기름 역할을 했다. 성폭력, 강도, 오토바이 폭주, 집단 패싸움 등 이들이 저지르는 비행은 과거 청소년 비행과는 비교가 안 될 만큼 대범하고 가공할 수준이었다. 여론이 비등하던 그 시기에도 초장수 노인들로 구성된 백여 명의 오토바이 폭주족들이 야밤에 경평고속도로를 질주하다 대형 사고를 일으켜 사회적 공분을 샀다.

호시탐탐 기회를 노리던 추진 세력들이 비등한 여론을 등에 업고 발 빠르게 이주법을 발의했다. 그들은 매년 천문학적 세금이 들어가는 초장수 노인을 위한 사회적 비용을 출산 촉진 정책에 집중 투자하면 '요람에서 무덤까지'라는 인류 염원의 실현과 출산율 획기적 제고라는 두 마리 토끼를 동시에 잡을 수 있다는 명분을 내세웠다. 그들의 인기는 하늘을 찔렀고, 추진 세력의 리더는 차기 대권은 떼어 놓은 당상이라는 말들이 공공연히 나돌았다.

이주법은 일사천리로 제정, 공포되었다. 이주법이 아니라 세계에서 유례가 없는 야만법이라며 대한노인회와 한국장수노인회를 비롯한 시민단체의 격렬한 반대가 있었지만, 사회 저변에 깔린 암묵적 동조와 거대한 흐름을 막는 데는 역부족이었다. 그들의 반대는 기껏 준비를 위한 유예기간을 2년에서 3년으로 연장하고, 시행 첫해 일괄 이주에서 3년간 단계적 이주라는 전리품을 얻는 데 만족해야만 했다. 올해가 시행 3년 차였다.

홍보물에는 '불나비'의 입장도 천명하고 있었다. 이주법은 충분한 사회적 합의 없이 졸속으로 제정된 만큼 반드시 철폐되어야 한다며, 그 근거로 우리나라가 총인구 대비 100세 이상 초장수 노인 비율이 세계에서 가장 높긴 하지만 아직 국가 근간을 흔들 정도의 수준이 아니라는 것과 여론조사 기관에서 발표하는 여론이 심각하게 부풀려진 데다 초장수 노인의 비행이 언론에 의해 침소봉대되었다는 점을 들었다. 이를 위해 뜻을 같이하는 모든 세력과 연대해 소기의 목적을 달성할 때까지 가용 가능한 모든 수단을 동원해 투쟁할 것임을 천명했다.

가슴이 뜨거워지는 순간이었다.

*

나는 다음 날 '불나비' 사무실을 찾아갔다. 사무실은 중구 무학동의 오래된 빌딩 5층에 있었다. 열 평 남짓한 사무실은 거창한 이름에 비해 한눈에도 초라하고 허름해 보였다. 사무실 전면에는 태극기가 붙어 있고 그 아래 '효도는 나누면 배가 되고 불효는 나누면 반이 된다!'라는 현수막이 가로로 펼쳐져 있었다.

내가 방문했을 때, 몇몇 회원들이 소파에 마주 앉아 담소를 나누는 중이었다. 모두 나이 지긋한 어르신들이었다. 나는 방문 이유를 말하고 '불나비'에서 필요하면 나를 도구로 써 달라고 부탁했다.

요즘 세상에도 이런 젊은이가 있냐며 모두 쌍수를 들어 환영했다. 나는 즉시 입회원서를 작성하고 기꺼이 입회를 허락해 준 고마움의 뜻으로 가지고 간 황금색 봉투 하나를 내려놓고 나왔다.

나올 때 보니 사무실 출입문 옆 게시판에는 이주법 제정에 주도적 역할을 한 세력들의 사진이 상세히 열거한 이력과 함께 현상 수배자처럼 붙어 있었다. 모두 방송 매체를 통해 자주 접했던 얼굴들이었다. 나는 한 사람씩 셔터를 눌렀다. 방문하기를 잘했다 싶었다. 효자의 집을 방문할 때마다 세력들을 하나씩 도구로 쓰면 당분간은 그 문제로 고민하지 않아도 될 것 같았다.

사흘 뒤 사무실로 와 달라는 요청을 받고 갔더니 사무실이 꽉 찰 정도로 회원들이 모여 있었다. 내가 들어서자 일제히 기립해 박수했다. 나는 잠시 뒤 그 이유를 알았고, 알고 나자 얼굴이 붉어졌다.

"부끄럽습니다. 필요하면 또 가져오지요."

내 말에, 아까보다 더 우렁찬 박수가 쏟아졌다. 즉석에서 내게 천만인 서명 추진위원장이라는 중책이 맡겨졌다. 나를 도구로 써 달라고 부탁한 터여서 나는 기꺼이 그 직책을 수용했다.

나는 그날 당장 추진위원들과 함께 광장에 투입되었다. 광장은 쌀쌀한 날씨임에도 많은 행락객과 다양한 이익집단들로 흡사 도떼기시장 같았다. 그날의 서명 목표는 백 명이었다. 고작 백 명? 나는 내심 조소했지만, 현장 분위기는 비참했다. 숫제 이주법을 모르는 사람이 태반이었고, 추진위원들의 꼼꼼한 설명을 듣고도 이해 안 된다는 표정들이었다.

"나라에서 돌아가실 때까지 공짜로 먹여 주고 재워 주고 호강시켜 주는 건데, 좋은 법 아닌가요?"

"그 정도 사셨으면 반도를 물려 주는 게, 당연하지 않나요?"

젊은이들일수록 그 강도가 심했다.

그래도 이건 아니지 않느냐고 설명하며 설득해도 오히려 우리 일행을 구시대 별종으로 취급했다. 내가 없는 사이 세상이 광속으로 바뀌었음을 실감했다. 끝내 목표의 반의반도 채우지 못하고 철수했다. 다음 날도, 그다음 날도 마찬가지였다.

광장만 그런 게 아니었다. 전국 각 지부에서 올라온 반응도 엇비슷했다. 온라인 세상은 더했다. 젊은이들이 많이 참여하는 플랫폼과 커뮤니티에는 오히려 이주 연령을 95세 정도로 낮춰야 한다는 의견이 대세를 이루고 있었다. 그래야만 선진국 인구 구성 비율과 얼추 맞아떨어진다는 논리였다. 중년이나 가정주부가 주 참여층인 플랫폼과 커뮤니티도 크게 다르지 않았다. 나이만 조금 달랐을 뿐, 더 낮춰야 한다는 의견이 지배적이었다.

나는 충격을 받아 한동안 멘붕이 되었다. 꼭 악몽을 꾸고 있는 것만 같았다. 충격은 그것만이 아니었다. 심각한 부작용과 위험성이 드러났음에도 골리아스를 급구한다는 광고가 나이 단축 못지않게 게시판을 뜨겁게 달구고 있었다. 누리꾼들이 올린 댓글은 더 충격적이었다. 한결같이 노인성 치매 예방에 탁월하다는 반응들이었다. 개중에는 발기부전에 환상적이라는 선동적인 글도 있었다.

　고민 끝에 나는 사무실로 찾아가 온오프라인의 분위기를 전하며 전략 수정을 건의했다. 그러나 지도부는 요지부동이었다. 이미 예상한 일이라며 투쟁에는 성과 못지않게 명분이 중요하다는 점을 강조했다.

　　　　　　　　　　　　*

　노선 문제로 고민이 깊어질 무렵, 불청객이 나를 찾아왔다. 효자의 급한 연락을 받고 대문을 나서던 길이었다. 그들은 차콜그레이 스리피스 정장 차림에 빵모자를 쓰고 짙은 색안경을 끼고 있었다. 왠지 느낌이 안 좋았다. 내가 무시하고 지나치는데, 똥배 나온 사내가 허구암 선생! 하고 나를 불렀다. 그자들이 내 이름을 알고 있다는 게 불쾌했다. 긴히 상의드릴 말씀이 있다며 잠시 시간 좀 내달라고 내 앞을 가로막았다.

　"급히 갈 데가 있소."

　나는 둘 사이를 가르마처럼 가르며 단칼에 거절했다. 사실이지만, 그자들을 따돌릴 목적이 더 강했다. 시간 좀 내어달라는 인간치고 득 되는 인간은 별로 없다. 그러자 똥배가 말했다.

　"그럼, 돌아올 때까지 기다리겠소."

　보매 아주 검질긴 작자 같지는 않았다. 이런 치들은 기를 팍 꺾어버리는 게 상책이었다. 나는 아예 엄두를 못 내도록 대못을 박았다.

"그것까지 내가 뭐라 할 입장이 아니오만, 지금 가면 일 년 뒤에 나 돌아온다오."

내 말에, 뜻 모를 웃음이 등 뒤로 소나기처럼 쏟아졌다.

효자는 오줌 마려운 강아지처럼 거실을 바장이고 있었다. 효자는 나를 보자 두 손을 손금이 닳도록 비비며 엄살을 떨었다. 웬만하면 버텨보려 했지만, 발작이 점점 빨라지고 있다고 징징거렸다. 나는 효자의 말을 무시하고 갤러리 앱을 열어 세력들 중 넘버 원의 사진을 보여 주며 저번에 말한 보스가 이자냐고 물었다. 효자가 고개를 끄덕였다. 나는 앱을 닫고 환자의 방으로 들어갔다. 두통 환자는 침대 위에서 똥구멍을 높이 쳐들고 두 손으로 머리를 감싸고 있었다. 온몸을 신 내린 대나무처럼 떨었다.

나는 남은 고환을 마저 결딴냈다. 그리고 환자를 그 자세로 고정시킨 뒤 넘버 원과 효자를 나란히 입장시켰다. 장소는 서울 드림돔이었다. 한국시리즈 7차전을 관전하기 위해 6만 관중이 관중석을 가득 메우고 있었다. 넘버 원과 효자가 웨이팅서클에 모습을 드러내자 장내 여자 아나운서가 들뜬 목소리로 분위기를 띄웠다.

"오늘은 시구 시타 대신 아주 이색적인 깜짝 이벤트를 준비했습니다. 오늘의 이벤트는 로마 시대 가장 대중의 사랑을 받았던 무르

밀로와 레티아리우스의 검투 경기보다 더 스릴 넘치고 흥미진진한 데스매치 '진실 게임'입니다."

소개가 끝나자 장내는 열광의 도가니였다.

나는 둥둥둥 북소리에 맞춰 웨이팅서클에서 대기하고 있던 넘버 원을 투수 마운드에 불러세웠다. 넘버 원은 죄수복 같은 오렌지색 옷을 입고 있었다. 흥분한 몇몇 관중들이 종주먹을 내지르며 외쳤다. 진실을 모독한 자, 벌건 쇳물을 먹여라!

내가 넘버 원의 이력과 죄명을 낱낱이 열거했다. 그리고 물었다.

그대는 죄를 인정하는가?

노! 넘버 원이 여유 있게 웃으며 오른손 검지를 흔들었다. 그리고 덧붙였다.

나, 차대수는 결단코 그런 사실이 없소이다. 내 이름을 걸고 하늘에 맹세하오.

내가 다시 물었다.

그대의 말이 거짓이면 어떤 심판도 달게 받겠는가?

그렇소, 하고 넘버 원이 능글맞은 프로 레슬러처럼 웃었다.

종주먹을 내지르는 관중의 수효가 급속히 늘어났다. 진실을 모독한 자, 쇳물도 아깝다. 벼락으로 쳐 죽여라. 쳐 죽여라. 쳐 죽여라!

나는 웨이팅서클에 서 있는 효자를 증인으로 불렀다. 효자는 사제복 같은 검은색 옷을 입고 있었다.

증인은 있는 대로 숨김없이 고하시오.

나의 말에 효자가 차분한 어조로 말했다.

이자의 사주를 받아 불법 단체를 결성하고 여론을 조장하고 골리아스를 밀매했소. 그 대가로 백두산 공기 포집권을 따냈소. 지금 참회하고 있으며 내가 저지른 죄는 그 벌이 무엇이든 달게 받겠소.

넘버 원이 펄쩍 뛰었다.

본인은 증인을 본 적도 만난 적도 없거니와 단 한 번도 통화한 적이 없소이다. 그런데 사주했다는 게 말이 되오?

넘버 원은 억울하다는 제스처까지 써가며 게거품을 물었다.

효자가 다시 사주한 장소, 날짜와 시간, 정황 등을 구체적으로 증언했지만 넘버 원의 태도는 기세등등했다.

나는 넘버 원과 효자에게 세 번의 기회를 주었다. 그러나 효자와 넘버 원은 기존의 입장을 굽히지 않았다. 장내는 폭발 직전의 활화산처럼 들끓었다.

마침내 내가 말했다.

좋소. 그럼, 하늘의 심판을 받아보겠소. 이의 없소?

넘버 원과 효자가 동시에 고개를 끄덕였다.

두웅두웅, 북소리와 함께 돔 지붕이 천천히 지옥문처럼 열리더니 그리로 한 줄기 빛이 천둥을 타고 내려왔다. 빛줄기는 꿈틀꿈틀 몇 바퀴 장내를 휘감으며 돌았다. 그럴 때마다 관중은 아우성과 환호로 물결쳤다. 네댓 차례 관중의 애간장을 녹이던 빛줄기가 효자의 입속으로 들어가는가 싶더니 순간적으로 방향을 틀어 넘버 원의 입속으로 돌진했다. 넘버 원의 비명이 장내를 강타했다. 빛은 거기서 멈추지 않았다. 혀를 송두리째 태워버린 빛줄기가 넘버 원의 몸을 소용돌이처럼 휘감으며 닥치는 대로 공격했다. 삽시간에 넘버 원의 몸뚱어리는 뺑뺑 구멍이 뚫려 너덜너덜한 걸레가 되었다.

마침내 귓속으로 파고든 빛줄기가 머리를 풍선처럼 부풀려 폭파하자 노인이 몸을 뒤틀며 오줌을 쌌다. 성공이었다. 밖에서 대기하고 있던 효자가 얼굴의 땀을 훔치며 들어왔다. 효자가 내 몸을 격하게 끌어안았다. 효자의 입에서 양파 썩는 냄새가 났다.

나는 얼른 밖으로 나왔다. 뒤따라 나온 효자가 제발 봉투를 받아 달라고 사정했다. 알바비를 받지 않겠다고 선언한 뒤부터 효자는 송금 대신 황금색 봉투를 내밀었다. 그 속에는 계좌 송금액과 같은 금액의 골드 카드가 들어 있었다. 나는 단호하게 계속 추근대면 방문을 중단하겠다고 을러멨다. 질겁한 효자는 그만 얼음땡 놀이 하는 아이처럼 얼음이 되었다.

*

불청객은 그때까지 내 집 앞에 죽치고 있었다. 생각보다 고집이 좀 있는 작자들이었다. 그러나 나는 투명 인간 취급하고 쪽문을 밀고 들어갔다. 사내들이 그림자처럼 달라붙었다. 할머니가 애지중지하던 해피가 작자들을 보기 좋게 퇴치해 주기를 바랐지만, 왠지 짖지도 않고 멀뚱히 바라보기만 했다.

나는 마루의 소파를 가리켰다.

빵모자와 색안경을 벗으니 노인이었다. 한 사람은 일흔이고 다른 한 사람은 예순여섯이라고 했다. 일흔이 소파에 앉자마자 명함을 내밀었다. '불나비' 소속으로 활동하다가 노선 이견으로 탈퇴했다고 자신을 소개했다. 그리고 탈퇴한 뒤 뜻을 같이하는 동지들을 규합해 새 단체를 조직했다고 부연했다. 명함에는 'WAY 비상대책위원회 회장 장만대'라고 찍혀 있고, WAY 밑에는 Where Are You가 작은 글씨로 부기되어 있었다.

일흔이 말했다. 이주법은 이미 엄연한 현실이 되었다. 지금 와서 야만법 운운하며 폐지를 주장하는 것은 현실을 고려하지 않은 근시안적 처사다. 아무리 훌륭한 명분도 현실이 뒤받쳐 주지 못하면 공허한 구호에 불과하다. 정부에서 발표한 'K—DAI'도 신뢰하기 어렵다는 게 우리 측 입장이다. 일설에 의하면 'K—DAI'는 태평양 공해상에 존재하는 게 아니라 메타버스에서만 존재한다는 소문도 있다. 삼십 년 전, 그 섬이 조성되었다는 발표가 있을 때부터 초장수 노인을 그곳으로 이주시키기 위한 거대한 프로젝트가 은밀히 진행되고 있었다는 설도 있다.

일흔은 그 대목에서 갑자기 하던 말을 멈추고 급히 화장실을 찾았다. 나는 턱으로 화장실을 가리켰다. 일흔이 두 손으로 불알을 감싸고 부리나케 내달렸다. 회장은 전립선 비대증으로 급박뇨 증세가 있다고 예순여섯이 귀띔했다.

화장실을 다녀온 일흔이 하던 말을 계속했다. 고루한 '불나비'와 달리 우리 'WAY'의 입장은 명확하다. 이주법을 실정법으로 인정할 테니, 대신 연 1회 이주자에 대한 면회를 허용해 달라. 만일 정부에서 우리의 요구를 들어준다면 일석이조의 효과가 있다. 이주자와의 상봉의 꿈도 이루고 'K—DAI'의 불신도 날려버릴 수 있다. 이런 'WAY'의 목표를 달성하기 위해서는 유능한 당신이 절대적으로 필요하다. 바라건대 부디 우리 위원회에 동참해 달라. 말을 마친 일흔이 내 말을 기다리듯 소파에 등을 기대고 가만히 눈을 감았다.

나는 비로소 그들이 나를 찾아온 까닭을 알았다. 나는 말없이 일어났다. 그리고 금고 안에 차곡차곡 쌓아둔 황금색 봉투 하나를 꺼내 그들 앞에 내려놓았다.

"필요하면 언제든 찾아오시오."

내 말에 일흔이 구십도 각도로 세 번 고개를 숙였다. 봉투를 신물처럼 받들며 한 번, 마루를 나서며 한 번, 대문 앞에서 마지막으로 예순여섯과 나란히 서서 한 번.

그 후, 일흔과 예순여섯은 수시로 대문의 벨을 눌렀다.

*

광장은 날이 갈수록 극심한 몸살을 앓고 있었다. 자신들의 존재감을 드러내기 위해 구호, 연설, 퍼포먼스, 풍물놀이도 서슴지 않았다. 주말 오후면 각처에서 몰려든 단체들로 성시를 이루었다. 유리한 자리를 차지하기 위한 쟁탈전도 치열했다. 열성 단체들은 노른자위 장소를 차지하기 위해 밤을 새우기도 했다. 그들은 광장을 숫제 자기 집 안마당쯤으로 여겼다. 주변의 불편이나 손해 따윈 아랑곳하지 않았다. 정착민의 눈살은 어린애 잠투정쯤으로 치부했다. 광장의 고유 기능이 소통, 분출, 법석이라면 광장이야말로 세계에서 가장 모범적인 사례라고 외신 기자들은 다투어 극찬의 기사를 송고했다.

이주법 관련 단체들도 주말이면 광장에 경쟁적으로 합류했다. 그 무렵에는 이주법을 둘러싼 백가쟁명식 단체들이 우후죽순처럼 생겨났다. 폐지파, 대안파, 유지파, 개정파. 폐지파는 즉시 폐지파와 단계적 폐지파, 대안파는 이주자에 대한 면회파와 영상통화파, 유지파는 금전 보상파와 공직 특채파, 개정파는 95세 이상 이주파와 90세 이상 이주파 등으로 나뉘었다. 즉시 폐지파인 '불나비'도 이에 질세라 주말마다 구호가 적힌 현수막과 피켓을 들고 광장으로 진출했다.

5월 첫 주말. 각 단체마다 총동원령이 내려진 그날 오후의 사태는 광장의 역사상 가장 큰 오점으로 기록될 것이다. 단초는 불행하게도 '불나비'가 제공했다. 광장이 성냥불을 그어대면 금세 폭발할 것 같은 긴장감이 최고조에 달할 무렵, '불나비' 측에서 치밀하게 준비한 퍼포먼스를 감행했다. 이주법 추진 세력들에 대한 화형식이었다. 낌새를 눈치챈 반대파 단체들이 항의하며 일제히 중지를 외쳤다.

그래도 '불나비' 측은 눈 하나 깜짝하지 않았다. 세력들의 죄목이 하나하나 열거되며 불을 지피는 순간, 맞은쪽 90세 이상 이주파 사람들이 들개처럼 돌진했다. 광장은 순식간에 아수라장으로 변했다. 다중이 다중을 공격하는 진흙탕 싸움이 수습 불능의 사태로까지 번지자 그제야 경찰들이 바쁘게 움직였다. 그러나 이미 이성을 상실한 다중들을 경찰의 미지근한 대처로 막기에는 역부족이었다. 세계로부터 선망의 대상이었던 광장이 지옥이 되는 데는 단 몇 시간이면 충분했다.

이건 아니다, 하고 나는 생각했다. 그 순간 두통 노인이 떠올랐다. 노인의 머릿속이 꼭 광장의 축소판처럼 느껴졌다. 노인의 머릿속을 해부하면 꼭 저런 모습일 것 같았다. 그런 생각이 미치자 불현듯 기막힌 생각이 떠올랐다.

나는 조용히 광장에서 물러났다. 그길로 효자 집으로 갔다. 효자는 오랜만에 거실 소파에 앉아 봄날의 평화를 즐기고 있었다. 효자는 나를 보자 놀라움과 의구심으로 눈이 풍선껌처럼 부풀어 올랐다. 내가 다짜고짜 물었다.

"가용 재산이 얼마쯤 되오?"

"왜 그러시오?"
효자가 눈을 둥그렇게 떴다가 되물었다.
"혹시 그걸 인류 평화에 투자할 의향이 없소?"
내가 다시 단도직입적으로 물었다.
"대체 어디에 쓰려고 그러시오?"
효자는 더욱 궁금한 표정으로 나를 건너다봤다. 내가 말했다.
"언제까지 원시적 방법으로 두통을 치료할 수야 없는 일 아니오. 겉으로 드러나지 않았을 뿐, 보나 마나 그대의 생부와 같은 두통 환자들이 부지기수일 것이오. 방금 광장에서 돌아오는 길이오. 광장은 노인장의 두통보다 더 끔찍했소. 그래서 생각해 냈소."
그리고는 차근차근 내 머릿속 구상을 설명하기 시작했다. 차분히 내 구상을 들은 효자가 환호작약했다. 그리고 쿨하게 말했다.
"역시 그대는 화신이구려. 좋소. 내 전 재산을 투자하겠소. 어림잡아 수조 원은 될 것이오. 화신의 꿈이 하루속히 이루어지길 바라오."

*

그리고 십 년의 세월이 흘렀다.
나와 효자가 의기투합해 창업한 제약회사에서 세계 최초로 꿈의 신약을 개발했다. 원인 규명 불가의 두통뿐 아니라 불신, 음모,

반목, 분열, 분쟁 등에도 탁월한 효과가 있는 스토리 캡슐. 그것은 복용 즉시 증상에 따라 효과적으로 반응하는 이야기가 청각에 익숙한 언어로 자동 번역되어 빠르게 침투하는 특성을 지니고 있었다. 캡슐의 원료는 세계 초일류 이야기꾼 일만여 명이 십 년간 창작한 이야기가 총망라됐다.

약명은 다비드. 공모한 약명 후보군 중에서 개발에 참여한 이야기꾼들을 대상으로 한 온라인 투표에서 결정되었다. 다비드는 '지구촌의 모든 가정이 다 비치해 두고 드시는 약'이란 뜻의 줄임말이다.

지금 FDA의 승인을 기다리고 있다. 만일 우리의 원대한 계획과 꿈이 현실이 된다면 '다비드'는 '골리아스'로부터 지구촌의 미래를 구원한 인류 역사상 전무후무한 명약으로 기록될 것이다.

□해설

사랑을 위하여
―이연주 소설집 『사랑의 저편』에 부쳐

박덕규(소설가·문학평론가)

1. 사랑의 층위

 인류가 지구에서 수천만 년을 두고 진화해 오면서 오늘날과 같은 문명을 구축하고 살아올 수 있었던 까닭은 무엇일까? 이에는 인간끼리의 집단화로 생존의 안정을 꾀하고, 협업을 통해 기술개발을 거듭해 인간이 살기 좋은 환경을 만들어 온 것이라는 답이 가능하겠다. 그러나 이는 결과론이라 할 만하다. 무엇보다 인간이 지구상의 그 어떤 종족보다 서로 연대하는 능력을 크게 발휘해 왔다는 점, 이 능력이야말로 문명 창출의 근원이라는 점에 대해서 보충 설명이 있어야 보다 근원적인 답변을 구할 수 있을 듯하다.

 다른 동물들도 서로 연대하면서 산다. 이에 비해 인간은 그 연대의 범위가 넓고 깊다. 가령 인간은 태어나면서부터 부모의 무조건적인 위함을 받는데 그 기간과 정도에서 다른 동물에 비할 바가 아니다. 자식 양육에 관한 한 인간처럼 오래 헌신적인 동물은 없다. 그 양육 과정에서 조부모나 형제 나아가 이웃들의 '협력적 양육Cooperative Breeding'의 범위도 꽤나 두텁다. 이때 미성숙한 아이가 자립할 수 있을 때까지 받는 이러한 보살핌의 정서는 특별히 '사랑Love'이라는 용어로 정의하는 게 인간 사회의 언어 관습이다. 인간은 누구나 장기간의 절대적 사랑 속에서 성장한다. 그리고 그 자식들은 이후 그 스스로 사랑의 주체자로서 사랑을 실천하고 나아가 다시 그들끼리 사랑으로 결속해 새로운 가족을 이루어 사랑을 세습한다.

인간은 사랑을 통해 생명을 이어가고, 사랑 안에서 그 생명을 사회 속에서 통합해 왔다. 인류의 역사는 사랑의 확장 과정이라 할 수 있다. 부모·자식 간의 사랑, 이성 간의 사랑을 기반으로 서로 위하고 아끼는 사랑의 감정은 이웃을 향하고 모르는 대상을 향한다. 인류는 그 사랑을 기반으로 한 이타성과 배려, 협력을 발휘해 생존에 유리한 조건을 만들어 공존해 왔다. 사랑은 인류를 이어 주는 연결고리이며, 인류 사회를 지속시키는 조건이자 나아가 그 존재의 이유이기도 하다.

고대 그리스 철학을 빌리면 사랑에는 크게 네 개의 층위가 존재한다. 첫째는 상대에 대해 육체적이자 감각적으로 끌리는 욕망적 사랑의 단계 즉 에로스Eros가 그것이다. 둘째는 친구나 공동체 간의 상호 존중과 애정을 드러내는 우정과 동료애의 단계 즉 필리아Philia, 셋째는 신의 사랑처럼 무한하고 조건 없는 무조건적 사랑의 단계 즉 아가페Agape, 넷째는 부모 자식 간의 자연적이고 본능적인 가족적 사랑의 단계 즉 스토르게Storge가 그것이다.

사랑에 이러한 층위가 내재돼 있다 해서 그것이 각각의 것으로 따로따로 발현되는 것은 아니다. 가령 에로스만 하더라도 그것이 일차적으로 육체적 사랑에 국한하는 개념이기는 해도 결코 그것에만 그치지 않는다. 플라톤은 사랑을 감각적인 욕망에 그치는 것이 아니라 인간이 더 나은 존재로 나아가게 하는 상승적인 힘, '진리를 향한 열정'으로 발휘된다고 설명했다. 마르틴 부버는 인간은 '나―너'의 관계에서 '너'를 단순한 타인이 아니라 사랑과 공감 속에서 마주하는 인격적 존재로 대하면서 더욱 진화하는 관계로 나아간다고 했다. 에리히 프롬은 사랑은 감정이 아니라 '의지'로서 '지속적인 관심과 책임, 존중 그리고 지식을 수반하는 것'이라 했다.

부모가 자식을 위하는 것도 사랑이며, 애인을 구하는 것도 사랑이며, 모르는 사람에게 구원의 손길을 보내는 것도 사랑이다. 인간은 이런 사랑으로써 사회를 유지하고 협력을 통해 문명을 구축해 사회를 가꾸며 살고 있다. 그런데 동시에 이런 사랑의 질서를 위배하는 다양한 현상을 그 안에 내재하고 있음도 부정할 수 없다. 가정에서 사회에서 종족 간에 국가 간에 크고 작은 분쟁이 일어나면서 사람을 살상하는 일이 빈번히 일어나곤 한다. 인간이 하는 문학이나 예술은 어쩌면 인류가 '사랑 없는 인류'로 전락하는 것을 방지하려는 전략이자 보루인지도 모른다.

이연주 소설집 『사랑의 저편』은 표제작인 중편소설 「사랑의 저편」 외에 단편 「오래 머문 자의 비애」, 「그 무렵 세 친구」, 「선미와 미선」, 「창밖의 미래」를 수록하고 있다. 이들은 '사랑의 저편'이라는 제목이 시사하듯이 모두 '사랑'이라는 주제와 밀접한 관련을 맺고 있다. 이를테면 『사랑의 저편』은 환경 파괴에 따른 인류 종말론의 암운이 감도는 이 시기에 다시금 사랑의 소중함을 일깨우는 이야기로 읽힌다.

2. 숙명을 넘은 사랑

「사랑의 저편」의 주인공은 교수이자 소설가인 고악락이다. 어린 시절 생모로부터 버림을 받고 양부모 밑에 자라나 그 트라우마로 결혼을 거부하고 독신으로 살아온 처지다. 그러나 그에게도 사랑의 추억이 있었으니 정미옥이 바로 그 대상이었다. 정미옥은 고악락의 대학 2년 후배로서 같은 학교에서 교사 생활을 함께하면서 정을 나누었으나 더 깊은 관계로 진전되지 않았다. 다만 28년 뒤 그 학교에서 만나자는 약속을 하고 헤어진다. 고악락은 이후 정미옥의 단짝 차상희로부터 정미옥이 이후 외교관과 결혼하고 페루의 리마로 이주해 살고 있는 것으로 듣고 있었다. 28년 뒤 고악락은 정미옥과 약속한 장소로 나가는데 거기에는 정미옥 대신 정미옥의 딸 정사랑이 나타난다. 정미옥은 5년 전 이미 사망한 상태이며, 실은 그동안에 결혼한 적이 없음은 물론 한국을 떠나 산 적도 없음이 밝혀진다. 고악락은 큰 충격을 받는다. 게다가 정미옥의 딸 정사랑이 바로 자신과의 사이에서 난 딸임도 밝혀진다. 고악락은 그동안 정미옥을 사랑해 왔음을 깨닫게 된다. 마침내 두 사람은 영혼결혼식으로써 사랑의 완성을 이루게 된다.

고악락과 정미옥은 서로 사랑하는 사이였다. 게다가 어느 하룻밤 교분을 맺었으며 뒤에야 알게 되지만 정사랑이 그 둘 사이의 딸이다. 그럼에도 불구하고 두 사람은 살아서 더 인연을 맺지 않았다. 여기에는 두 개의 숙명이 개입되어 있다. 하나는 정미옥이 앓고 있던 치명적인 질병과 관련된다. 정미옥은 소아 당뇨라는 고질적인 병을 앓고 있었으며 이 때문에 결혼과 같은 일반적인 관계를 스스로 희망하지 않았다. 정미옥이 고악락을 사랑하면서도 끝내 마음을 열지 않고, 심지어 딸까지 얻었으면서도 독신을 택한 것은 이 때문이었다. 실제로 정미옥은 오십 나이에, 고악락과 다시 만나자는 약속을 지키지도 못한 채 세상을 떠난다. 정미옥의 이런 행동은 사랑이라는 관점에서 자신의 불행을 상대에게 전가하지 않고 스스로 감내한 자기희생이라 할 만하다. 이는 이타의 사랑 즉 아가페에 가까울 만큼 성스럽다 할 수 있다.

한편, 고악락 역시 독신주의자로 살았다. 한때 정미옥을 깊게 사랑한 적이 있으나 용기를 내지 못하고 그 주변을 얼쩡거리다 돌아섰다. 알고 보니 상대인 정미옥 역시도 고악락 주변을 맴돌다 돌아섰고 결국 둘은 영원한 이별로 접어들었다. 그 결과 정미옥이 죽은 뒤에 상봉한다. 그런데 단 하룻밤 교분의 결과로 딸이 태어나 있었고 그 딸은 이제 두 사람이 약속한 나이인 28세다. 스토리로 보면 가히 숙명 같은 사랑이 아닐 수 없다. 정미옥이 결혼을 바라지 않은 것은 소아 당뇨 때문이었다. 반면 고악락이 정미옥을 열렬히 사랑하면서도 다가가지 못한 까닭은 생모에게 버림받은 상처 때문인 것으로 보인다. 그런데 특별한 것은 어린 고악락을 버리고 떠난 생모가 정미옥과 거의 흡사한 얼굴을 하고 있었다는 사실이다.

고악락은 자신을 키운 양모가 돌아가자 수목장으로 모신 뒤 유품을 정리했다. 그 유품 속에서 뜻밖의 사진을 발견했다.

한눈에도 정미옥이었다. 이 사진이 왜 여기에 있을까. 고는 의아해 사진첩에서 빼내 들여다보았다. 다시 봐도 정미옥 같았다. 그러나 다음 순간 고는 움찔했다. 사진 뒷면 모서리에 자그맣게 쓰인 글자가 눈에 들어왔기 때문이었다. 락의 생모(1969.3). 푸른 잉크가 번진 글자는 양모의 글씨였다.

—「사랑의 저편」에서

고악락의 양모가 사진 뒤에 써 놓은 1969년 3월은 생모가 고악락을 절에 맡긴 때였다. "아직 국민학교에 들어가기 전"이었지만, "기억 속에 어제처럼 또렷이 각인"되었다. 생모는 어린 고악락의 손목을 스님에게 넘기며 "다섯 밤 자고 데리러 오겠다"고 약속했다. 그러나 생모는 "다섯 밤의 다섯 번이 지나도" 약속을 지키지 않았다. 그해 여름, 고악락은 양모의 손에 이끌려 그 절을 떠났다. 사진은 바로 그때의 것이었다. 생모의 얼굴이 자신이 사랑한 정미옥을 그대로 닮아 있었다는 이 사실은 고악락의 성장 과정에서 깊은 무의식으로 작동했음이 분명하다.

 서로 사랑하는 사이로서 서로의 곁을 떠돌기만 하다가 이루지 못한 사랑이라면 이는 사랑의 상실이라 할 만하다. 그러나 「사랑의 저편」은 여기서 끝나지 않는다, 정미옥은 고악락을 사랑하면서도 소아 당뇨라는 치명적인 질병으로 자신이 오래 살지 못할 것을 알고 물러선다. 게다가 미혼 출산이라는 사실을 숨기기 위해서 거짓 결혼을 알리고 이민을 간 것으로까지 위장하면서였다. 반면 고악락은 정미옥에 대한 간절한 욕망을 잠재우고 스스로 물러나 평생을 독신으로 살아왔다. 생모가 약속하고 이를 저버린 다섯 밤, 즉 5자를 멀리할 정도로 깊은 트라우마를 안고서다. 자신의 딸이 생겨나 있는 것도 정미옥이 죽고 나서 알게 되었다. 그리고 그 둘은 영혼의 결혼을 이룬다.

 이제는 돌아와 포도밭 앞에 선 동백나무 연리목이 되는 것. 그들 사이엔 견우와 직녀를 이어준 은하수보다 유장한 소설이 있었고, 다섯 밤과 제1형 당뇨가 오히려 그들에겐 크나큰 축복이었네. 먼 훗날, 혹 지나가는 누군가가 적승계족赤繩繫足의 연리목을 보고 전설처럼 그렇게 말해 주면 더 바랄 게 없고…….

―「사랑의 저편」에서

적승계족赤繩繫足은 혼인의 인연을 맺어 주는 일을 뜻한다. 전설에 따르면 월하노인月下老人이 붉은 끈을 가지고 다니다가 인연이 있는 남녀가 있으면 그들이 모르게 그 끈으로 다리를 매어 놓는데, 그렇게 되면 어떤 경우라도 반드시 부부가 된다고 한다. 고악락과 정미옥은 그렇게 부부의 연을 맺음으로써 숙명을 넘어서는 사랑의 결실을 이룬다. 「사랑의 저편」은 이처럼 일찍이 사랑의 버림을 당한 한 남자가 평생 그 상처 속에 살면서도 그 무의식 속에 존재하는 근원적 그리움으로 사랑을 찾은 이야기라 할 수 있다.

3. 사랑의 단상

「오래 머문 자의 비애」의 주인공은 시인이자 독립운동가인 이달영이다. 작중에는 이미 죽은 인물로 한 공원에 전신 좌상 동상으로 세워진 상태다. 부잣집 맏아들로 태어난 이달영은 생전에 패륜적 삶으로 재산을 축내다 급성 심근경색으로 사망한 것으로 알려졌다. 당연하게도 주위의 원성과 비난을 한 몸에 받은 인물이기도 하다. 그러나 한 세대가 지난 뒤 그 평가는 180도로 달라져 있다. 이달영이 생전에 행한 패륜적 행동이 실은 독립군들에게 독립 자금을 은밀히 전달하기 위한 위장이었음이 밝혀진 것이다. 한 사학자가 이를 밝혀냈고, 이를 바탕삼아 이달영의 업적이 크게 인정되었으며 마침내 그 집 근처의 공원에 동상이 세워진 것이다. 그런데 동상은 그렇게 세워졌으나 갈수록 그 명분은 퇴색되고 있는 중이다.

그동안 공원 관리자만도 열 번 이상 바뀌었다. 지역 정치인들도 뻔질나게 드나들며 동상의 가치를 치켜세우곤 했지만 결국은 모두 생색내기에 급급할 뿐이었다. 게다가 동상이 파수꾼으로서 지키고 있는 공원은 참으로 목불인견이다.

공원은 세상의 축소판이다. 세상에서 일어나는 모든 일은 이 공원에서 다 일어난다고 보면 된다. 살인, 강간, 상해, 사기, 투전, 절도, 음모, 배신, 연애, 이전투구, 시위. 더구나 겨우내 움츠러들었던 광기가 분출하는 요즘엔 하루도 빤한 날이 없다. 그저께 밤에는 어느 외국인 이주노동자가 동거녀를 살해하고 훼손한 시신을 이곳 도린곁에 유기한 사건이 있었고, 간밤에는 내가 빤히 보고 있는 눈앞에서 목불인견의 사건이 발생했다.

―「오래 머문 자의 비애」에서

이런 공원에서 동상 이달영은 공원에 유기된 고양이와 친분을 유지하며 공원의 파수꾼으로서의 역할을 다하려 한다. 그러나 동상으로서 실제의 행동으로 참여할 수 있는 일은 아무것도 없다. 그저 환멸만 느낄 뿐이다. 이달영이 바라는 것은 이제 자신의 원고향 즉 무덤으로 들어가는 것뿐이다.

롤랑 바르트는 사랑하는 사람을 기다리는 순간은 고통스럽고,

혼자 있는 시간은 그 자체로 하나의 서사라 했다. 「오래 머문 자의 비애」에서 독립운동가 이달영의 비애는 이를테면 '혼자 있는 서사'다. 그것은 현실에서 타락한 세상에 대한 한없는 절망의 시간이지만 역설적으로 타락한 세상을 구원하려는 거룩한 민족애를 상징한다. 「오래 머문 자의 비애」는 표면적으로는 '비애'를 그리지만 그것은 이 나라 이 민족에 대한 절절한 사랑의 다른 이름이다.

「그 무렵의 세 친구」는 코로나19가 전국 최초로 확산되어 전국적 관심을 받던 대구를 배경으로 중학교 동기 동창인 세 친구 키 큰 친구(김규식), 키 작은 친구(이준길), 살구나무집 친구(땅벌 영감 민홍기)의 우정을 그린 소설이다. 세 친구는 매일 공원 앞 와우 마트에서 만나 자판기 커피를 뽑아 마시는 것으로 하루의 일과를 시작하는 사이였다. 땅벌 영감 집을 드나들며 바둑도 함께 두며 지내왔다. 그런데 어느 날 커피 값을 낼 차례인 땅벌 영감이 나타나지 않아 두 친구가 찾아가 보니 사망한 상태다. 땅벌 영감 사후 열흘쯤 지난 뒤 땅벌 영감의 자산관리인이라는 인물이 나타나 두 친구에게 신고 보상금 500만 원씩을 각각 지급하고 고양이를 입양해 줄 것을 부탁한다. 또한 얼마 뒤 두 친구는 땅벌 영감이 전 재산 30억을 2.18 추모 사업회에 기증했다는 신문 기사를 접하고 놀라움을 금치 못한다.

2.18 추모 사업회는 2.18 대구 지하철 참사를 기리는 단체다. 땅벌 영감의 아내와 아들은 바로 그 희생자였던 것이다. 두 친구는 땅벌 영감이 생전에 자기 집 의자를 애지중지한 것도 이해하게 된다.

가족들이 앉아 있는 사진 속 의자가 바로 그 의자였던 것. 죄책감을 느낀 두 친구는 매일 살구나무집을 찾아가 그 의자 위에서 바둑을 두며 친구를 그리워한다. 그리고 세 친구가 의자에 앉아 찍은 사진 한 장을 남기지 못한 그리움과 슬픔을, 친구 대신 고양이와 함께 사진을 찍으며 달랜다. 그러나 기부한 살구나무집이 헐리면서 의자도 뽑힐 위기에 처한다. 의자가 버려지는 것만은 방치할 수 없었던 두 친구는 그 의자를 마트 자판기 옆에 임시 보관했다가 가족무덤으로 조성한 친구의 유택지로 옮긴다. 그리고 두 친구는 고양이를 목말 태워 매일 운동 삼아 그곳으로 찾아가 바둑을 두며 소일한다.

의자는 지금 그곳에 있다. 두 친구가 얼마 전에 거기 갖다 놓았다. 처음엔 미처 그런 생각을 못 했는데, 뒷짐 지고 회색 도시를 바라보자 불현듯 그 생각이 떠올랐다. 파도가 넘실대는 바닷가 언덕배기나 호젓한 풍경의 호숫가, 혹은 분수가 하늘 높이 솟구치는 공원 연못가가 아니더라도 그것으로 풍경의 허한 공간을 메우면 노아의 방주처럼 완벽하고 안전한 도피처가 될 것 같았다. 낮에는 놈을 데리고 우리가 앉아 놀고, 밤에는 친구의 가족이 사진 속 한때처럼 앉아 놀면 친구의 말마따나 거기가 천국이 따로 없겠다는 생각이 들었다.

―「그 무렵 세 친구」에서

이 의자는 죽은 땡벌 영감의 유품이자 세 친구의 깊은 우정을 상징하는 도구다. 세 친구의 우정은 그리스 철학에서 말한바 친구나 공동체 간의 상호 존중과 애정을 드러내는 우정과 동료애의 단계 즉 필리아Philia를 보여준다. 의자는 그 상징적 실체다.

「선미와 미선」은 서로 운명이 갈린 쌍둥이 자매의 얘기를 다루고 있다. 부모의 이혼으로 선미는 아빠를 따라가고, 미선은 엄마를 따라감으로써 삶의 행보가 아주 달라졌다. 아빠를 따라간 선미는 할머니와 50대 노총각 삼촌과 산다. 반면 미선은 엄마가 재혼한 집에서 살고 있다. 미선은 할머니가 75세부터 생신 때면 선미 집에 찾아왔다. 그런데 80세 생일에 오지 못하는 상황이 벌어진다. 선미는 장래의 꿈이 학교 선생님이지만 집안 형편으로 끝내 대학 진학을 포기한다. 그 때문에 미선과는 황새와 뱁새처럼 해를 거듭할수록 차이가 벌어서 부러움과 함께 열등의식을 느낀다.

매년 오던 미선이 갑자기 오지 않는 이유를, 할머니는 미선 엄마인 며느리의 협박 때문이라고 단언하고, 삼촌은 외국 유학 때문이라고 판단한다. 선미는 어느 쪽 주장이 맞는 걸까 의문을 품는데 나중에 그 원인을 알게 된다. 미선이 오지 않은 이유는 '멧돼지 사냥' 즉 자신을 상습적으로 성폭행한 의붓아버지를 살해한 일 때문이었던 것이다.

「창밖의 미래」는 일종 SF소설이다. 100세 이상의 초장수 노인이 기하급수적으로 늘어난 세상에서 그 해결 방안을 두고 각 세대와 이익 집단들마다 첨예하게 대립한다. 깊을 대로 깊어진 반목, 질시의 궁극적 해결 방안은 '사람이 가진 이야기하는 능력'뿐이라는 것이 이 소설의 핵심이다.

4. 사랑의 담론으로

인간이 인간다운 것은 사랑 때문이다. 사랑의 결핍은 인간성의 상실을 초래한다. 「사랑의 저편」에서 고악락은 일찍이 사랑의 결핍을 경험하면서 사랑을 염원하지도 충족하지도 못하고 살았다. 그러나 끝내 영혼의 단짝을 얻어 사랑을 얻었다. 「오래 머문 자의 비애」는 온갖 협잡과 비리가 난무하는 세상에서도 끝내 지켜야 할 질서가 있으며 그것은 곧 이 사회가 지향해야 할 절대적 인류애라는 사실을 한 독립운동가 동상의 말로 들려준다. 「그 무렵 세 친구」는 생애를 정리하는 시기에 접어든 노년 간에도 깊은 우정이 존재함으로써 인간 사회에 내재하는 조건 없는 사랑의 소중함을 알려준다. 「미선과 선미」는 서로 엇갈린 쌍둥이의 운명적 삶 사이에 내재하는 끈끈한 본능적 사랑을 전해준다. 「창밖의 미래」는 서로 자기만 살아남기 위해 타인의 안위는 아랑곳없이 아수라장이 되고 있는 세계에서 인간이 마지막으로 지켜야 할 사랑의 자리가 무엇인지 알려준다. 이연주 소설집 『사랑의 저편』은 이런 사랑의 담론으로서 새로운 읽을거리를 제공한다.

발행일
초판 1쇄　2025년 7월 30일

지은이　　　이연주
펴낸이　　　김종해
펴낸곳　　　문학세계사
출판등록　　1979. 5. 16. 제21-108호

주소　　　　서울시 마포구 신수로 59-1(04087)
대표전화　　02-702-1800
팩스　　　　02-702-0084
이메일　　　munse_books@naver.com
홈페이지　　www.msp21.co.kr

ⓒ 이연주, 문학세계사
ISBN 979-11-93001-43-1

* 이 도서는 2025 대구문화예술진흥원 문학작품집발간지원으로 출간되었습니다.